Mac Clanister

Manor

Petra Eggert

Copyright © Juli 2016 | Petra Eggert | Lippstadt

Copyright © BOD Verlag

Covergestaltung: Sabine Kosmin
© Sabine Kosmin, sabine-kosmin.de
Bildmaterial : galdzer, nejron-depositphotos.de
Satz: Petra Eggert

Herstellung und Verlag
BoD – Books on Demand, Norderstedt

ISBN: 978-3-7412-5192-4

Alle Rechte vorbehalten!

Ich danke allen, die mich und meine Familie, in einer schweren Zeit unterstützt haben.

Eure Petra Eggert

Träume nicht dein Leben, Lebe deinen Traum!

Prolog

Die düsteren Schatten wandeln noch immer in diesem Haus. Geister, unvollendeter Spuren, die ungesühnt Ihr Dasein fristen.
Meterdicker Staub bedeckt die Fenster und Böden mit all seinen Vergangenheiten. Ausgelöscht, vertuscht um der Wahrheit zu entkommen. Die Dielen knarzen und doch wandelt kein Leben in diesem Gemäuer. Dennoch ist dort eine Existenz anwesend. Sie durchforstet alle Räume, inspiziert jedes Zimmer immer auf der Suche ... auf der Suche nach was? Ein schreckliches Heulen erfasst die Nacht und doch ist es eher ein verzweifelter Schrei, der die Luft eisig zersplittert. Begleitet mit einem Raunenden und Heiseren flüstern: „ Bald, bald wirst du zu mir kommen. Ich werde warten. Ja, ich werde warten!"

Kapitel 1

„Puh, ich hätte nie gedacht, dass diese Kisten so schwer sind."
„Mom, das sind alles meine Bücher." Mariel schwitzte schon selber bei ihren Kartons, aber das wollte sie ihrer Mutter nicht gerade unter die Nase reiben.
„Du meine Güte, was willst du eigentlich mit all diesen Büchern? Die meisten sind doch schon vergilbt und einige Einbände haben schon Risse. Ich versteh das nicht." Clara Wilkott war eine engagierte Frau mittleren Alters und hatte nicht viel Sinn für die Kunst des Lesens oder Schreibens. Das Einzige was sie zu schreiben hatte waren Schichtpläne und Medikamentendosierungen. Sie arbeitete als Krankenschwester und ging in ihrem Beruf sehr auf. Zum Leidwesen ihrer Tochter. Mariel wischte sich eine rotbraune Locke aus ihren grau/blauen Augen und stellte die Kiste in eine Ecke.
„Ach Mom, du weist doch, wenn ich in der Bibliothek arbeite, nehme ich mir eben ein paar Bücher mit nach Hause. Es wäre doch schade, sie wegzuwerfen, wenn ich viele davon, noch restaurieren kann. Ich weiß nicht, es ist eben wie, als wenn man einen Welpen auf der Straße findet, aber nicht vorbeigehen

kann." Clara verdrehte die Augen. Sie packte noch eine Kiste auf die anderen und wandte sich dann wieder an ihre Tochter. „Kind, ich weiß ja das wir oft umziehen mussten, aber du kannst dich doch nicht ständig hinter deinen Büchern verstecken. Und das mit dem Welpen … na ich weiß ja nicht. So, ach je so spät schon. Schatz, ich muss zur Arbeit. Ich rufe dich morgen an." Sie gab ihrer Tochter einen Kuss auf die Wange und war auch schon durch die Tür.

Mariel schaute sich in ihrer kleinen Mansarden Wohnung um. Sie war nicht groß, aber das machte der Einundzwanzigjährigen nichts aus. In ihrem ganzen Leben war sie schon einundzwanzig Mal umgezogen und hatte danach aufgehört zu zählen. Ihre Mutter gab immer an, dass die Arbeit daran schuld wäre. Einmal war es das Gehalt, dann wieder die Kollegen oder das Krankenhaus selbst. Mariel hatte sich damit abgefunden und stellte ihre Kisten einfach nur noch in die Ecke und legte eine Decke darüber, um sie mit einer Lampe zu zieren. So hatte sie alles praktisch verstaut. In den ganzen Kisten befanden sich wirklich unzählige Bücher, von denen sie sich nie trennen konnte, da schien sie ihrer Mutter gleich zu sein. Von wegen, die Bücher sind antik, oder Einzelausgaben. Die junge Frau arbeitete, seit ihrer Ankunft hier in Hamburg, in der großen Stadtbibliothek. Es war nicht unbedingt das, was sie machen wollte, aber ihrer Mutter zuliebe ist sie mit ihr hierher gezogen. Sie konnte sich gar nicht mehr genau erinnern, wo sie schon überall waren. Es ging quer durch Europa und Mariel wusste, das dies nicht die letzte Station war, in der sie haltmachen würden. Trotz aller Umzüge hatte ihre Mutter stets darauf geachtet, dass ihre Tochter einen vernünftigen Beruf erlernen konnte. Sicher, es war nicht unbedingt der Traumberuf, den sich Clara für ihre Tochter wünschte, aber Mariel war schon immer ein Bücherwurm und so fand sie ihre Berufung als Bibliothekarin.

Während Clara ihrer Arbeit nachging, versuchte sich Mariel einen Überblick ihrer Kartons, zu machen. Die kleine Mansardenwohnung bot gerade Platz genug für beide. Während die junge Frau ein kleines Zimmer für sich hatte, schaffte sich ihre Mutter Platz im Wohnzimmer. Es war einfach und praktisch und günstig war es obendrein. Nicht das es beiden schlecht ging, aber Clara war ständig auf dem Sprung, selten zu Hause und man konnte ja nie wissen, wie schnell sie mal wieder ihre Koffer packen mussten. So, und nicht anders kannte Mariel ihre Mutter.

In der Wohnung befand sich noch eine kleine Eckküche mit

einer Anrichte und einer kleinen Esstheke. Im Wohnzimmer hatten sie einen kleinen Blick auf den riesigen Hafen von Hamburg mit all seinen Kränen. Clara hatte diese Wohnung von einem Kollegen bekommen, der auf unbestimmte Zeit nach Afrika gegangen war. Sonst wäre hier die Wohnungssituation nicht so günstig ausgefallen. Das Krankenhaus lag nur ein paar Straßen weiter und die Bibliothek war auch nicht weit.

Mariel versuchte sich etwas häuslich einzurichten. All zu viel Zeug hatten die beiden nicht. Ein paar Klamotten, das nötigste Geschirr, da sie ohnehin kaum zu Hause aßen. Entweder nahm jeder seine Mahlzeit auf den jeweiligen Arbeitsplatz ein oder es wurde etwas bestellt. Ein paar Dekoartikel durften dennoch nicht fehlen. Mariel liebte ihre Bücher und Schallplatten, dann hatte sie noch ein paar Aquarell Bilder von englischen Landschaften. Sie wusste, Clara stammte eigentlich aus England, aus der Nähe von Cornwall, aber sie hatte es bisher vermieden darüber zu sprechen. Es wurde nie viel über die Vergangenheit gesprochen. Da gab es keine Großmutter oder Großvater. Einzig und allein hieß es, die beiden seien schon früh gestorben und Clara war ein Einzelkind. Auch was ihren eigenen Vater anging, hüllte sich Clara in Stillschweigen, sie meinte, es wäre eine Affäre gewesen und er hätte sich gleich aus dem Staub gemacht. Sicher, Mariel wuchs behütet auf, wenn auch mit Einschränkungen, durch die ständigen Umzüge, aber es hatte ihr nie viel ausgemacht. Ab und an fragte sie sich dennoch, was und wie, wohl ihr Vater war. Schnell wischte sie ihre Gedanken beiseite und kramte ein paar Bilder, einer der wenigen, die sie von ihrer Mutter, in den früheren Jahren hatte. Es zeigte ein schwarz,weißes Foto, auf dem Clara vor einem riesigen Anwesen posierte. Sie trug ein halblanges Volantkleid, mit einer Schürze darüber. Typisch Mom, dachte sie. Sie trug schon immer gerne Kittel, da lag es wohl Nahe, dass sie die Tracht der Krankenschwester wohl nie ablegen würde.

Das Anwesen im Hintergrund, sah ziemlich düster aus, fast so eins, wie sie Mariel sich immer vorstellte, wenn man so einen Horrorfilm drehte, aber Clara meinte, es sei nun mal so in England und davon gab es viele Häuser. Sie selber wusste gar nicht mehr, welches Anwesen dies überhaupt war. Wahrscheinlich mal wieder eins dieser Klötze, die sich Claras Mutter gerne angesehen hatte.

Mariel legte das Bild wieder an die Seite und bezog erst einmal die Betten, dann machte sie sich einen Kaffee und setzte sich auf den kleinen Balkon. Die frische Meeresbrise wehte ihr, trotz des riesigen Industriehafens, in die Nase und sie hörte ganz leicht die Möwen kreischen. Der Himmel war an diesem Nachmittag mit leichten Wolken bedeckt, aber es war nicht kühl. Von der Straße her hörte sie die Autos vorbeirauschen und Leute aufgeregt schwatzen. Im Gegensatz zu ihrer Mutter, musste sie erst morgen Früh arbeiten und so konnte sie die Wohnung einrichten. Es würde sicherlich spät werden, bis Clara heimkam. Also bestellte sich Mariel zum Abend hin, einen großen Nudelteller mit Salat. Den Rest bewahrte sie für ihre Mutter im Ofen auf. Die junge Frau machte es sich in dem großen Ohrensessel bequem und schlief auch gleich ein. Sie bemerkte gar nicht, dass ihre Mutter sehr spät von der Arbeit kam. Nur das Klingeln der Mikrowelle ließ sie kurz aufhorchen.

„Oh, schon so spät? Mom, hast du bis jetzt noch gearbeitet?" Mariel rieb sich die Augen. Sie musste sich erst mal wieder an die neue Umgebung gewöhnen. Ihre Mutter sah geschafft aus. „Ach du weist doch, wie das so ist. Kaum ist man auf dem Weg nach Hause, kommen plötzlich alle Notfälle auf einmal. Es gab einen großen Crash auf der Autobahn, das war mal wieder ein Durcheinander, aber immerhin gab es keine Tote. Geh ins Bett, du musst morgen früh fit sein. Gute Nacht!", sie schob ihre

Tochter mit einem leichten Schulterklopfen in ihr Zimmer. Sie selber legte sich gleich auf die Couch und war binnen Sekunden eingeschlafen.

Mariel schlief derweil unruhig. Sie wälzte sich von einer Seite auf die andere. Bei jedem Geräusch wurde sie kurz wach und musste sich wieder orientieren, wo sie überhaupt war. Vor ihrem Fenster hangen noch keine Gardinen, die wollten sie besorgen, wenn beide etwas mehr Zeit hatten. Das Rollo ging nur bis zur Hälfte herunter und so schienen die blinkenden Lichter der Kräne und die Lichter des Hafens, bei ihr herein. Auch wenn ihre Straße nicht allzu befahren war, tummelte sich der Verkehr davor und jedes einzelne Licht der Scheinwerfer drang in ihr Zimmer. Teilweise sah es gruselig aus. Wie eine Art kleine UFOs kamen die Lichtstrahlen durch. Erst wurden sie schwach, dann immer heller und durch die Jalousie brach das Licht. Durch die Schatten, die das Licht widerspiegelte und an die Wand warf, verwandelte es sich in seltsame Fratzen. Nicht das Mariel ängstlich war, aber schon seit Langem quälten sie einige Albträume. Sie waren selten, aber dafür umso intensiver. Sie drehte sich zur Wand und stülpte die Bettdecke über ihren Kopf. Es dauerte auch nicht lange und sie schlief wieder ein. Sie schwitzte. So dass sie sich die Decke abstreifte und jetzt längst ausgestreckt da lag. Unruhig wälzte die junge Frau sich hin und her. Das rote Leuchten der Kranlichter kam immer näher und sie wollte es fortwischen oder sich wieder die Decke rüber ziehen, bis sie merkte, dass es gar nicht der Hafen war, der sie fixierte. Es schien ihr, wie zwei rote Augen, die sie anfunkelten. Zwei knochige Hände griffen nach ihr und dabei legte sich eine andere Hand an zwei ausgedörrte, bläulich gefärbte Lippen, die ihr bedeuteten, keinen Mucks von sich zu geben. Sie schienen zu schweben. Es kam Mariel vor, als würden sie in einen großen Raum schweben, als sei jemand auf der Suche nach etwas. Dann blitzte es wieder in ihren Kopf, die Hand ließ sie los und ein gellender Schrei durchlief ihren Körper. Begleitet von unkenntlich, gezeichneten Leichen, die zu schweben schienen. Etwas rüttelte an ihren Schultern und sie wollte sie fortreißen, doch eine Stimme drang ganz tief durch sie durch.

„Mariel, Kind wach auf!", Clara saß neben ihr am Bett und hielt sie an den Schultern fest, bis Mariel wieder zu sich kam. Völlig verschwitzt und zitternd.

„Hattest du wieder einen dieser Träume?", fragte sie ihre Mom. Die junge Frau nickte nur und nahm einen großen Schluck Wasser, den ihr Clara hinhielt. Es tat ihr ja auch Leid, das sie

ihre Mutter damit stören musste. Sie wusste, wie hart die Schicht im Krankenhaus war und jetzt auch noch das.
„Oh Mom, es tut mir leid. Es geht schon wieder. Ich wollte dich nicht wecken. Geh wieder schlafen. Ich krieg das schon hin," beteuerte sie. Clara nickte schlaftrunken und tätschelte ihre Tochter noch mal kurz, um dann wieder im Wohnzimmer zu verschwinden. Sie wusste, morgen würde es wieder einer dieser Diskussionen geben, in denen sie ihr anbot doch ein wenig nachzuhelfen, was den Schlaf betraf. Clara schwor immer auf ihre pflanzlichen Schlafmittel, aber Mariel wollte keine. Es musste doch einen Grund geben, für diese immer wieder, kehrenden Träume. Vielleicht hatte das alles doch mit den ganzen Umzügen zu tun und die setzten ihr mehr zu, als sie zugeben wollte. Den Rest der Nacht verbrachte Mariel mehr mit dösen als mit schlafen und war am nächsten Morgen ziemlich gerädert. Na, das konnte ja ein toller Arbeitstag werden. Als Mariel aufstand, war ihre Mutter mal wieder weg. Sie hinterließ einen Zettel „ Schatz, es tut mir leid, aber die Klinik hat angerufen. Ich muss für jemanden einspringen. Aber wir reden noch!" Das war mal wieder typisch. Clara konnte einfach nicht Nein sagen. Mariel nahm ein Brot und machte sich einen starken Kaffee, zum wach werden. Dann zog sie sich

an, packte ihre Schultertasche und ging zur Arbeit.
Sie liebten diesen Geruch von altem Papier. Es war wie Magie, wenn sie die Hallen mit den vielen Büchern betrat. Eine Welt voller Geheimnisse und fremder Welten, die nur drauf warteten, erobert zu werden. Es gab nicht viele Leute, mit denen sie auf der Arbeit Kontakt hatte. Man ging sich hier fast aus dem Weg, was aber auch daran lag das, dass Gebäude so riesig war und jeder seine Abteilung für sich hatte. Hin und wieder kam die kleine Daisy aus dem zweiten Stock zu ihr herunter. Sie quasselte gern, natürlich über das männliche Geschlecht und sie sprach, wie ihr der Schnabel gewachsen war. Da waren dann so unverblümte Fragen wie: „ Wann war dein letztes Mal? Ich meine, du hast doch einen Freund? Nein? Oje, du willst doch nicht als alte Jungfer sterben? Du musst einfach mal mit mir in den Club kommen, da lernst du die Richtigen kennen." Dabei knuffte sie gerne ihr Gegenüber in die Seiten ohne zu merken, dass es nervte. Nun gut, sie war Gott Lob, nicht all zu lästig und kam auch nicht jeden Tag vorbei. Dann war da noch der stämmige Walter. Der machte ihr ein wenig Angst. Er ging immer in so einer geduckten Haltung an ihr vorbei und schob dann immer demonstrativ seine Brille zurecht. Ein Eigenbrötler aus der Buchhaltung. Er kam genauso

selten vorbei wie Daisy. Es gab noch viele studentische Aushilfen, aber die blieben unter sich, und wenn man einen sah, hingen die an ihren Handys. Alles in allem, fand Mariel es ganz gut so. Es war nicht so, das sie keine Menschen mochte, aber sie fühlte sich alleine auch ganz wohl. Die Einzige, die sich als ihre Freundin nennen konnte, war Judith. Eine Freundin aus Kindheitstagen. Die hat sie in der Grundschule begleitet, was man Clara auch anrechnen konnte. Wenn sie umzogen, hatte sie darauf geachtet, das Mariel ihre ersten Jahre in der Schule, an einem Stück verbrachte. Daher konnte Judith sie auch all die Jahre begleiten. Erst als sie die weiterführende Schule besuchte, beschränkte sich der Kontakt auf Briefe und Telefonaten. Ja, sie mochte Judith. Sie konnte ihr alles erzählen und jeder meinte, sie wären so eine Art Seelenverwandte. Immer wenn der Sommer nahte, besuchten sie sich gegenseitig. Judith war ein bisschen quirlig und na ja, wie Mariels Mutter meinte, leicht verrückt. Sicher, es war so, als sie noch jünger waren. Mittlerweile stand das Alter im Weg und beide wurden Erwachsener. Mittlerweile hielten sie nur noch Briefkontakt, ab und an eine kurze SMS, aber der Urlaub wurde allein verbracht. Die Interessen wechselten. Während Mariel sich mehr in die Bücher verkroch, hatte Judith für sich die

Partymeile entdeckt. Sie arbeitete in einem Imbiss, was leider nicht ganz spurlos an ihrer Figur vorüberging.

Kapitel 2

Die Tage gingen dahin. Der Alltag fand Einzug und jeder ging seiner Arbeit nach. Hier und da ertappte sich Mariel dabei, wie sie das Angebot von Daisy annahm und mit ihr in einen, dieser tollen Clubs ging. Small Talk war da angesagt und teure Drinks. Mariel machte sich nur wenig daraus. Natürlich war die männliche Partie sehr angetan von ihr. Mit ihren halblangen rotbraunen, lockigen Haaren und den graublauen Augen, sah sie mit ihrer schlanken Figur, sehr passabel aus. Jedoch waren die meisten Typen nichts für sie. Es gab schon den einen oder anderen, mit dem sie sich unterhielt, aber mehr wurde nicht daraus. Sie fand, die Männer waren ihr alle zu oberflächlich. Die meisten protzten nur vor Geld oder mit ihrer Arbeit, sei es als Manager oder Anwalt oder sonst ein Architekt. Sie fand, das alles zu gehoben, aber Daisy war begeistert. Potenzielle Ehemänner fand sie. Mariel mochte ihr Singleleben bisher so, wie es jetzt war. Der Richtige, wie sie fand, war noch nicht dabei und sie würde ihm eines Tages bestimmt begegnen.
Die Tage schlichen dahin und der Sommer hielt ein. Die Temperaturen zogen an und es wurde heiß. Jetzt sah sie ihre

Mutter kaum noch. Immer mehr Hitzschläge trafen ein. Alte, die dehydriert waren, Kinder und Menschen, mit Wespenstichen, die mal allergisch mal einfach nur aus Vorsicht, in die Klinik kamen, oder auch Brandwunden, die versorgt werden mussten, da man beim Grillen etwas zu forsch war. Mariel hingegen hatte derweil nicht so viel zu tun. Die Menschen zogen es vor lieber an der Elbe schwimmen zu gehen, als in einer muffigen Bibliothek zu hängen. Für Mariel war das kein Problem. Sie war nicht so der Typ, der stundenlang am Strand liegen konnte und sich von der Sonne braten lassen. Die junge Frau zog es vor, sich in die Archive zu verkriechen und die alten verstaubten Bücher zu restaurieren. Mariel und Clara hatten nicht viel Zeit zusammen zu verbringen, so gab es auch kaum private Gespräche zwischen ihnen. Was Mariel etwas schade fand. Die ganzen Jahre hatte sie wirklich nie viel über ihre Mutter gewusst. Es wurde einfach nur so hingenommen. Zumal ihre Mutter sehr verschlossen war, was ihre Vergangenheit anging. Als Kind hatte Mariel manches Mal versucht sie ein wenig auszuquetschen, wie das so bei Kindern war, aber Clara hatte alles abgewiegelt und wurde sogar recht zornig, wenn Mariel weiter bohrte. So ließ sie es auf sich beruhen. Im späteren Alter aber machte sie sich so einige Gedanken. Jetzt, wo sie so allein in ihrer Kammer hockte und die vielen Bücher studierte über alte Adelsgeschlechte und Familien mit langer Herkunft. Wie sie so nachdachte, wusste sie gar nichts von ihr. Manchmal ertappte sie sich dabei, wie sie ihren Gedanken nachhing,und sie ihr Aussehen infrage stellte. Etwas merkwürdig war es schon, wenn sie ihr Spiegelbild mit dem ihrer Mutter verglich. Die junge Frau, mit ihren rotbraunen Locken und graublauen Augen war das krasse Gegenteil ihrer Mutter. Clara war einen Kopf kleiner wie sie und hatte schwarze, glatte Haare und braune Augen. Einmal hatte sie ihre Mutter darauf angesprochen und es wurde gleich, damit abgetan das Mariel wohl eher nach ihrem Unbekannten Vater käme. Thema erledigt!

An diesem Tag ging Mariel ihrer Arbeit nach, und als sie nach Hause kam, nahm sie sich einen Eistee und schlüpfte in ein paar bequeme Sachen. Gerade als sie sich auf den Balkon begeben wollte, fiel ihr das Bild von ihrer Mutter ins Auge. Es war irgendwie seltsam. Als wenn sie zwei Augen anstarrten, aber es waren nicht die ihrer Mutter, sondern zwei rote Augen aus dem Anwesen hinter ihr. Das musste eindeutig die Hitze sein, dachte Mariel. Sie rieb sich die Augen und schaute noch einmal genauer hin. Auf den ersten Blick konnte sie nichts erkennen. Sie nahm den Rahmen ab und ging damit auf den Balkon. Das Haus im Hintergrund war ziemlich verschwommen und nur ein kleiner Giebel war zu erkennen, mit einem kleinen, runden Fenster. Bei der Aufnahme zog eindeutig Nebel über das Land. Am Fuße des Anwesens schloss sich ein kleiner Nebelteppich, nur bei Clara war er nicht mehr. Diese stand ein paar Meter vom Haus entfernt auf einer weitläufigen Wiese. Ein paar karge Äste hingen im Bild, die eindeutig von einem alten, aber abgestorbenen Baum stammten. War da Staub oder Dreck auf dem Bild? Mariel versuchte leicht über das Bild zu wischen. Es blieb irgendwie schattenhaft. Sicher bildete sie sich das nur ein. Das war doch absurd, dachte sie und legte das Bild auf den kleinen Tisch. Mariel trank ihren Eistee und wollte das Bild außer Acht lassen, doch etwas ließ ihr keine Ruhe. Gerade als das Licht von einem Winkel her darauf schien, nahm sie es wieder in die Hände. In der Schublade fand sie eine kleine Lupe. Was sie finden wollte, wusste sie nicht, aber es ließ ihr keine Ruhe. Ihre Lupe ging Stück für Stück über das Bild. Sie musste es ins Licht halten. Mariel fing bei ihrer Mutter an und arbeitete sich weiter hoch, zu dem Haus. Manche Stellen waren vergilbt, aber das eigentliche Hauptziel schien noch gut erhalten. Das kleine runde Fenster zog sie magisch an. Ihre Lupe durchforstete Pixel für Pixel. Da war doch etwas. Sie musste genauer hinsehen und bekam binnen Sekunden einen riesigen Schreck. Da waren zwei kleine Augen, die ihr entgegenstarrten. Kinderaugen! Das konnte doch nicht wahr sein. Sie schaute noch mal hin. Sie konnte und wollte sich nicht täuschen. Es waren ein paar Kinderaugen. Auf dem Schreck brauchte sie etwas Stärkeres. Sie nahm sich ein Glas Whisky und kippte ihn herunter. Es war nicht so, das sie Angst davor hatte, aber diese Augen hatte sie schon einmal gesehen. Genau dieselben, die sie in ihren Träumen begleiteten. Gerade wollte sie sich diese noch einmal anschauen, als sich der Schlüssel im Schloss drehte. Ihre Mutter kam von der Arbeit.

„Oh, hallo Schatz, du bist schon da. Gut, gut. Ich sage dir, Sommer ist eindeutig die Hölle für Krankenschwestern. Puh, war das eine Schicht. So viele Irre hatten wir noch nie. Ich glaube, das liegt auch an dem Vollmond. Hast du schon gegessen?", Clara packte ihre Tasche in den Schrank und suchte im Kühlschrank nach etwas Essbaren. Ein Salat war jetzt genau das Richtige. Sie flippte ihre Schuhe in die Ecke und sah ihre Tochter mit dem Glas Whisky.

„Oh, ein bisschen früh. So schlecht war dein Tag, aber du hast recht. Gar keine schlechte Idee." Sie nahm sich auch einen Whisky und wollte mit ihrem Teller und Glas auf dem Balkon, als sie ihre Tochter mit dem Bild sah. Mariel wollte Clara gleich darauf ansprechen, aber was war das, als sich ihre Blicke trafen. Sah sie etwa ein zittern bei ihrer Mutter? Diese schien irgendwie die Situation zu überspielen.

„Ach was machst du den mit dem ollen Foto? Das ist doch schon so alt. Du kennst das doch in und auswendig. Also, wie war dein Tag?", ihre Finger umklammerten das Glas, das ihre Knöchel fast weiß hervortraten. Mariel setzte sich neben ihre Mutter und hielt ihr das Bild mit der Lupe vor die Nase.

„Mom, sieh doch mal. Da oben an dem Fenster. Sieh doch!" Die junge Frau hielt ihrer Mutter die Lupe hin, diese nahm sie halbherzig in die Hand und sah ganz kurz durch.

„Ja Schatz ein Fenster. Was soll damit sein?", sie gab ihr die Fotografie wieder zurück.

„Aber nein, sieh doch! Da oben am Fenster, da sind doch Augen. Zwei Kinderaugen. Oh bitte Mom, sieh doch!" Mariel hielt ihr das Bild nochmals unter die Nase, doch Clara lächelte nur und schob das Papier sanft zur Seite. „Mariel bitte, es ist heiß, du siehst schon Gespenster. Da ist nichts zu sehen.

Komm, lass uns essen. Der Tag war anstrengend genug." Sie nahm Mariel das Bild aus der Hand und schob ihr den Salat hin. Dann ging sie kurz in die Küche und holte noch einen Whisky. Für Clara schien die Sache erledigt. Für Mariel war es eher unbefriedigt, aber sie gab vorerst Ruhe. Vielleicht war ihre Mutter ja wirklich zu erledigt und eventuell sah die Sache morgen besser aus.

Die ganze Nacht konnte Mariel kaum ein Auge zutun. Immer wieder verfolgten sie die Augen von dem Foto und unheimliche Stimmen schlichen sich in ihr Gehirn. Sie flüsterten und wisperten. Sie konnte kaum ein Wort verstehen, alles sprach durcheinander. Es schien, als wollte es sie locken. Nur was?

Der Morgen begann wie fast alle, an denen sie die Träume hatte. Gerädert! Dennoch wollte sie ihre Mutter noch einmal auf das Foto ansprechen. Diese war gerade im Badezimmer. Mariel suchte das Foto, doch konnte sie es nirgends finden. Das war zum verrückt werden. Gestern hatte sie es noch gehabt. Sie suchte Schubladen ab, Ecken und Schränke. Nirgends war es zu sehen.

„Ach ist das herrlich. Nach so einer kalten Dusche fühlt man sich gleich lebendiger."

„Mom? Hast du das Foto gesehen? Ich kann es nirgends finden." Mariel suchte nochmals alles ab. Clara rubbelte sich gerade ihre Haare trocken und sah sie von der Seite an.
„Oh, ach das. Ach das tut mir Leid, als ich es gestern wieder aufhängen wollte ist es mir aus den Händen gerutscht. Ich wollte es gerade noch halten doch sieh nur welch ein Missgeschick." Sie hielt ihr die Hand hin, die eindeutig eine kleine Schnittwunde aufwies.
„Das Bild ist dabei leider kaputt gegangen. Es tut mir leid. Ach Schatz, mach nicht so ein Gesicht. Es ist doch nur ein Bild. Die Vergangenheit kann uns keiner nehmen, sie ist tief in uns drin." Clara tätschelte Mariel auf die Schulter. Diese stand perplex vor ihr. All die Jahre hatte ihre Mutter an diesem Bild gehangen und jetzt soll es nur Schall und Rauch gewesen sein? Irgendetwas stimmte hier doch nicht. War es nur so ein Gefühl oder spielten ihr ihre Sinne wirklich einen Streich? Wahrscheinlich hatte ihre Mutter recht und die ganzen Träume und das Wetter, setzten ihr zu. Was konnte sie jetzt auch anderes tun? Sie musste es dabei belassen.

Kapitel 3

Die Tage schlichen dahin und keiner der beiden erwähnte auch nur ein Wort über das Bild oder Mariels Träume. An einem schwülen, regnerischen Tag machte sich Mariel fertig für die Arbeit. Clara war schon vor Stunden aus dem Haus gegangen, als es an der Tür klingelte. Ein Postbote stand vor ihr.
„Mariel Wilkott?", fragte er und hielt einen Umschlag in den Händen. Mariel hatte noch ihren Kaffee in der Hand, als es draußen auch schon anfing zu donnern. Der Bote schaute sich leicht schüttelnd um. Das hatte ihm noch gefehlt. Mariel nickte.
„Verzeihung, aber ich brauche ihren Ausweis. Das ist ein Einschreiben und sie kennen das sicher mit der Vorschrift", maulte er leicht gereizt beim Anblick des Wetters.
„Oh, oh ja natürlich, Moment!", grummelte Mariel und setzte ihren Kaffee ab, um nach ihrer Geldbörse zu suchen. Sie kramte in ihrer Tasche und fand sie ganz unten. Mit dem Ausweis, in der Hand ging sie wieder zur Tür, als wieder ein krachender Donner ganz in der Nähe einschlug. Vor Schreck verlor sie den Ausweis der ihr zwischen den Flurschrank rutschte.

„Ach herrje, war das ein Donner. Sie sind auch nicht zu beneiden, bei dem Wetter. Ich hab´s gleich", stammelte die junge Frau und versuchte mit den Fingern nach dem Papier zu fischen. Der Postbote hatte jegliche Art von trockenen Gängen abgehakt und gab sich seiner Geduld hin. Mariel zog unterdessen ein Fetzen Papier hinter dem Schrank hervor. Es war nicht ihr Ausweis. Ihr staunen war groß als sie ein Stück von dem Foto in den Händen hielt, das ihre Mutter angeblich weggeworfen hatte. Darum musste sie sich später kümmern. Sie suchte noch einmal, bis sie den Ausweis fand. Diesen gab sie dem Postboten und unterschrieb den Empfang. Wer sollte ausgerechnet ihr ein Einschreiben schicken und dann noch aus … sie musste schlucken, aus England. Was hatte das zu bedeuten? Jemand musste man sie mit ihrer Mutter verwechselt haben. Sie kannte niemanden dort. Es war sehr merkwürdig. Bevor sie den Brief öffnete, wollte sie noch einmal hinter den Flurschrank blicken. Waren da nur ein paar Restschnipsel? Der Schrank war verdammt schwer. Sie fasste mit den Fingern dahinter und fand noch mehr Schnipsel. Alles in allem, ergaben die Papierfetzen einen Teil des Ganzen. Warum nur hatte ihre Mom diese Fetzen hier versteckt? Das ergab keinen Sinn. Schnell konzentrierte sie sich auf den Brief. Sollte sie warten bis ihre Mutter wiederkam, oder sollte sie ihn jetzt öffnen? Ach was soll´s, ist immerhin mein Name. Ihre Finger rissen das Papier auf. Schnell überflogen ihre Augen das Dokument und sie musste sich im gleichen Augenblick erstaunt setzen. Das war ein Ding, dachte sie. Mariel konnte kaum glauben, was sie da las. Sollte sie gleich ihre Mutter im Krankenhaus anrufen oder erst zur Arbeit gehen? Ach was, ich gehe erst mal zur Arbeit, vielleicht ist alles ja nur ein Versehen. Das Dokument steckte sie gleich in ihre Tasche.

Den ganzen Tag war sie ziemlich hibbelig und fahrig. Zum Glück war in der Bibliothek heute nicht viel los. Mit einem Kaffee to go, begab sie sich gleich nach Hause und hoffte das ihre Mutter schon da war. Diese saß bereits im Wohnzimmer mit einem Glas Whisky und den Fotoschnipseln.

„Oh gut, du bist schon da. Ich hab dir etwas Wichtiges zu sagen." Mariel warf ihre Jacke unachtsam in eine Ecke und kramte in der Tasche nach dem Papier. Clara saß da, wie ein Häufchen Elend mit den Schnipseln in der Hand. Sie hob sie hoch und wollte ihrer Tochter etwas sagen.

„Oh Mom, sieh doch nur." Sie hielt ihr den Umschlag hin und sah das Gesicht ihrer Mutter und die Fetzen.

„Oh, ja die habe ich hinter dem Schrank gefunden, aber das ist jetzt unwichtig. Du wirst deine Gründe dafür haben. Sieh dir das Mal an, ich meine die haben sich doch bestimmt mit dem Namen geirrt." Mariel wedelte mit dem Umschlag vor ihrer Nase her. Clara verstand nicht ganz. Erst als sie die ersten Zeilen las, wurde sie kreidebleich im Gesicht. Sie überflog die Zeilen immer und immer wieder. Mariel saß neben ihr und nickte.

„Stimmt es? Ich meine haben die wirklich mich gemeint? Ich und ein Erbe. Himmel was soll ich tun? Was meinst du, soll ich hinfahren und sehen, was es ist, oder meinst du, es ist nur eine Ente? Vielleicht ja nur ein klappriges Fahrrad." Sie lachte, aber ihrer Mutter war gar nicht zum Lachen zumute. Diese stand auf und horchte dem Wind, der an die Fensterrollladen klapperte. Ihre Stirn fühlte sich heiß an und sie kühlte sie an der nassen Scheibe. Es hatte alles keinen Sinn. Sie musste Licht ins Dunkle bringen, aber nicht jetzt. Sie war auf einmal schrecklich müde.

„Mariel mein Kind. Bewahre das Schreiben gut auf, ich muss dir etwas sagen. Es wird nicht leicht für dich sein, aber ich hoffe, du wirst es verstehen. Denk jetzt nicht weiter darüber nach. Morgen, wenn ich nach der Arbeit nach Hause komme, setzten wir uns zusammen und reden. Ich verspreche es dir, aber ich bin so müde. So müde ...", Clara konnte ihrer Tochter kaum in die Augen sehen, doch wenn sie einen Blick riskierte, sah sie pure Verzweiflung. Ihre Mutter sah wirklich elend und erschöpft aus. Am liebsten hätte sie wie ein kleines Kind darauf bestanden das sie es ihr jetzt erzählte, aber morgen war auch noch ein Tag.

„Ja, klar. Kein Problem leg dich nur hin. Ruh dich aus. Soll ich dir noch einen Tee machen?", Clara verneinte und gab ihrer Tochter einen Kuss.

„Es tut mir Leid", stammelte sie leicht. Hatte sie etwa Tränen in den Augen? Nein, sie musste sich versehen haben. Mariel sah ihre Mutter nie weinen. Nur jetzt schien sie so zerbrechlich. Auch die junge Frau zog es vor, sich in ihr Zimmer zurückzuziehen. Das Papier immer noch in den Händen. Dort stand nur, dass sie für einen Termin in einer Woche nach Cornwall kommen soll, zwecks einer Erbangelegenheit. Nun, vielleicht war es ja doch von ihren Großeltern oder einer heimlichen Verwandten. Mariel konnte noch so viel grübeln, sie musste abwarten. Noch mehr Kopfzerbrechen aber, machte ihr die Stimmung, ihrer Mutter. So hatte sie Clara noch nie erlebt. Erst das Foto und nun das Dokument. Aber sie hatte Geduld gelernt. Alles würde sich aufklären.

In dieser Nacht schlief sie so gut wie gar nicht. Es waren nicht Träume, die sie quälten, auch wenn sie wieder diese wirren Stimmen hörte. Ein Wispern und Flüstern das sie lockte. Da war noch ein anderes Gefühl. Etwas was sie nicht erklären konnte. Ein Gefühl, das sie irgendwie einengte und ihr fast die Luft abschnürte.

Am nächsten Tag erwachte sie mit fürchterlichen Kopfschmerzen und das Wetter trug auch nicht zum Besten dabei. Die Schwüle war unerträglich. Sie würde bestimmt etwas länger auf ihre Mutter warten müssen. Wahrscheinlich gab es mal wieder viele Leute, die zusammenbrachen, aber auch viele alte Leute. Sie mochte ihre Mutter nicht beneiden, was ihre Arbeit anging. Mit ein paar Aspirin, versuchte Mariel in den Tag zu starten. Sie kam, wahrscheinlich wie die meisten, heute kaum in die Gänge. Auf dem Tisch stand noch eine Flasche Wein, daneben lag ein Zettel mit den Worten.

„Stell die schon mal kalt, die werden wir brauchen. Wenn nicht sogar etwas Stärkeres. Drück dich!" Ihre Schrift schien zittrig. Hatte sie es in aller Eile geschrieben, oder ging es ihr noch nicht gut? Ein bisschen sorgte sich Mariel um ihre Mutter. Mit einem unguten Gefühl im Bauch ging sie zur Arbeit.

Heute donnerte es wieder und die Blitze schlugen ein wie bei einem Feuerwerk. Kaum zog ein Blitz vorbei, schlug der Nächste nach. Imposant sah es aus, was der Himmel so von sich gab. Das dürfte heute wieder ein ruhiger Tag werden, dachte Mariel. Bei dem Wetter blieb man lieber zu Hause. Einmal, als Mariel gerade in der unteren Halle war, um ein paar Bücher einzusortieren, krachte ein donnern in unmittelbarer Nähe ein und das Licht flackerte für ein paar Sekunden. Hier in der Halle, zwischen all den Büchern sah der Blitz schon etwas gespenstisch aus. Was, wenn der Blitz einmal hier einschlagen würde? All die Bücher würden in Schall und Rauch aufgehen. Gesammelte Werke, teure Sammelbänder und einzelne Exemplare waren für immer dahin. Mariel durfte nicht daran denken. Das war einfach zu schrecklich und tat ihr in der Seele weh. Sie lenkte sich mit ein paar Kinderbüchern ab, die hier noch standen und einsortiert werden mussten. Von oben hörte sie schon die piepsige Stimme von Daisy.

„Na ganz toll, kein Strom. Es hat wohl die Leitung gekappt. Das war´s dann wohl. Ich hol mir nen Kaffee. Willste auch einen?", rief sie runter und Mariel zuckte nur die Schultern. Es war, egal ob sie einen wollte oder nicht, sie wusste, Daisy würde trotzdem einen mitbringen. Wenn der Strom hier ausfiel, wurde ein Notaggregat eingeschaltet, damit die Bücher an der

Luft zirkulieren konnten. Wenn das den ganzen Tag ginge, könnte Mariel ohnehin gleich Feierabend machen. Also bereitete sie sich vor und sortierte die letzten Bücher ein. Kurz bevor sie ausstempeln wollte, flackerte das Licht wieder und siehe da es ging wieder an. Mariel war das egal, sie hatte sowieso gleich Feierabend. Das, dass Telefon die ganze Zeit klingelte, hörte sie, aber sie wollte es übergehen. Sicher wieder einer derjenigen, die noch kurz vor Schluss einen elend langen Vortrag halten musste. Gott Lob, ging noch Daisy ran. Sie hörte sie immer wieder sagen. „Ja? Ja ich verstehe. Nein, kein Problem. Mach ich sofort. Ja, ja danke." Na, da hatte die Gute aber Glück, dachte Mariel und machte sich auf den Weg. Eilige Schritte kamen die lange Wendeltreppe herunter. Ein leichtes Schnaufen begleitete sie und das knacken von nervösen Fingern. Die große Schwingtür war zum Greifen nahe und Mariel hatte schon eine Klinke in der Hand, als Daisy herunterrief und dabei fast rannte, was bei ihr selten vorkam. Oh nein, dachte Mariel. Sie wollte sie doch nicht wieder zu einem dieser Clubabenden einladen? Darauf hatte sie wirklich keine Lust. Sie tat so, als hätte sie die andere Frau nicht gehört und winkte zum Abschied. Erst als Daisy schrill hinter ihr herrief wurde sie leicht stutzig. Wie eine Einladung sollte sich das nun wirklich nicht anhören.

„WARTE! Es ist etwas passiert. Bitte Mariel, warte!" Sie sprintete, so schnell es ging, die Treppe herunter durch den langen Flur, die Halle entlang. Ihre Finger verhaspelten sich und sie nagte an ihrer Unterlippe. Als sie vor ihr stand, musste sie erst mal zu Atem kommen.

„Also Daisy, was kann denn jetzt noch so wichtig sein. Ich muss nach Hause. Ich habe Wichtiges mit meiner Mutter zu bereden." Warum erzähl ich ihr überhaupt davon, dachte sie, aber es war jetzt raus gerutscht. Doch Daisy bekam große Augen und nickte.

„Ihre Mutter … ", japste sie. „Ja, mit meiner Mutter", erwiderte Mariel genervt, doch die andere Frau schüttelte nur den Kopf. Sie atmete einmal tief durch, dann sah sie die andere an und sagte fast schon weinerlich.

„Das war gerade das Krankenhaus. Deine Mutter, sie ist zusammengebrochen. Es sieht nicht gut aus. Du sollst sofort ins Krankenhaus kommen. Es tut mir leid." Daisy nagte an ihrer Lippe und verschränkte die Arme. Mariel wurde leichenblass. Das konnte doch nicht wahr sein. Heute war einer dieser schicksalshaften Tage, dachte sie. Eine innere Stimme rief leise nach ihr. Und sie bekam eine Gänsehaut. „Komm!

Komm zu mir!", flüsterte sie. Es war nicht die Stimme selbst, die sie so erzittern ließ, etwas stimmte damit nicht. Sie klang so … ja so, irre, als sei das Wesen, welches die Worte sagte, vollkommen vom Wahnsinn getrieben. Mariel musste sich konzentrieren. Es ging jetzt um ihre Mutter und es brachte nichts, wenn sie jetzt auch noch durchdrehen würde. Das Wetter buhlte mit ihr um die Wette. Das Donnern hatte etwas nachgelassen, dafür rauschte der Regen in Bindfäden zu Sturzbächen den Weg herab. Kaum jemand der sich noch auf den Straßen aufhielt und dennoch war da irgendwie eine Art Schatten, der sie zu beobachten schien. Wahrscheinlich war sie auch einfach nur zu hypersensibilisiert. Das lag wohl eher an ihren Kopfschmerzen und der derzeitigen Situation. Ihre Gedanken rasten. Sie musste jetzt die Nerven behalten. Gab es denn hier niemanden der ein Taxi brauchte, außer ihr? Es war wie verhext. Am Tage und in der Nacht tobte diese Stadt vor Leben und jetzt war ausgerechnet diese Straße wie ausgestorben. Ach was, dachte sie, dann lauf ich eben bis zur Klinik. Ohne darauf zu Achten wie Nass sie dort ankam, rannte sie einfach drauf los. Sie achtete nicht auf Wege oder Menschen, die ihr schnell aus dem Weg gingen. Auf dem Bürgersteig kam ihr ein Mann mit einem kleinen Dackel entgegen, der sie hysterisch anbellte, als sie an ihm vorbeirauschte. Im Hintergrund, hörte sie noch, das leise fluchen des Besitzers, doch darum konnte sie sich nicht kümmern. Sie lief um Ecken, rannte über Straßen, durchquerte kleine Tunnel und hatte stets ihr Ziel vor Augen. Sie konnte mittlerweile nicht mehr sagen, ob ihre Augen nass vom Regen waren oder doch von Tränen. Sie war zu aufgewühlt. Mariel rannte und rannte, bis sie endlich die Türen der Klinik sah. Die Vorhalle war gefüllt mit Menschen, sei es um Schutz vor dem Wetter zu suchen oder aber um leichte und große Wunden verarzten zu lassen. Natürlich waren auch Kreaturen dabei die leider, nun, wie soll man sagen, zu tief ins Glas geschaut hatten. Es war seltsam hier in diesem Gebäude zu sein. Seit ihrer Ankunft hatte sie ihre Mutter noch nie im Krankenhaus besucht. Wenn sie so nachdachte, war das in allen Städten so.

Kapitel 4

Noch nie sah sie wirklich die Arbeitsstädte ihrer Mutter. Sie lief die Treppen hinauf ohne zu wissen, wo sie überhaupt hin musste. Alle liefen geschäftig herum. Schwestern, die mit Spritzen hantierten, Ärzte, die gewichtig mit Klemmbrettern und Notizen herumliefen, oder mit ihren Stethoskopen über den Kopf, in Richtung Notaufnahme rannten. Andere die hastig am Handy tippten und wiederum Andere, die wie sie, Hilfe suchten. Instinktiv lief Mariel zu der Intensivstation. Wieso auch immer, wusste sie nicht, nur die Stimme von Daisy blieb ihr noch im Kopf, die ihr sagte: „Es steht nicht gut um Sie." Das musste doch bedeuten, das eine Person die, sagen wir mal, zwischen Leben und Tod, schwebte, auf der Intensivstation lag. Mariel musste nur den Hinweisschildern folgen. Sie ging Stufe für Stufe höher, bis sie vor der Milchglastür stand. Zitternd drückte sie die Klinke herunter und trat in den Vorraum. Dort stand sie wieder vor verschlossenen Türen mit einer Klingel daran und einem Hinweisschild. „Um unsere Patienten nicht unnötig zu belasten, bitten wir Sie nur einzeln einzutreten und nur auf engste Verwandte zu beschränken. Bitte haben Sie dafür Verständnis!" Mariel zögerte. Sie merkte gar nicht wie sie eine Pfütze hinterließ. Ein Leises, aber leicht Beruhigendes plätschern rann ihre Hose herunter. Die Haare lagen klatschnass an ihrer Stirn und auch ihre Tasche tropfte. Mariel streckte gerade ihren Finger aus um zu klingeln, als plötzlich die Tür aufschwang. Ein Arzt mittleren Alters kam gerade heraus mit ein paar Ampullen. Er stieß fast mit Mariel zusammen und wollte schon weiter gehen, als er sich wieder umdrehte.

„Verzeihung, wollten Sie zu jemandem bestimmten? Kann ich Ihnen vielleicht helfen?", fragte er leicht besorgt beim Anblick der triefenden jungen Frau. Diese zitterte vor sich hin und bibberte das ihre Zähne leicht klapperten. Der Arzt sah sie nur an und tätigte die Klingel.

„Schwester Margit, kommen Sie doch bitte mal und bringen Sie eine Decke mit." Er half Mariel auf einen Stuhl hinter der Tür. Dort kam gleich eine Schwester und brachte ihr eine Decke und einen Tee, dann setzte sich der Arzt kurz zu ihr und sah sie fragend an.

„Wissen Sie, wo Sie sich hier befinden?", er fragte sie, als sei sie nicht richtig im Kopf, dachte Mariel. Sie nippte schnell an ihrem Tee, an dem sie sich halb verschluckte. Noch bevor sie überhaupt zu Wort kam, wollte der Arzt wieder aufstehen und griff zum Telefon.

„Ja, hier Doktor Fiddler. Ich habe hier eine Patientin, die mir sehr durcheinander scheint. Ich glaube, es wäre besser Sie einmal gründlich zu untersuchen. Ja, machen Sie auch einen Termin bei Doktor Weller für eine psychologische Untersuchung. Ich glaube … Moment, bitte!", bat Doktor Fiddler, als er Mariel wild gestikulieren sah und sie auf ihn zukam.

„Bitte, ich … ich bin keine Patientin. Man hat mich angerufen das … das, meine Mutter hier liegt. Frau Clara Willkott. Sie … Himmel, sie hat hier gearbeitet." Mariel rang um Fassung und stellte ihren Tee auf einen Stuhl. Doktor Fiddler sah sich suchend um. Natürlich war das hier ein großes Krankenhaus und es war wohl verständlich das nicht jeder, jeden kannte. Erst bei dem Namen ihrer Mutter schaltete sich die Intensivschwester ein.

„Clara Wilkott? Ja, die kenne ich. Ist eine unserer fleißigsten Schwestern in der Notaufnahme. Moment mal, ja sie ist heute Nachmittag zu uns gekommen. Kommen Sie, ich bringe Sie zu Ihr. Vielleicht sollten Sie lieber erst mal etwas Trockenes anziehen." Sie zog Mariel mit sich in ein Schwesternzimmer und reichte ihr einen OP Anzug. Ganz in Blau. Er war bequem und trocken, darüber bekam sie noch eine Strickjacke von der Schwester.

„Das müsste fürs Erste gehen bis Ihre Sachen trocken sind. O.k. Dann folgen Sie mir bitte!", bat die Schwester Mariel. Sie gingen durch einen kleinen Flur. Links und rechts befanden sich Türen, die teilweise offen standen. Dort standen Betten mit Patienten, die an Monitoren angeschlossen waren. Überall piepte und blinkte es. Schwestern liefen ständig hin und her, um irgendwelche Apparate zu kontrollieren. Doktor Fiddler kam ihnen auch gleich entgegen.

„Das tut mir leid. Ich wusste nicht ... es ist nur, ich bin erst seit heute den ersten Tag hier und ausgerechnet jetzt scheint hier das Chaos zu regieren. Ich habe Ihre Mutter gleich hier in Zimmer sieben liegen. Kommen Sie!", er deutete mit der Hand den Weg und alle drei gingen zu dem Zimmer. Mariels Herz raste immer schneller und sie musste ihre Tränen unterdrücken, je näher sie dem Raum kamen. An der Tür angekommen, drückte Doktor Fiddler die Klinke herunter und sie konnte eintreten. Tief durch Atmen, dachte Mariel.

Das Zimmer wirkte gespenstisch. Überall standen Geräte, Anschlüsse für Sauerstoff, Monitore und Tabletts mit Spritzen und Blutdruckmanchetten. Mitten im Raum stand ein Bett, in dem lag, völlig verloren, ihre Mutter. Angeschlossen an Überwachungskameras und Blutdruckgeräten, sowie Sauerstoff. Mariel stand wie erstarrt in der Tür. Nur zögernd ging sie Schritt für Schritt auf sie zu. Die Schwester trat an sie heran und legte sanft die Hand auf ihre Schulter, um sie zu ermutigen.

„Keine Angst, sie spürt nichts. Es ist in Ordnung. Sie können ruhig hingehen. Reden Sie mit Ihr." Die Schwester drängte sie leicht zu dem Bett. Jetzt kam auch Doktor Fiddler und trug ein Dokument mit sich. Er überprüfte kurz ein paar Geräte und wandte sich dann an sie.

„ Es tut mir leid Ihnen nichts Besseres sagen zu können, aber wie es aussieht, hat Ihre Mutter einen Schwächeanfall erlitten. Leider ist Ihr Herz in Mitleidenschaft gezogen, welches schon Vorerkrankungen aufgewiesen hat. Ich weiß leider nicht, wie ihre Lebensweise zuvor war, aber anscheinend hatte sie nicht besonders auf sich geachtet. Der Kreislauf war so im Keller, da führte eins zum anderen. Es tut mir leid, aber zurzeit können wir nichts tun. Seit sie zusammengebrochen ist, ist sie nicht mehr zu sich gekommen. Hatte sie vielleicht auch psychische Probleme, das würde auch einiges erklären." Er sah Mariel an und diese verneinte nur. Sie wusste, ihre Mutter hatte in der letzten Zeit viel zu viel gearbeitet, aber das sie etwas bedrückte konnte sie nicht sehen, oder hatte sie etwas übersehen? Sie wusste es nicht, sie sah nur das müde Gesicht vor ihr und die Verzweiflung als sie Clara mit dem Dokument vom Nachlassverwalter konfrontierte. Konnte das dazu beigetragen haben? Nein, dachte sie, das konnte doch nicht sein. Sie trat näher an ihr Bett und nahm zaghaft ihre Hand. Wie schlaff sie war und kalt. Ein Schauer lief ihr den Rücken herunter. Die Wangenknochen ihrer Mutter sahen eingefallen aus und ihre Haut war blass und grau.

„Wie … wie lange kann es dauern, bis sie wieder aufwacht? Ich meine, sie wacht doch wieder auf?" Mariel schaute den Arzt flehend an, doch dieser zuckte nur mit den Schultern. Er gab ihr schnell die Hand und war im Begriff zu gehen.

„Es tut mir leid Ihnen nichts Besseres sagen zu können. Wir können zurzeit nur abwarten", damit war er auch schon durch die Tür. Die Schwester regelte noch einmal die Kanüle mit Flüssigkeit und wollte auch schon gehen.

„Wenn Sie wollen, kann ich Ihnen den Spind Ihrer Mutter zeigen. Vielleicht brauchen Sie ja noch etwas daraus." Mariel nickte nur stumm, konnte sich aber nicht wirklich vom Bett lösen.

„Sie können ruhig gehen. Es kann nichts passieren. Sie wird vorerst nicht aufwachen. Wenn etwas sein sollte, kann ich Sie jederzeit holen. Trinken Sie einen Kaffee und nehmen Sie sich Zeit." Die Schwester nickte ihr zuversichtlich zu. Die junge Frau war sich unsicher. Natürlich hatte die Schwester recht, sie konnte hier vorerst nichts tun. Vielleicht lenkte es sie ab, wenn sie die Sachen ihrer Mutter ansah. Wer weiß, ob sie da nicht noch ein Wäschestück fand, welches noch gewaschen werden musste. So konnte sie sich etwas ablenken und hatte auch eine Aufgabe für zu Hause. Mariel nickte nur stumm und die Schwester begleitete sie kurz zu den Schwesternzimmern. An einem Spind blieb sie stehen und ließ die junge Frau allein. „Es tut mir leid, aber ich muss zurück auf die Station. Sie sehen ja, was hier los ist. Wenn Sie fragen haben sollten. Sie wissen ja wo ich bin. Lassen Sie sich Zeit", damit war auch die Schwester weg und Mariel blieb in dem Aufenthaltsraum zurück. Es kam ihr so unwirklich vor. So unrecht. Es war, als wenn sie schon tot wäre und sie ihre Überreste durchsehen musste. Zittrig fingerte sie an dem Spind und öffnete ihn mit dem Schlüssel, den ihr die Schwester gab. Die Tür öffnete sich und ein leichter Duft von Lavendel strömte ihr entgegen. Clara liebte Lavendel. Ihre dunkle Trenchcoat Jacke hing noch da, daneben eine Strickjacke und unten lagen ein paar Sneakers, noch nass vom Tag. Es hatte den ganzen Tag schon geregnet, auch ihre Jacke wies noch leichte Tropfen auf. Sie nahm die Strickjacke und wollte sie austauschen gegen die Jacke der Krankenschwester. Gerade als sie diese anhatte griff sie in die Jackentasche und hielt ein Stück Papier in den Händen.

„ Für Mariel", stand da. Die junge Frau war völlig perplex. Was hatte das zu bedeuten? Sollte sie den Umschlag öffnen? Sie hatte Skrupel, es kam ihr so falsch vor. Nach einer Weile, als sie noch so vor dem Schrank stand, hielt sie den Umschlag noch immer in den Händen. Sie setzte sich an das Fenster auf einem Stuhl. Noch immer unschlüssig, was es zu bedeuten hatte. Sicher, ihre Mutter reagierte, nachdem sie dieses Schreiben von England bekommen hatte, schon sehr komisch. Ein Blitz schlug in unmittelbarer Nähe ein und gleichzeitig setzte der Regen sintflutartig ein. Was hatte sie schon zu verlieren, dachte sie und öffnete das Papier.

„Meine liebe Mariel, ich weiß, ich hätte schon lange mit dir reden sollen, aber ich hatte mich einfach nicht getraut. Vieles in meinem und deinem Leben ist schief gelaufen, aber vieles war auch gut. Warum wir so oft umgezogen sind, wollte ich dir

schon immer mal sagen, aber der Mut hat mich stetig verlassen. Vielleicht ist ja heute der Tag, der Wahrheit. Ich wollte dir nur sagen; ich habe in meinem Leben viele Fehler gemacht, aber du warst nie ein Fehler. Nur leider befürchte ich, dass ich die ganze Wahrheit nicht länger für mich behalten kann. Ich hoffe, du wirst es eines Tages verstehen. Dieser Brief aus England hat mich wach gerüttelt, und selbst wenn ich nicht mit dir gehen kann, so hoffe ich doch das du dort, deinen Frieden finden wirst. Aber das kann ich dir noch in aller Ruhe erklären. Ich habe ... ", damit brach der Brief ab. Wozu hatte sie diesen geschrieben? Mariel war völlig durcheinander. Sie stand hier in dem Zimmer, regungslos für ein paar Minuten. Dann knüllte sie das Papier zusammen und steckte es sich in die Tasche. Sie musste erst mal wieder zu ihrer Mutter. So gingen leider die Tage dahin, ohne auf einen Hinweis der Besserung oder Änderung. Tagtäglich saß sie am Bett von Clara und betete inständig das sie endlich auch nur einen Hauch von Lebenszeichen von sich gab, aber die Ärzte machten ihr nicht viel Hoffnung. Mit jedem Tag mehr begann sie zu grübeln, über sich, das Leben, ihre Mutter und auch dieser Brief. Der Termin für diesen Notar in England war schon in vier Tagen. Mariel war hin und her gerissen. Wenn doch nur ihre Mutter jetzt etwas sagen könnte und ihr helfen würde, aber so musste sie eine Entscheidung treffen.

An diesem Abend ging sie in ihre Wohnung, um ein paar neue Sachen anzuziehen. Sie suchte schnell im Schlafzimmer ein paar Sachen, bis ihr wieder die Schnipsel von dem Foto ins Auge fiel. Wieso hatte ihre Mutter das Bild hinter dem Schrank versteckt, oder bildete sie sich das nur ein? Oh je, wenn ich so weiter mache, drehe ich auch noch durch und das kann ich mir nicht leisten, dachte sie. Bevor sie die Wohnung verließ, fasste sie sich noch mal an den Kopf. Richtig, der Brief, dachte sie. Sie hielt noch einmal das Einschreiben in der Hand und drehte und wendete es. Es musste doch eine Bedeutung haben, warum ausgerechnet sie jetzt, dieses Schreiben bekam. Sie hielt nicht viel von Zufällen oder Schicksal, aber hier fing sie doch an, zu grübeln. Mariel sah auf die Uhr, es war gerade halb fünf am Nachmittag. Vielleicht … Ja, das würde sie versuchen. Flugs griff sie zum Telefonhörer, bevor sie der Mut wieder verließ. Sie wählte die Nummer, die auf dem Einschreiben stand. Ein Carl Hofman, Notar. Es klingelte und Mariel musste tief durchatmen. Beim dritten Mal Klingeln wollte sie schon aufgeben, als die Leitung plötzlich knackte und sich eine Frauenstimme meldete: „Hofman! Was kann ich für Sie tun?", fragte sie höflich. Mariel musste schlucken und hielt krampfhaft das Dokument in den Händen. Sie druckste leicht herum.

„Ja … ähm, hallo. Mein Name ist Mariel Wilkott, ich habe die Tage ein Schreiben von Ihnen bekommen, das ich zu Ihnen kommen soll zwecks einer Testamentseröffnung. Können Sie mir sagen, worum es geht, oder um wen?" Sie schaute sich im Spiegel an und kaute nervös an ihrer Unterlippe. Es dauerte eine Sekunde, ehe sich die Dame wieder meldete.

„Geben Sie mir bitte Ihr Aktenzeichen!", forderte sie, sie auf. Mariel suchte auf dem Papier nach irgendeiner Nummer und fragte sich, was sie eigentlich erwartete. Die Stimme meldete sich wieder.

„Sehen Sie mal oben rechts nach, unter der Telefonnummer."

„Oh, ja richtig!", stammelte die junge Frau und gab die sechsstellige Nummer an. Wieder warten!

„Oh, ich sehe es gerade. Ja, die Akte habe ich hier. Es tut mir leid, aber darüber darf ich Ihnen keine Auskunft geben. Sie verstehen sicherlich", fügte die Frau hinzu. Mariel versuchte die Frau ein wenig zu überzeugen und berichtete ihr von Clara und was passiert sei.

„Oje, Sie Arme", meinte die Frau am Telefon, „ das tut mir ja leid, aber trotzdem kann ich Ihnen keine Auskunft geben. Sehen Sie, wenn ich Ihnen meinen Rat geben darf?", fragte sie und Mariel nickte. Als eine kurze Pause entstand, begriff sie das sie nur genickt hatte und hauchte noch schnell ein Kleines ja in den Hörer.

„Sehen Sie, was Ihnen und Ihrer Mutter passiert ist, ist natürlich schlimm, aber wenn Sie jetzt diesen Termin nicht wahrnehmen, würden Sie sich immer diese Vorwürfe machen und ständig fragen, was wäre wenn. Ich meine Ihre Mutter ist doch, denke ich, in guten Händen. Und wenn wirklich etwas passieren sollte, wären Sie doch eigentlich schnell wieder in Deutschland. Was sagen Sie?", die Frau konnte schon überzeugen, dachte Mariel und recht hatte sie irgendwie auch. Zumal es wahrscheinlich auch im Sinne ihrer Mutter sei.

„Also gut. Ich werde mich gleich übermorgen auf den Weg machen. Wenn Sie mir noch die Unterlagen faxen könnten und hätten Sie eventuell einen Tipp für mich, wo ich noch eine Pension oder ein Hotel her bekomme?", hakte sie noch einmal nach, doch die Frau meinte.

„Ach, darum machen Sie sich keine Sorgen, wenn Sie hierherkommen, können wir das noch regeln", damit verabschiedeten sich die beiden Frauen und Mariel legte auf.

Ein mulmiges Gefühl beschlich sie und eine Gänsehaut durchfuhr sie. In der Ferne hörte sie ein hysterisches, leises Lachen, aber da war niemand. Es war wieder einer dieser Einbildungen. Jetzt, wo ihre Mutter in der Klinik lag, begleiteten sie immer wieder diese Träume. Die junge Frau wollte eigentlich wieder in die Klinik, beschloss aber erst mal all ihre Unterlagen zu sammeln, wer weiß, was sie so alles brauchte in England. Sie durchsuchte Kisten und Aktenordner. Ihre Geburtsurkunde, ihren Pass und Ausweis. Seltsam, über ihre Mutter gab es so gut wie nichts an Unterlagen. Hatte sie, sie irgendwo anders aufbewahrt? Ein kleiner Karton mit Fotos kam zum Vorschein und Mariel konnte nicht umhin sie anzusehen. Sicher war ihrer Mutter das nicht recht, aber jetzt konnte sie nicht anders. Es waren schöne Landschaftsfotos von Cornwall. Clara liebte Blumen und das Meer. Sie hatte alle Blumen fotografiert, die in üppigen Farben prahlten. Muscheln hatte sie vom Meer gesammelt und alle auf einen Haufen gelegt und sie dann fotografiert. Ab und an kam auch ein Foto von ihrer Mutter als Kind zum Vorschein. Sie stand in einem großen Garten und pflückte Blumen. Aber auch ein Foto war zu sehen mit zwei Erwachsenen, die im Hintergrund standen. Anscheinend wollten sie nicht fotografiert werden, oder sie haben es nicht mitbekommen. Die Frau sah so zerbrechlich aus und der Mann schien verzweifelt. Sie standen vor einer großen Tür, aber das Haus konnte man nicht erkennen. Nur eine Diele, die in das Haus führte. Ganz hinten im dunklen Schatten konnte sie noch ein paar Umrisse einer Person sehen, die aber so verblast war, dass man sie nicht erkannte. Mariel ging ein Schauer durch Mark und Bein. Waren das vielleicht Claras Eltern? Aber auch die sahen ihr überhaupt nicht ähnlich. Die Frau hatte eher braune Haare und der Mann leicht rotblonde, was man aber nicht sehr gut erkennen konnte, da er wohl ziemlich viel Pomade im Haar verteilt hatte. Auch waren beide größer. Nun, vielleicht hat Clara ja eine Generation übersprungen und sie kam nach ihrem Großvater. Es half ja alles nichts, sie steckte die Sachen in einen Umschlag und kramte ihre Reisetasche aus dem Vorratsraum. Sie warf wahllos ein paar Sachen hinein und begab sich wieder auf den Weg ins Krankenhaus. Hier hatte sich nichts weiter getan. Es gab keine Veränderungen. Sie machte sich allmählich Sorgen um den Zustand ihrer Mutter und bedachte damit die Schwester, aber diese beruhigte sie etwas.

„Machen Sie sich keine Sorgen. Ihre Mutter ist zäh. Und manchmal kann es sogar bis zu Monaten dauern, bis ein Patient plötzlich wieder aufwacht, als wäre nichts gewesen. Fahren Sie ruhig!", meinte die Schwester als Mariel ihre Bedenken aussprach. Ihr war nicht ganz wohl, aber sie beschloss dennoch zu fahren, wie die Frau am Telefon schon sagte, sie würde sich das ewig fragen und vorwerfen.

Kapitel 5

Gleich am nächsten Tag buchte sie den Flug. Am Tage ihrer Abreise ging sie noch einmal zu ihrer Mutter und las ihr ein paar Seiten ihres Lieblingsbuches vor. Der Arzt meinte, auch wenn sie im Koma liegt, würde das nicht heißen, das sie nichts mitbekam. Es tat allen gut so zu tun, als sei es das Normalste. Danach stieg sie in das Flugzeug und machte sich auf den Weg nach Cornwall. In Bristol landete sie. Der einzige Flughafen, der von Hamburg, Nonstop, Richtung Cornwall ging und Mariel war es nur recht. So konnte sie auch gleich den nächstbesten Flug direkt zurücknehmen. Hätte sie noch mehr Zeit und Muße gehabt, hier ein bisschen zu verweilen, hätte sie die Schönheiten hier noch auskosten können, aber Mariel dachte nur an ihre Mutter und das sie dies hier schnell erledigen wollte.

Mit einem Mietauto machte sie sich auf den Weg nach Truro, wo sich der besagte Notar befand. Auf ihrer Reise, bis zu dem Hauptort von Cornwall, begab sie sich auf eine idyllische Reise, zwischen zahlreichen Baumalleen und verschlungenen Pfaden die, die Einmaligkeit Cornwalls wieder spiegelte. Satte grüne Hügel umgeben von malerischen kleinen Dörfern und abgelegenen Häusern und Farmen ergänzten die Landschaft um vieles mehr. Die Luft schien so rein und leicht salzig mit einem Geschmack von Freiheit und Gelassenheit. Die Strecke lief quer durch das Land, bis sie die Schilder von Truro, nach einer Fahrt von fast drei Stunden, entdeckte. Ein paar Straßen weiter fand sie endlich das Gebäude mit dem Notar darin. *„Hofman and Son"*, stand da angeschlagen. Na also gut, dachte Mariel und klingelte. Es dauerte ein paar Sekunden, ehe jemand zur Tür kam. Eine ältere Frau öffnete.

„Äh ja? Was kann ich für Sie tun?", fragte diese und wischte beiläufig die Tür mit einem Lappen ab. Die Frau trug eine Schürze und musste wohl eindeutig eine Angestellte oder Putzhilfe sein.

„Oh Verzeihen Sie, aber das ist doch hier der Notar Hofman and Son?", fragte Mariel und guckte auf das Schild. Die Frau grinste leicht und nickte: „Oh ja, da sind Sie richtig", meinte sie und wischte weiter. Mariel war etwas verwirrt, und ehe sie weiter fragen konnte, fiel ihr die Frau wieder ins Wort: „Aber da ist keiner mehr. Mittagspause! Kommen Sie doch später wieder", empfahl sie trocken. Na ganz toll, dachte die junge Frau. Jetzt komme ich den weiten Weg hierher und dann das.

„Ja, ähm, danke", sie drehte sich schon zum Gehen um, bis ihr wieder etwas einfiel.

„Verzeihen Sie, aber können Sie mir vielleicht sagen wo ich eine kleinigkeit essen kann, bis das Büro wieder aufmacht?", fragte sie höflich. Die ältere Frau wischte sich leicht die Stirn ab und grübelte: „Oh ja, nun, wenn Sie hier die Straße hochgehen, finden Sie das Gravy. Ein schnuckeliges kleines Restaurant. Kann ich nur empfehlen", sagte die Dame und machte auch schon die Tür wieder zu. Es nutzte ja nichts. Mariel musste jetzt warten. Auch wenn der ganze Trubel nicht spurlos an ihr vorüberging, so merkte sie jetzt ein kleines Hungergefühl. Also ließ sie den Wagen hier stehen und ging die Straße herunter. Das Büro war nicht weit vom Gericht entfernt und das Gravy lag wirklich unweit des Büros. Zu ihrem Glück war das kleine Backsteinhäuschen nicht allzu sehr besucht. Sie fand noch einen Platz am Fenster und konnte so dem Treiben auf der Straße zusehen. Sie bestellte sich traditionell einen schwarzen Tee und ein paar scones (Rosinenbrötchen) mit Marmelade und clotted cream, einer Art Rahm, nur cremiger und fetthaltiger. Eigentlich hatte Mariel keinen richtigen Hunger, aber die scones schmeckten wirklich gut und fruchtig. Ihre Gedanken schweiften die ganze Zeit zu dem Krankenhaus, welches sie auch alle drei Stunden anrief. Dort jedoch bekam sie wie immer die Antworten, dass sich nichts geändert hat und sie solle sich keine Sorgen machen. Die Zeit schien wie in Trance zu vergehen. Aber sie zog sich auch zäh dahin. Alle zehn Minuten guckte sie auf die Uhr und die Zeit verging nicht. Noch eine ganze Stunde, bis das Büro wieder öffnete. Sollte sie sich hier etwas umsehen? Es gab hier ein großes, schönes Museum, im Gotikstil, jedoch war ihr nicht unbedingt nach Sightseeing. Nach weiteren zehn Minuten beschloss sie dennoch zu gehen. Es war nichts für sie den ganzen Tag an einem Tee zu nippen und darauf zu warten bis die Zeit umging. Also bezahlte sie und wollte sich gerade ihre Jacke schnappen und gehen, als ein junger Mann, forsch durch das Fenster schaute. Er sah sie direkt an und ihr war etwas unbehaglich zumute. Er hatte etwas Animalisches an sich, fand sie. Seine grünen Augen glänzten wie Smaragde. Seine Braunen, Haare lagen wirr um seinen Kopf. Er hatte locker einen Pullover um sein blaues Hemd geknotet und trug Bluejeans. Alles in allem, sah er wirklich nicht schlecht aus, doch sie wandte sich schnell ab. Es kam ihr unhöflich vor ihn so anzustarren. Sicherlich suchte er seine Frau oder Freundin, oder gar seinen Geliebten? Sie musste bei dem Gedanken leicht schmunzeln und sah nicht, wie er sie unverhohlen anguckte und auch leicht lächelte. Mariel wurde rot. Wie peinlich ihr das war. Schnell nahm sie ihre Jacke und Tasche und machte das sie durch die Tür kam. Sie grüßte nochmal schnell zurück und knallte auch schon mit einer Person an der Tür zusammen.

„Oh Verzeihung!", stammelte sie schnell, ehe sie begriff mit wem sie da zusammenstieß. Es war der Mann vom Fenster. Sie wurde rot und nickte nur, damit sie schnell weg kam. Dieser grinste kurz und murmelte so was wie: „ Macht doch nichts". Draußen atmete sie erleichtert durch. Mariel beschloss den Rest der Stunde damit zu nutzen, doch noch das Museum zu besuchen. Plötzlich hörte sie eine männliche Stimme hinter sich: „Hallo? Hallo Miss! Warten Sie bitte!", rief er. Meinte der Mann etwa sie? Die junge Frau wollte sich nicht umsehen. Was, wenn er sie doch nicht meinte, das wäre ihr zu peinlich. Immerhin, sie kannte ja schließlich niemanden hier. Sie ging wieder ein paar Schritte, bis sie zu einer Kreuzung kam und warten musste, um sie zu überqueren. Die Schritte kamen näher und wieder rief die Stimme.

„Hallo Miss, warten Sie bitte. Ich muss mit Ihnen reden. Hallo?", rief der Mann wieder. Sie wollte schon einen Schritt auf die Straße tun, als der Mann sie an den Schultern packte.

Gerade im rechten Augenblick. Ein Auto fuhr ohne Rücksicht auf sie zu nehmen, los und hätte sie um ein Haar gestreift, hätte der Mann sie nicht rechtzeitig zurückgehalten: „Hallo! Oh Mann, das war ja knapp. Alles in Ordnung?", fragte er und sah sie mit diesen grünen Augen an. Mariel wurde es ganz anders, doch sie ließ sich nichts anmerken.

„Uh ... oh, ja alles in Ordnung. Danke!", damit wollte sie wieder gehen, doch der Mann ließ sie nicht los. Ein wenig aufdringlich fand sie ihn und wollte sich schon losreißen.

„Verzeihung, aber sind Sie nicht Frau Wilkott? Ich habe Sie schon gesucht. Unsere Haushälterin hat mir gesagt, dass Sie hier sind." Der Mann sah sie direkt an. Und Mariel konnte nur nicken. Er hielt ihr die Hand entgegen: „Oh Entschuldigen Sie. Ich hab mich noch gar nicht vorgestellt. Jason Hofman. Von Hofman and Son."

Mariel grübelte kurz, bis der Groschen bei ihr fiel und sie war erleichtert.

„Ja, ich bin Mariel Wilkott. Die Dame meinte, ich müsste noch warten", stammelte Mariel.

„Ach herrje, das tut mir leid. Aber Madam Franzen ist noch nicht lange bei uns. Sie konnte nicht wissen, dass wir unsere Mandanten auch so ausrufen lassen und Sie uns eigentlich rufen müsste. Gott Lob wusste sie, wohin Sie gegangen sind. Wollen Sie mich vielleicht ins Büro begleiten? Ich denke Sie wollen die Angelegenheit schnell hinter sich bringen. Frau Sailors deutete so etwas an, als Sie mit Ihnen gesprochen hatte." Mariel war wirklich erleichtert und froh das es endlich weiterging. Die beiden gingen wieder die Straße zurück zum Bürogebäude. Als Jason die Tür aufschloss, strömte ihr ein Geruch von leichtem Bohnerwachs entgegen. Die gute Frau von vorhin gab sich wirklich Mühe alles steril zu halten. Das sah auch Jason so. Er rümpfte leicht die Nase und bedeutete ihr an in sein Büro, am ende des Flurs, zu gehen. Er ging schnell voraus und öffnete kurz das Fenster.

„Kann ich Ihnen etwas bringen? Ein Wasser, Tee, Kaffee?", fragte er höflich und stellte ein Tablett mit einer Karaffe vor ihr hin, doch Mariel wollte vorerst nichts: „Ich hole eben meinen Vater. Wenn Sie mich kurz entschuldigen würden?", damit schloss er die Verbindungstür und man konnte seine Schritte über den dunklen Dielenboden knarren hören. Dann stieg er ein Paar Treppen hinauf, die auch knarzten. Das musste wohl irgendwie, typisch für englische Möbel sein, dachte Mariel, aber sie wartete geduldig. Das Büro war, wie fast alle Häuser hier, englisch eingerichtet. Ein schwerer, brauner Eichentisch, an dem sie saß, auf den lederbezogenen Schreibstuhl. An der Wand prunkte ein weißer Kamin. Die Wand zierte ein großer Schreibschrank, natürlich auch in Eiche. Ein schwarzer Füllfederhalter lag auf dem Tisch, neben einem Aktenordner. Mariel wusste nicht, wie lange sie hier schon saß, aber allmählich machte sich die Müdigkeit bei ihr bemerkbar. Die Tage im Krankenhaus und die Fahrt hierher, zollten ihren Tribut. Sie merkte gar nicht, wie sie eingenickt war, erst ein Räuspern ließ sie aufschrecken.

„Oh ... uh, das ist mir jetzt aber peinlich. Verzeihen Sie, das muss wohl an der Reise liegen", puterrot sank sie in den Sessel. Der Notar mit seinem Sohn sahen sich leicht lächelnd an und nach einer stillen Sekunde sagte der Notar.

„Wenn Sie wollen, können wir auch gerne Morgen weiter machen. Ich würde Ihnen eine Pension besorgen und Sie könnten in aller Ruhe ausschlafen", meinte er gelassen und setzte sich mit dem Aktenordner hin. Jetzt saß Mariel wieder gerade und Jason reichte ihr einen Kaffee, den sie dankend annahm: „Nein, nein, kein Problem. Je schneller wir das hier Abwickeln können, desto eher kann ich wieder zurück zu meiner Mutter ins Krankenhaus", sie trank schnell das heiße Getränk und wollte schnell wieder weg: „Also gut, dann lassen

Sie uns beginnen!" Herr Hofman legte alle Unterlagen bereit und Jason schloss derweil die Tür, damit sie ungestört waren.

„Also, warum Sie heute hier sind. Es geht darum, das Sie als Erbin eingesetzt wurden. Ich kann Ihnen derzeit nur so viel sagen, das es sich um ein großes Anwesen handelt in Cragford. Der Familie Mac Clanister. Hier steht, dass man Sie eindeutig als Erbin des Anwesens eingesetzt hat. Es hat natürlich lange gedauert um Sie überhaupt ausfindig zu machen und nur der Zufall wollte es, dass der hiesige Pfarrer vor Ort ein Testament fand, welches nun ja, seit zwei Jahren in seinem Besitz geschlummert hat. Wie dem auch sei, die Umstände dazu können wir noch später bereden. Fakt ist, das Gebäude steht leider schon länger leer und ich selber konnte mir noch keinen Eindruck davon machen, in welchem Zustand es ist, aber wenn Sie unterschrieben haben, können Sie es sich dann ja ansehen und dann entscheiden was Sie machen wollen", er hielt Mariel das Dokument hin. Diese sah nur kurz darauf. Sie verstand nicht, was das alles mit ihr zu tun haben sollte. Die junge Frau trank ihren letzten Schluck Kaffee.

„Verzeihen Sie, ich … nun, ich weiß gar nicht, was das mit mir zu tun hat. Ich versteh das nicht. Wie sagten Sie noch, hießen die Herrschaften?", sie linste auf das Blatt und las noch einmal.

„Mac Clanister!", Mariel zuckte die Achsel: „Ich kenne keinen mit dem Namen Mac Clanister. Hören Sie, es handelt sich bestimmt um ein Missverständnis. Vielleicht haben Sie ja die Namen vertauscht und Sie meinten meine Mutter. Sie hat hier früher mal gewohnt. Clara Wilkott!", sagte sie bestimmt. Herr Hofman schaute noch einmal alle Unterlagen durch und blätterte und blätterte.

„Nein, das tut mir leid. Es handelt sich wirklich um den Namen Mariel Nicolette Wilkott. Hier sehen Sie!", er schob ihr alle Unterlagen hin. Mariel blätterte sie durch. Da stand tatsächlich ihr voller Name, obwohl sie ihren zweiten Namen so gut wie noch nie benutzt hatte. Unschlüssig hielt sie das Dokument in den Händen und sah ziemlich verzweifelt aus.

„Ein Anwesen, sagen Sie?", fragte die junge Frau noch einmal und der Notar nickte. Bestand doch noch Hoffnung?

„Aber was soll ich denn damit? Ich meine, Himmel meine Mutter liegt im Koma und ich kann sie nicht fragen, aber ein Anwesen hier in England. Das ist doch unmöglich. Wie oder in welchem Zustand ist es denn?", fragte sie noch einmal, doch Herr Hofman schüttelte den Kopf.

„Das tut mir leid, das kann ich Ihnen gar nicht sagen. Ich habe dieses Testament nur per Post bekommen und vom hiesigen

Pastor, wie gesagt, vor Ort weiß ich das dieses Haus schon länger frei steht. Man konnte bisher noch keinen Käufer auftreiben. Und wenn, ging es ja nicht wegen der Besitzurkunde. Auch hier stand im Grundbuch eingetragen, das es die Erbin von Mac Clanister bekommt." Jason Hofman sah die Verzweiflung in Mariels Gesichts. Er zog seinen Vater zur Seite.

„Hast du mal eben einen Augenblick?", fragte er ihn und sein Vater nickte kurz. Zu Mariel gewandt meinte er noch: „Wenn Sie uns einen Moment entschuldigen!", sagte er höflich. Mariel war das egal. Sie sah sich noch einmal die Papiere an. Das konnte doch alles nicht wahr sein. Waren das vielleicht die verschollenen Großeltern, die ihre Mutter für tot erklärt hatte? Wenn sie so darüber nachdachte, wusste sie nicht viel über ihre Großeltern. Oder war es gar das Erbe ihres eigenen Vaters, den sie nie kennengelernt hatte? Clara hatte nie etwas verlauten lassen und es gab auch keinen Hinweis auf ihn. Mariel hörte draußen die Stimmen von Jason und seinem Vater.

„Ich bitte dich Carl, was macht das schon. Einen Tag mehr oder weniger. Es kommt doch nun wirklich nicht darauf an. Gib dir einen Ruck. Sieh sie dir doch an, ich meine, sie ist doch schon völlig fertig. Außerdem kann es doch nur dein Vorteil sein. Was sagst du?", Jason bekniete seinen Vater und sie wusste nicht warum. Dieser druckste nur kurz herum und schlug seinem Sohn dann auf die Schulter.

„Also schön, ich mache es, aber merk dir, mit dieser Einstellung wird es schwer, Fuß zu fassen, als seriöser und skrupelloser Anwalt", er lachte und schob Jason voran. Dieser lächelte Mariel kurz an.

„Also, ich habe mich mit meinem Vater kurz besprochen, was halten Sie davon, wenn Sie sich das Anwesen erst mal anschauen, ehe Sie eine Entscheidung treffen. Ich meine, das kann, denke ich, schon helfen. Was sagen Sie?", fragte Jason höflich und ließ seine weißen Zähne blitzen. Mariel war hin und her gerissen. Jetzt auch noch ein Haus angucken? Wo sollte sie die Zeit hernehmen? Eigentlich wollte sie am Abend schon wieder im Flieger nach Hause sitzen.

„Ich weiß nicht recht. Wie weit ist es den? Ich meine, ich wollte eigentlich heute Abend wieder heimfliegen. Sie wissen doch, meine Mutter", versuchte sie sich zu rechtfertigen. Jetzt war ein bisschen Diplomatie angesagt, dachte sich der Sohn.

„Nun ja, Cragford liegt nicht gerade um die Ecke. Ich will Sie auch gar nicht anlügen. Es dauert schon ein bis zwei Stunden dahin. Aber überlegen Sie mal, was haben Sie zu verlieren. Sie können jederzeit im Krankenhaus anrufen, und ob Sie jetzt hier sind oder dort, hier können Sie ihrer Mutter genauso wenig helfen wie vor Ort. Nur, wenn Sie jetzt gehen, ohne es gesehen zu haben, würden Sie sich das ewig vorhalten. Außerdem geht heute Abend ohnehin kein Flug mehr. Nicht von Land`s End, und ehe Sie an einem anderen Flughafen wären, würde es eh zu spät sein." Er sah sie lächelnd an. Mariel fühlte sich ein bisschen in die Enge getrieben, aber er hatte Recht, dachte sie. Was hatte sie zu verlieren? Sie griff noch schnell zum Handy um im Krankenhaus anzurufen. Dort gab es bisher keine Veränderung. Mariel strich sich müde über das Gesicht. Carl Hofman hatte sich inzwischen verabschiedet und musste für einen Termin weg. Jason hatte alle Unterlagen und gab sie Mariel. Mit einer Land und Straßenkarte bewaffnet schlug sie den Weg zu ihrem Mietauto an. Erst kurz davor schlug sie sich vor die Stirn: „Oh so ein Mist!", murmelte sie leise, aber nicht leise genug das der Notarsohn es nicht mitbekam.

„Ist irgendetwas nicht in Ordnung?", fragte er. Mariel lachte leicht verlegen.

„Ich habe den Mietwagen nur bis heute Abend 18 Uhr", meinte sie verlegen. Jason griff gleich zu seinem Handy und telefonierte kurz, dann wandte er sich wieder der jungen Frau zu.

„Geben Sie mir Ihren Schlüssel", verlangte er und hielt die Hand hin. Mariel wollte nicht. Wozu auch, dachte sie: „Nun geben Sie schon her? Ich habe eine unserer Angestellten gebeten den Wagen wegzubringen und Sie fahren mit mir. Keine Wiederrede! Ich sehe es Ihnen schon die ganze Zeit an. Sie sind müde und damit helfen Sie niemanden. Keine Angst, ich bringe Sie hin und auch heile wieder zurück. Versprochen!" Er hielt sich die Hand an die Brust und schwor. Natürlich war es Mariel nicht recht. Sie war nicht auf andere angewiesen und wollte es auch nicht, aber ganz unrecht hatte der junge Mann auch nicht. Sie war wirklich müde. Und wenn jemand sie fuhr, konnte sie wenigstens im Auto ein bisschen dösen. Also nickte sie nur. Auf dem Weg zu seinem Auto, hielt sie ihn kurz zurück.

„Ich will Ihnen keine Umstände machen. Ich meine Ihr Vater scheint auch nicht gerade glücklich darüber, das ich das Testament noch nicht unterschrieben habe. Und sicherlich haben Sie genug zu tun." Das war Mariel wirklich unangenehm. Jason jedoch, ging langsam weiter und bedeute Mariel an, mit zu kommen. Dabei schmunzelte er leicht.

„Sehen Sie, mein Vater ist eher konservativ. Er möchte alles schnell erledigt haben. Er mag es nicht Geschäfte ohne Abschluss zu gewinnen. Aber er wird darüber wegkommen. Sie brauchen sich keine Gedanken machen. Auch nicht was ich tue. Das geht schon in Ordnung. Der alte Herr kann mich schon entbehren", er lachte, dann knuffte er Mariel sanft in die Seite. „Hey, ich habe außerdem ein Faible für alte Häuser. Na kommen Sie!" Jason war so überzeugend das Mariel gar nicht anders konnte. Sie schnappte sich ihre Tasche und gab Hofman Junior die Schlüssel, diese deponierte er schnell im Büro und packte noch ein paar Sachen für unterwegs ein, dann konnte es losgehen.

Kapitel 6

Sie stiegen in einen schwarzen Passat. Dort hatte sie genügend Platz um sich ihren Sitz ganz nach hinten zu stellen, um sich auszuruhen. Kaum saß sie in dem Auto, fing sie auch schon an zu dösen. Das war ihr furchtbar peinlich. Mariel merkte gar nicht, wie sie losfuhren. Raus aus der Stadt, fuhren sie querfeldein. Jason bog auf die Bundesstraße A390 ab und fuhr immer weiter die A30 entlang. Vorbei an dem National Trust Godrevy und der Portreath Heritage Coast. Malerische Küstenlandschaften, die sich entlang der Straße zogen, mit ihren Klippen und dem Meer, sowie ihren satten grünen Augenweiden. Ganz von weiten, konnte man den Leuchtturm von Godrevy erkennen. Mariel verschlief fast alle Sehenswürdigkeiten. Erst, als sie merkte wie die Vibration des Motors aufgehört hatte und ein Windstoß gegen die Fenster peitschte, erwachte sie. Salziger Geruch lag unmittelbar in der Luft. Sie war etwas verwirrt und musste sich erst mal orientieren. Die Scheiben des Autos waren leicht beschlagen, aber sie wusste dass sie eindeutig standen. Waren sie etwa schon da, fragte sie sich. Die Autotür quietschte leicht beim öffnen und als sie ausstieg, strömte ihr ein salziger Wind entgegen. Es war frisch, leicht kalt und es tat sehr gut. Sie standen an einem Pier, der aus Mauern bestand und weit in eine Bucht reichte. Ringsherum um das Meer stand eine Häuserreihe mit malerischen, kleinen Steinhäusern. Es war schon später am Abend und die Sonne war noch nicht untergegangen. Es fing ganz leicht an, zu dämmern. Einzelne Menschen liefen noch am Strand entlang, andere packten gerade ihre Sachen, um nach Hause zu gehen und wiederum andere gingen eben in den Pub oder in ein Restaurant. Jason stand nicht weit vom Auto, an einer Steinmauer des Piers und schaute auf das Meer, als Mariel sich zu ihm gesellte.

„Oh Verzeihen Sie, das ich hier angehalten habe, aber ich brauchte dringend einen Kaffee und hier direkt am Pier schmeckt er besonders gut. Ich hoffe, es macht Ihnen nichts aus das ich hier einen Zwischenstopp eingelegt habe. Es sind nur ca vierzehn Minuten und wenn Sie wollen, können wir jederzeit wieder los. Ich dachte nur, eine kleine Ruhepause kann nicht schaden", er lächelte und reichte ihr einen Becher mit noch heißem Kaffee. Er tat so gut, wie er ihre Kehle runterrann und Jason hatte recht, er schmeckte wirklich gut.

„Einen Schuss mehr Sahne, das ist das Geheimnis und dazu die

Luft. Einfach wunderbar", lachte er. Mariel stand neben ihn und musterte die Landschaft. Wirklich, es war herrlich hier. Der Blick auf das Meer und die sanften Wogen der Wellen, gaben etwas Beruhigendes, dazu das kreischen der Möwen. Wenn man sich umdrehte, sah man die Fassaden der Häuser, mit den kleinen, verträumten Souvenirshops und Pubs. Sicher, es gab auch einzelne Container, die ihr Cornish Ice oder Cornish Pasty anboten.

„ST. Ives", meinte Jason und Mariel guckte ihn leicht wirr an. „Der Ort. Das ist St. Ives, einst eine Künstlerstadt. Jetzt zwar auch noch, aber ich denke, an jedem Küstenort boomt irgendwann mal mehr oder weniger, der Tourist. Sie sollten mal im Herbst oder Winter herkommen. Allein von der Luft, einfach herrlich. Hier probieren Sie mal. Cornish Pasty. Reichhaltig und lecker gefüllt. Ich habe mir erlaubt Ihnen eins mit Hühnchen und Kartoffeln zu bestellen", er hielt ihr ein Stück Teig hin, welches in Papier gewickelt war. Es sah aus wie eine Teigtasche, aber ziemlich groß. Jetzt erst merkte sie, wie ihr Magen knurrte. Als sie reinbiss, war sie doch überrascht, wie lecker das schmeckte. Sie nickte ihm zu und Jason grinste wie ein Kind. Eine Weile standen sie einfach nur so da. Die Dämmerung setzte ein und von der See her wehte jetzt ein frischer Wind. Die Wolken wurden immer dunkler und etwas weiter grummelte es. Das sah nicht gut aus. Mariel blickte Jason von der Seite an und dieser straffte die Schultern.

„Oh, oh, ich fürchte, unser Ausflug wird gleich ein jähes Ende haben. Vom Meer her zieht ein Sturm auf. Nicht ungewöhnlich, aber wir sollten uns beeilen, wenn wir wirklich noch nach Cragford wollen." Die junge Frau schaute ihn an: „Was soll das heißen, wenn wir wirklich wollen?" Sie guckte ihn verständnislos an und dieser druckste leicht herum.

„Ich will ehrlich zu Ihnen sein. Haben Sie schon einmal einen Sturm an der Küste erlebt?", fragte er und Mariel verneinte. Natürlich gab es an den Küsten Stürme und auch in Hamburg und an all den anderen Orten, die sie in ihrem Leben war. Was also sollte an diesem hier so anders sein, dachte sie.

„Sehen Sie, hier peitscht der Wind und die Wellen Meterhoch. Fast die gesamte Küstenstraße ist dann davon betroffen." Mariel verschränkte die Arme vor die Brust. Der Wind hatte deutlich zugenommen und die Wolken wurden wirklich immer dunkler. In der Ferne sah sie einen Blitz aufkommen.

„Was also schlagen Sie vor?", fragte sie vorwurfsvoll. Jason sah zum Auto und zu der Promenade.

„Also, wenn ich einen Vorschlag machen dürfte. Ich weiß, Sie wollen das hier so schnell wie möglich hinter sich bringen. Es gäbe da jetzt die Option, entweder wir fahren weiter bis zu dem Anwesen, oder wir übernachten hier im Ort." Mariel fiel bald die Kinnlade runter. Das wurde ja immer besser. Erst fuhr sie hierhin ohne zu wissen, warum, dann dauerte, es länger als geplant und ihre Mutter lag noch immer in diesem Krankenhaus. Bevor sie antworten konnte, fiel ihr Jason ins Wort:„Sehen Sie, ich will Ihre Entscheidung nicht beeinflussen, aber wenn wir jetzt zu diesem Anwesen fahren weiß ich nicht, wie die Lage dort aussieht. Ob wir Strom haben und wie bewohnbar das Haus ist, ich meine, wenn der Sturm richtig loslegt, können Sie ohnehin nichts sehen. Und wie es dort vor Ort mit Pensionen aussieht, kann ich derzeit nicht sagen. Hier hätten wir jedenfalls eine Chance. An der Promenade habe ich schon ein paar Pubs und Inns gesehen die noch Zimmer freihaben. Wir könnten sofort morgen früh losfahren." Jason trippelte von einem Bein auf das andere. Mariel wusste nicht, was sie davon halten sollte. Es kam ihr doch sehr suspekt vor. Sie wollte schon verneinen und darauf bestehen, dass sie weiter fahren, als ein großer Blitz direkt vor ihnen in die Bucht einschlug, dann ging alles sehr schnell. Ein Donnern krachte vom Himmel und ein Platzregen strömte auf sie ein. Die beiden konnten gerade noch ins Auto flüchten und Jason gab sich alle Mühe das Auto gerade zu halten. Er musste sich krampfhaft an das Lenkrad festhalten. Der Wind toste von allen Seiten und schaukelte das Gefährt ordentlich durch.

„Ich weiß, Sie halten nichts davon, aber ich werde jetzt da vorne das Wharf Inn ansteuern und fragen, ob sie noch zwei Zimmer frei haben. Das hier hat heute keinen Sinn", schrie Jason gegen den Sturm an. Mariel nickte nur. Was hatte sie sonst für eine Chance. Bei jeder Kurve lag das Auto noch mehr in Schräglage und kaum hatte der Regen leicht nachgelassen, jagte ein Blitz wieder auf und der Regen prasselte erneut. Die Bucht war schon leicht überschwemmt und auch die Promenade stand gefährlich nahe am Wasser. Der junge Hofman steuerte den Wagen schnell auf einen freien Parkplatz und beide liefen in das Restaurant. Die Tür flog auf und knallte gegen die Wand. Alle Gäste, die noch an den Tresen saßen, schauten sich um. Es waren vielleicht vier oder fünf Leute, die dort ihr Feierabendbier tranken oder einfach das Wetter abwarteten. Ein Grau bärtiger Mann mit untersetzter Figur und einem Geschirrtuch in der Hand, raunzte die beiden gleich an.

„Die Tür!", rief er und Jason drehte sich schnell um, die Tür wieder zu schließen. Mariel tropfte unterdessen den Boden voll. Der grimmig aussehende Wirt drehte sich wieder seiner Theke zu, als eine Frau in einer Schürze auftauchte und grinste. „Ach Himmel Mike, lass die Herrschaften doch nicht so stehen. Kommen Sie Schätzchen, Sie sind ja pitschnass." Die Frau nahm Mariel und Jason gleich an die Seite und reichte den beiden ein Handtuch: „Ach das ist aber auch ein Wetter." murmelte sie und sah den Mann hinter den Tresen an. Dieser zuckte nur die Schultern und grummelte so was wie: „ Typisch Touristen, müssen ja auch nicht im Regen rum stehen." Die Frau wiegelte gleich ab: „Ach, hören Sie nicht auf den alten Griesgram. Bei so einem Wetter bleiben ihm halt die Gäste aus und das wurmt ihn. Ist auch nicht so gut auf die Touristen zu sprechen", flüsterte sie noch. Doch Mike hatte alles gehört.

„Altes Weibergewäsch. Was geht die unser Leben an", maulte er. Am liebsten wäre Mariel gleich wieder gegangen: „Sie müssen sich nichts daraus machen, er ist halt so. Was kann ich denn für euch tun?", fragte die Frau höflich und grinste, dabei wischte sie beiläufig den Tisch ab.

„Wir hätten gerne zwei Bier und hätten Sie vielleicht noch zwei Zimmer frei? Ach übrigens wir sind aus Truro, falls Sie das interessiert", sagte Jason schnippisch. Die Frau grinste und der Wirt tat so, als hätte er nichts gehört, zapfte aber gleich die

Biere und brachte sie auch an den Tisch. Dabei murmelte er nur: „Nichts für ungut", und verschwand wieder an den Tresen. Seine Frau kam nach ein paar Minuten wieder und hielt zwei Schlüssel in der Hand: „Da haben Sie aber Glück, hatte noch zwei Zimmer frei. Nichts Besonderes, aber für eine Nacht, denke ich, wird es gehen. Wenn Sie noch etwas zu Abend essen wollen, ich hätte da noch eine Portion Fish und Chips, oder Pasty und eine Fischsuppe", doch beide lehnten dankend ab. Die Pasty von vorhin lagen noch schwer im Magen. Mariel wollte nur schnell ein Telefon um im Krankenhaus an zu rufen. Im Flur stand ein normales Münztelefon: „Das geht nicht. Wegen dem Sturm. Sie werden wohl heute hier keinen Anschluss finden. Wenn Sie fernsehen wollen, geht das leider auch nicht", stammelte der Wirt und wischte wieder über die Theke. Anscheinend hatte er seine Laune wieder gefunden. Im Nachhinein murmelte er noch: „Tut mir Leid, ist fast immer so hier." Mariel wollte auch nicht gerade hier in der Gaststube ihr Handy aufladen, also ließ sie es erst mal sein, bis sie auf ihrem Zimmer war. Um die Zeit etwas zu überbrücken, es war ja erst kurz nach zwanzig Uhr, bestellten sie noch ein Bier.
Während die beiden so dasaßen, flackerte das Licht ab und an, wenn in der Nähe ein Blitz einschlug. Die beiden saßen in einer

kleinen Ecke mit dunklen Holztischen. Der Pub hatte grün umrahmte Fenster und an den Wänden hingen überall alte Bilder sowie ausgestopfte Fische und lauter Fischernetze. Eine Kerze brannte zusätzlich auf dem Tisch und der Wirt hatte schon mal mehrere Kerzen gebunkert samt Taschenlampe, für den Fall das der Strom doch noch ausfiel. Bei Jason und Mariel entstand betretendes Schweigen. Erst beim dritten Bier wurde Mariel etwas lockerer.

„Sagen Sie, wie lange sind Sie schon in dem Unternehmen, ich meine, haben Sie mal vor das Geschäft zu übernehmen?", fragte Mariel und Jason saß jetzt ganz locker da. Ab und an sah er hinaus und seine Augen schienen leicht zu leuchten, wenn ein Blitz wider aufschlug.

„Nun, mein Vater und ich wohnen schon seit zehn Jahren hier. Wie Sie sicher gemerkt haben, ist unser Name nicht gerade Englisch. Mein Vater hatte die Kanzlei von meinem Großvater bekommen und dieser war zuvor nach England ausgewandert und so sind wir dann hierher." Er nippte an seinem Glas.: „War es denn nicht schwer so mir nichts, dir nichts, aus dem alten Leben hierher zu kommen? Ich meine, wir sind Jahr für Jahr umgezogen und man gewöhnt sich daran, aber so weit weg, stellte Mariel fest. Jason nickte nur.

„Nun ja, es war schon eine Umgewöhnung. Aber ich kann mich da sehr gut anpassen. Ich meine, natürlich wir sind von München, naja, in der Nähe von München hierher. Meine Mutter konnte das nicht ertragen. Das Essen, die Luft, das war ihr zu viel und so ging sie wieder zurück. Nun, wie Sie sehen, bin ich mit meinem Vater hier allein. Ich will mich nicht beklagen, aber mein Vater steckt noch ein bisschen in seiner Altmodischen Art fest. Ich denke, das haben Sie schon gemerkt. Aber die Geschäfte hier gehen eigentlich gut. Wie sieht das bei Ihnen aus? Ich meine, haben Sie schon immer in Hamburg gewohnt?" Jetzt war es an Mariel zu erzählen. So verbrachten die beiden den Abend und es war ihr ganz angenehm. Nach dreiundzwanzig Uhr befand die junge Frau, dass es endlich Zeit sei zu schlafen. Sie wollte, trotz allem, früh morgens los. Der Wirt zeigte den beiden noch schnell den Weg zu ihren Zimmern und schloss dann auch ab.

Die beiden hatten die Zimmer nebeneinander, die sich im ersten Stock befanden. Es gab eine Verbindungstür und sie mussten sich das Bad, welches in der Verbindungstür war, teilen. Es gab auch noch eine Toilette auf dem Flur, aber die war eben nur für Notfälle. Die Zimmer waren hübsch, aber einfach eingerichtet. Ein Bett stand an der Wand, bezogen mit typisch englischen Rosenbezügen, daneben stand ein kleiner Tisch aus Kiefer. Am Fenster stand ein Schreibtisch mit einer grünen Tiffanylampe und einer Flasche Wasser. Gegenüber dem Bett war ein kleiner Kleiderschrank. Von dem Fenster aus hatte man einen Blick über die Bucht, welcher jetzt aber sehr getrübt war. Der Regen peitschte dagegen, und wenn der Wind zwischen die Ritzen pfiff, heulte er unheimlich auf. Schnell zog Mariel die Gardinen zu und knipste das Licht an. Sie hatte schon damit gerechnet das sie eventuell ein oder zwei Tage in England blieb, aber das es so sein würde? In ihre Tasche hatte sie, zu Hause, noch schnell ein Nachthemd eingepackt und einen Pullover, sowie Unterwäsche. Das war´s aber auch schon. Wenn sie jetzt noch länger blieb, müsste sie sich neue Sachen kaufen.

Im Nachthemd trippelte sie auf nackten Füßen in das Bad. Sie schloss ihre Seite, vergaß aber das es noch eine andere gab. Sie putzte sich die Zähne und wollte gerade noch unter die Dusche springen. Sie hatte schon einen Träger ihres Nachthemdes runter gezogen, als Jason pfeifend, nur mit Boxershorts bekleidet, hinein kam.

„Oh … oh je, das … das, tut mir aber leid. Ist mir furchtbar peinlich, ich dachte, das Bad wäre frei, da nichts abgeschlossen war", stammelte er und Mariel zog sich schnell den Träger wieder hoch.

„Ich hab vergessen, ab zu schließen. Das ... das, tut mir jetzt leid." Beide standen da und keiner rührte sich, die peinliche Situation zu verlassen. Seine Augen blickten sie leicht durchdringend an und auch sie musterte ihn unfreiwillig. Sein gut gebauter Körper schimmerte im Schein der Lampe. Und auch Mariels Nachthemd schimmerte leicht durchsichtig und ließ ihre fraulichen Konturen zum Vorschein kommen. Ehe ihnen bewusst war, was hier geschah, gab sich Jason einen Ruck und begriff das er sie anstarrte um dann schnell und mit gesenktem Blick ins Zimmer zurück taumelte. Er schloss schnell die Tür und sprach dann durch diese.

„Es tut mir nochmals leid. Wenn Sie wollen, können Sie gerne duschen, ich warte so lange." Doch Mariel war das Duschen vergangen. Sie wusch sich ganz schnell und zog es vor im Flur auf die Toilette zu gehen. Es war ihr immer noch zu peinlich. Schnell huschte sie in ihr Bett. Dabei ließ sie die Lampe an. Langsam fiel sie in einen Dämmerschlaf. Das Licht fing wieder an zu flackern und der Sturm tobte noch draußen. Der Wind toste peitschend an die Fenster und der Wind heulte düster durch die Ritzen. Mariel wälzte sich unruhig hin und her.

Nebelschwaden bahnten sich ihren Weg in ihr Unterbewusstsein. Leise und wirre Stimmen begleiteten sie. Sie schwebte zwischen zwei Bäumen und immer wieder wurde es glühend heiß. Heisere, tot bringende Schreie, die um ihr Leben zu kämpfen schienen, übertrumpften die Stille. Dann ein Babygeschrei und wieder dieses irre Lachen und eine Stimme, die flüsterte.

„Komm, komm zu mir! Ich warte! Du gehörst hierher. Du gehörst zu mir." Eisige, knochige Hände griffen nach ihr und Mariel konnte sich nicht wehren. Es schien, als würden sie, sie in einen Abgrund reißen, aber es war kein Abgrund, es war ein Grab. Umgeben von mehreren Skeletten und wieder ertönte dieses Lachen. Sie schlug danach und wollte sich freischaufeln, aber immer wieder rutschte die Erde nach und sie schrie um Hilfe. Zwei große Hände packten nach ihr und doch wollte Mariel nicht aufhören. Nur dumpf hörte sie eine Stimme, die ihren Namen rief.

„Mariel wachen Sie auf. Mariel!", rief sie. Etwas Nasses schlug ihr ins Gesicht. Plötzlich sah sie die Gesichter von Jason und der Wirtin vor sich. Völlig erschöpft und wirr saß Mariel in ihrem Bett, durchgeschwitzt und zitternd: „Kindchen, Sie haben uns einen ganz schönen Schreck eingejagt. Geht es wieder?", fragte die Wirtin besorgt und Mariel nickte. Jason saß neben ihr und tupfte ihre Stirn mit Wasser ab: „Ich mach das hier schon, gehen Sie ruhig wieder ins Bett und Danke", meinte er zur Wirtin, diese stand noch leicht unschlüssig, bis ihr Gatte sie rief und sie wieder ging. Zu Mariel gewandt sagte der junge Mann: „Sie haben uns einen ganz schönen Schrecken eingejagt. Sie haben geschrien, als wenn Sie jemand abschlachtet. Geht es Ihnen wieder besser? Hier trinken Sie einen Schluck." Er reichte ihr ein Glas Wasser und Mariel leerte es in einem Zug.

„Das ist mir furchtbar peinlich. So schlimm war es noch nie", stammelte sie.

„Sie meinen das kommt öfter vor?", fragte Jason und Mariel nickte mit gesenkten Kopf.

„Na ja, ich will Ihnen ja nicht zu nahe treten, aber haben Sie schon mal daran gedacht einen Arzt zu konsultieren?", meinte er und Mariel nickte. „Meine Mutter ist Krankenschwester, sie meint, das lege bestimmt an dem ganzen Stress. Na, ja wegen den ganzen Umzügen und so, und jetzt, nun, ich denke das kommt von der Angst um meine Mutter." Sie klatschte sich vor dem Kopf.

„Oh Himmel, sehen Sie, das habe ich ganz vergessen. Ich sollte doch im Krankenhaus anrufen." Sie suchte schnell ihr Handy, doch der junge Herr Hofman hielt sie kurzerhand auf.

„Entschuldigen Sie, aber es ist mitten in der Nacht. Glauben Sie nicht, wenn es etwas Wichtiges gebe, würde man Sie ohnehin anrufen?", da hatte er wohl recht, dachte die junge Frau und legte das Handy neben sich auf das Nachtschränkchen. Dabei sah sie auf die Uhr. Es war wirklich mitten in der Nacht. Drei Uhr. Jetzt hatte sie ein schlechtes Gewissen, das alle wegen ihr aufgewacht waren.

„Ach herrje, das wollte ich nicht. Wegen mir bekommt niemand Schlaf. Das tut mir leid. Ich fürchte, da ist morgen ein saftiges Trinkgeld drin", meinte sie nur und lächelte. Dann zog sie sich ihre Bettdecke zurecht und sah Jason an. Dieser sah kurz aus dem Fenster.

„Ich danke Ihnen das Sie sich um mich gekümmert haben, zwangsweise. Aber es geht schon wieder", sagte sie und Jason erhob sich langsam: „Kein Problem. Es konnte ohnehin niemand schlafen. Nein, machen Sie sich keine Sorgen. Wenn es Ihnen gut geht, dann gehe ich jetzt wieder. Gute Nacht!" Damit stand er auf und ging zur Tür. Da drehte er sich noch einmal um und Mariel lächelte leicht, um ihm zu bedeuten, dass es ihr wieder gut geht. Sie beschloss für den Rest des

Abends nicht mehr zu schlafen, was ihr aber nicht gelang. Die junge Frau döste mehr vor sich hin und aus lauter Angst, wachte sie bei jedem Geräusch auf. Dementsprechend war sie auch am nächsten Morgen ziemlich gerädert. Mariel wusch sich und schaute aus dem Fenster. Die Wolken waren noch ziemlich verhangen und das Meer schob seine Wellen noch heftig gegen die Kaimauer, aber der Regen und das Gewitter waren abgezogen. Weit hinten über das Meer, konnte man sogar vereinzelte Sonnenstrahlen ausmachen.

Mariel packte ihre Tasche zusammen, machte das Bett und ging hinunter zum Frühstücken. Es roch schon nach Kaffee, Tee und gebratenen Speck sowie Eiern und Toast. Jason saß schon in der Nische eines kleinen Tisches und trank seinen Tee. Die Wirtin kam gleich und bedeutete Mariel an sich zu setzen, dabei tätschelte sie, sie fürsorglich auf die Schulter.

„Na meine Liebe, was kann ich Ihnen Gutes tun?", sie winkte zum Frühstücksbuffet, aber Mariel hatte keinen rechten Appetit: „Nur einen Orangensaft und Toast bitte", meinte die junge Frau, was nicht gerade auf Begeisterung traf: „Morgen!", murmelte sie dem jungen Mann zu und dieser verschluckte sich fast an seinem Toast: „Urgh … hmm … morgen", prustete er und beide mussten lachen. Nachdem sie gefrühstückt hatten, wollten sie gleich weiter. Natürlich ließ die Wirtin sie nicht gehen, ohne ihr ein Lunchpaket fertigzumachen. Sie stopfte schnell zwei scones und zwei Sandwiches in die Tüte und gab ihr noch eine Thermoskanne Kaffee mit. Diese könne sie ja dann wieder vorbeibringen, wenn sie auf dem Rückweg seien. Das Auto sah ziemlich mitgenommen aus. Überall klebte noch Sand und Salz daran und noch immer toste ein eisiger Wind. Die Fahrt ging also weiter. An einer Raststätte telefonierte Mariel noch schnell und kam dann zum Auto zurück.

„Und, nichts Neues?", erkundigte sich der junge Mann und Mariel verneinte. Die Ungewissheit machte sie fertig.

Kapitel 7

Entlang der Küste konnte sie die Schönheit Cornwalls, erst richtig sehen. Durch das milde Klima wuchsen hier seltene und exotische Pflanzen. Eigentlich konnte sie ihre Mutter nicht verstehen, warum sie von hier weg war. Sie fuhren durch Straßenalleen, satte Wiesen und je näher sie Cragford kamen, desto weniger Autos, kamen ihnen entgegen.

„Sagen Sie, was ist das überhaupt für ein Name Mac Clanister?", fragte sie Jason. Dieser zuckte die Achseln: „ Nun, um ganz ehrlich zu sein, ich weiß es nicht. Ich weiß nur, das dieses Anwesen lange im Besitz war, aber eigentlich, kannte die Familie kaum jemand. Sie lebte sehr zurückgezogen. Soviel ich weiß, war es ein Ehepaar. Sie hatten wohl so eine Art Kinderheim, dort. Aber vielleicht möchten Sie ja noch den Pfarrer später sprechen, der kann Ihnen bestimmt mehr sagen."
Mariel war nicht wohl bei der Sache.

„Sagen Sie, warum tun Sie das überhaupt? Ich meine, Sie haben doch bestimmt Besseres zu tun, als mich zu kutschieren und mit wildfremden Frauen, irgendwo zu übernachten. Ich meine, was sagt denn Ihre Frau, oder Freundin dazu?", der junge Mann lächelte: „ Das habe ich Ihnen doch schon gesagt. Es macht mir nichts aus und außerdem tut mir das auch gut, mal kurz raus zu kommen. Zudem gehört es doch zum Geschäft. Sehen Sie, wenn der Kunde nicht ganz zufrieden ist, gibt es auch keinen Abschluss und wer darf es dann ausbaden? Ich! Machen Sie sich keine Gedanken. Es macht mir Spaß, mit fremden Frauen woanders zu übernachten." Er lachte und fügte noch hinzu.

„Sie brauchen sich keine Sorgen machen, dass irgendeine Irre, mit dem Messer auf Sie losgeht, wegen der letzten Nacht. Ich bin schon länger allein. Berufsrisiko. Apropos Irre? Was ist mit Ihnen. Ich meine, was sagt ihr Freund dazu?", jetzt waren wohl die Fronten geklärt und Mariel lachte auch.

„Kein Freund, kein Mann. Berufs und Umzugsrisiko." Bei dem Anblick, wie Jason jetzt guckte, musste sie lachen und auch er stimmte gleich mit ein. Mit ein paar Witzeleien auf den Lippen fuhren sie immer weiter in eine Einöde. Sie bogen auf eine lange Landstraße ab, die sehr zu wünschen übrig ließ. Durch den Regen sah man kaum die Schlammlöcher, durch die man fuhr. Erst als es gegen die Scheiben spritzte, wusste man das es eins war. Sie fuhren durch einen kleinen Hain, der wild überwuchert war, umgeben von Zäunen und Steinmauern.

Dahinter grasten ein paar Schafe. Die Straße wurde immer enger. Vor Panik griff Mariel immer wieder an ihren Gurt und Jason versuchte langsamer zu fahren, was er aber nicht riskieren wollte. Je langsamer er fuhr, desto eher lief er in Gefahr, in einem dieser Löcher stecken zu bleiben.

Nach weiteren Kurven endlich, kam das Schild zu Cragford. Hier gab es nun wirklich nicht viel. Eine kleine Kapelle säumte den Weg und einzelne Häuser verteilten sich. Hier sollte sie dieses Anwesen finden? Es war weit und breit, nichts zu sehen. An einem Gatter, neben der Landstraße, hielt Jason an.

„Wir sind da", meinte er fröhlich und stieg aus. Mariel war noch völlig perplex. Außer einem Gatter, welches kaum noch so zu bezeichnen war, war hier nichts zu sehen. Nur ein verwachsener Pfad, der eventuell darauf hindeutete, dass hier einst ein Weg herführte. Noch dazu bahnten sich hier Sträucher und Äste, ihren Weg und bewucherten den ganzen Platz. Eine Art, kleiner Wald war dahinter, umrangt von einer Wiese, deren Gras bald so hoch war, wie die Sträucher. Mariel wollte erst nicht weiter gehen.

„Wir können mit dem Auto nicht weiter fahren, aber laut meines Vaters, ist das Anwesen gleich hinter dem Wald. Ich hoffe, Sie hat der Mut nicht verloren. Ich finde es immer wieder spannend, nicht zu wissen, was man da zu Gesicht bekommt. Ich meine, sehen Sie es sich erst mal an und dann können wir ja jederzeit, sofort wieder fahren. Kein Problem, aber wenn wir schon mal da sind. Packt Sie die Neugier denn nicht?", fragte er und seine Augen leuchteten, wie bei einem Kind. Mariel schmunzelte und gab sich einen Ruck.

„Also gut, aber wenn irgendwelche großen Spinnen oder anderes Getier, aus dem Gestrüpp springt, bin ich weg." Sie ließ sich über den Zaun helfen und merkte gar nicht, wie Jason ihre Hand länger hielt, als sie wollte. Erst nach ein paar Metern ließ er ihre Hand mit leicht rotem Kopf los. Sie gingen weiter. Es war ein sehr verschlungener Pfad. Sie mussten über Äste klettern, blieben an Dornen hängen oder verhedderten sich in einer Weide. Dann ging es durch einen kleinen Wald. Im Gegensatz zu dem Weg war er ziemlich duster und auch verwachsen, aber nicht so wild wuchernd. Ein paar Tannen waren wohl, mal bei einem Sturm abgebrochen und lagen nun direkt im Weg. Auch hier mussten sie drüberklettern, was die Sache nicht einfacher machte. Der Harz haftete neckisch an ihrer Kleidung und Mariel verfluchte das hier jetzt schon. Etwas weiter sah man schon einzelne Lichtstrahlen. Jason meinte noch.

„Oh das Ende des Tunnels", er lachte und es hallte leicht wieder. Ein Kauz gab sein stell dich ein und meinte seine Meinung kundtun zu müssen, dabei verließ er seinen Horst und flog nur haarscharf über ihre Köpfe hinweg. Überall in den Ästen raschelte und wuselte es. Ein vorwitziges Eichhörnchen steckte seine Nase heraus und flitzte über den Weg, gefolgt von einer Haselmaus. Die Tannennadeln pikten allmählich durch Mariels Schuhe und das nervte beim Laufen. Wenn sie jetzt nicht bald eine Pause machen konnte, würde sie hier und jetzt die Schuhe ausziehen und barfuß weiterlaufen. Einen Unterschied würde dies auch nicht ausmachen.

Jason ging immer weiter voran, während Mariel ihre Mühe hatte. Als der Wald endlich endete, verschwand der junge Mann hinter einer Hügelkuppe. Natürlich war diese auch übersät mit hohen Gräsern und Wildblumen. Sie wollte sich schon beschweren, als auch sie den Hügel erreichte und zu dem jungen Mann stieß. Dieser stand da und ihm stand der Mund offen.

„Wow, geht's nicht weiter? War's das?", fragte Mariel außer Atem. Jason deutete mit der Hand vor sich. Erst verstand sie nicht. Gab es jetzt noch mehr Wald oder Sträucher? Sie krabbelte gequält den Hügel hoch und stellte sich neben Jason.

Die junge Frau schaute nach vorne und musste staunen.

Vor ihr erstreckte sich ein großes Tal. Eine riesige Wiese, mit einzelnen kleinen Anhöhen, erstreckte sich und ganz weit vorne, sah sie ein großes Haus. Es war kein Haus, sondern eine Art Villa. Imposant stand sie da, mit diesen runden Giebeln aus Stein, den vielen Fenstern und Efeuranken sowie Rosenstöcke. Es zierte das ganze Haus. Verwildert wucherte es in alle Ritze. Von außen und im allgemeinen machte das Haus, einen guten Eindruck. Mariel hätte eher erwartet, dass sie eine halb verfallene Ruine vorfinden würde, oder ein Haus mit Rissen und eingeschlagenen Scheiben. Nun, wollen wir mal sehen, wie es innen aussieht, dachte Mariel. Sie knuffte Jason kurz in die Seite. Dieser war erstaunt über ihre forsche Art, dennoch folgte er ihr auf dem Fuße. Mariels Gesicht glühte jetzt vor Eifer. Hatte sie zuvor nicht daran gedacht, so ein Gemäuer zu erben, war sie jetzt Feuer und Flamme. Natürlich hatte sie schon oft alte Gebäude gesehen und besuchte auch viele Museen, aber jetzt zu wissen, das so ein Haus jetzt ihr gehören sollte, grenzte schon an Wahnsinn. Mariel war sich eigentlich noch nicht sicher, ob sie dieses Gemäuer wirklich behalten sollte. Immerhin steckte dort noch eine Menge Arbeit drin und wenn, was sollte sie hier? Erst mal stand die Gesundheit ihrer

Mutter im Vordergrund und wenn sie doch … Nein, daran durfte Mariel nicht mal denken. Sie sah sich das Gebäude erst mal an und würde dann entscheiden. Gucken kostete doch nichts, dachte sie.

Der Boden war leicht glitschig vom Regen zuvor und sie musste aufpassen, nicht hinzufallen. An einem leichten Hügel kam sie dennoch ins Rutschen und Jason konnte sie gerade noch so halten. Er half ihr beim Aufstehen und musste sie kurz an sich drücken. Ihre beiden Augen trafen sich und für den Bruchteil einer Sekunde, standen sie sich ganz nah. Sie merkte, wie ihr und sein Herz raste. Nur Zentimeter trennten sich ihre Lippen von seinen. Die Verlockung war groß und sie verstand nicht, wie das hier so weit kommen konnte und warum sie solche Gefühle übermannten. Auch Jason wusste nicht, wie ihm geschah. Normalerweise ging er so was nicht so schnell an. Aber irgendwie war dies hier Magisch und er konnte sich das nicht erklären. Sicher, sie war schon attraktiv, aber er kannte sie noch gar nicht. Und doch war da so ein Gefühl ... Er sah sich schon seine Lippen auf die ihren schließen, als sie sich schließlich besann und verlegen von ihm löste.

„Ich … ähm … Ich würde sagen, wir gehen mal weiter." Nur ganz langsam löste sie sich von ihm und stolperte den kleinen

Hügel wieder herab, gen Haus. Auch Jason musste sich erst mal fangen und folgte ihr. Als die beiden den kleinen Hügel herab gingen, sah Mariel etwas weiter vom Haus, eine kleine Anhöhe. Es sah merkwürdig aus. Dort mitten auf dem Rasen erhob sich dieser Hügel, mit einem sonderbar knochigen, knorrigen und verzweigten, alten Baum. Er schien so gut wie ausgestorben zu sein und dennoch, versuchte er seine Triebe zu tragen. Ganz so, als wolle er den Kampf des Aussterbens, noch nicht aufgeben. Einerseits imposant, andrerseits schien er auch ziemlich düster zu wirken. Sie würde sich diesen Baum später ansehen, dachte die junge Frau und steuerte auf das Haus zu. Es war seltsam. Eine unerklärliche Luft erhob sich. Auch die Wolken hingen wieder dunkel über dem Anwesen und es grollte leicht. Mariel zog sich ihre Jacke enger um die Schultern.

Kapitel 8

Es gab keinen Weg, weder zum Haus noch, vom Haus weg. Natürlich war hier alles wild überwuchert. Wilde Rosen rankten an dem Haus hoch, sowie wilder Efeu und wie es aussah, Wilder Wein. Sie musste kurz schmunzeln, kam sie sich vor wie bei Dornröschen, nur musste ihr Prinz sie nicht aus dem Haus befreien, sondern zusehen, dass sie beide rein kamen. Jason hatte tatsächlich Mühe, das Schloss auf zu bekommen. Es war völlig eingerostet. Nach drei ruckeligen Versuchen klappte es endlich. Die Tür schleifte enorm über dem Boden. Sie war wohl verzogen. Lauter Spinnweben hingen im Flureingang und über ihren Köpfen. Der schwarz - weiße, marmorierte Fußboden, war mit einer dicken Staubschicht bedeckt und man konnte nur ansatzweise erraten, welche Farbe oder Muster sich dahinter verbarg. Nur ganz am Rande sah man noch die Strukturierung. In dem langen Flur reihten sich einzelne Türen. Manche standen offen und andere waren verschlossen. Gleich die erste Tür stand auf und eröffnete ihnen ein Blick in das Innere. Es war eine große Stube. Direkt an der Wand bestach ein riesiger Kamin, mit seiner Pracht. Weiße Marmorsäulen zierten ihn, über dem ein großer Spiegel mit goldenem Rahmen hing. Allerdings hatte dieser einen Sprung. Auf dem Sims standen einst Bilder, wobei nur noch die Rahmen herumlagen. Eine alte Pendeluhr hatte schon längst ihre Zeiger eingestellt. Ein großer Fellteppich lag vor dem Kamin. Er war eindeutig zerschlissen. Anscheinend fanden Mäuse ihr Neues zu Hause dort. Hinter dem Teppich, stand ein schweres braunes Ledersofa, welches mit dem Rücken an einer Kommode ruhte. In der Mitte prunkte ein langer Tisch mit acht Stühlen. An der anderen Wand stand ein großer Sekretär, von dem man aus auf den Garten gucken konnte. Angrenzend ging das Zimmer über in ein anderes. Dieses stand jedoch leer bis auf ein oder zwei Stühle. Von hier aus gingen sie wieder in den Flur. Auf der gegenüberliegenden Seite befanden sich noch mehrere Zimmer, mit einzelnen Betten oder auch nur welche, die wieder leer standen. Am ende des Flurs, ging es eine große Treppe herauf, die sie aber vorerst außer Acht ließen. Wer wusste, ob diese überhaupt noch tragbar war. Unter und hinter der Treppe befand sich die Küche. Auch hier stand nicht mehr viel, außer ein paar Schränken, ein großes Waschbecken aus Stein und ein offener Kamin. Anscheinend wurde hier noch über offenem Feuer gekocht, dachte Mariel, doch auf der anderen Seite stand noch eine große gusseiserne Kochstelle mit Backofen und Herd. Daneben ein großer Korb mit Kohle. Von der Küche aus konnten sie direkt in den Garten gehen.

Neben der Küche war noch ein Raum, der als Waschküche diente. Auch hier befanden sich keine Geräte mehr, nur ein Wasserhahn und ein Abfluss. Eine kleine Toilette war direkt neben an. Das Hauptbad befand sich wohl auf den oberen Etagen. Mariel und Jason gingen aus dem Haus, in den Garten. Hinter dem Haus, hatten die Bewohner einst einen Gemüsegarten angelegt, der völlig verwildert war. Nur ein Holzzaun erinnerte an die Abgrenzung. Die vielen Löcher in dem Garten ließen auf Kaninchen deuten die ganze Arbeit geleistet hatten. Eine kleine Arbeitshütte stand am Ende des Kräuter und Gemüsegartens. Der war durch die Witterung ziemlich zerfallen. Ein großer Baum ragte direkt darüber und hatte sich seinen Weg durch das Holz gebahnt.

„Was meinen Sie, sollten wir die oberen Etagen in Angriff nehmen?", fragte Jason. Mariel zuckte mit den Achseln. Sie schaute nach oben. Plötzlich bekam sie einen Schreck. War das auf dem Dachboden ein Gesicht, welches sie anstarrte? Das konnte doch nicht sein, oder waren hier etwa Unbekannte eingedrungen? Sie fröstelte bei dem Anblick. Mariel stupste den jungen Mann kurz an: „Haben Sie das auch gesehen? Ich meine da oben?", sie zeigte auf das runde Dachfenster. Der Junge Mann verneinte. Er sah nochmals hin, schüttelte aber den Kopf: „Diese alten Gemäuer können einem manchmal, ganz schön einen Streich spielen. Kommen Sie, lassen Sie uns weiter gehen. Ich glaube, es ist auch besser rein zu gehen, da oben zieht sich schon wieder etwas zusammen. Sie müssen auch den Vorteil sehen. Wenn es jetzt regnet, wissen wir gleich, ob das Dach noch dicht ist." Er lachte und Mariel ging nur zögernd voran.

In dem Flur betrachtete sie die große Treppe. Eigentlich sah sie ganz stabil aus. Ein paar Stufen ließen schon leicht zu wünschen übrig, aber im Großen und Ganzen, war die Treppe robust gebaut. Englische Eiche, vermutete Mariel. Jason ging großmütig voran. Was soll´s, dachte Mariel und ging hinterher. Je höher sie stiegen, desto dünner schien die Luft zu werden. An den Wänden, mit Ornamenttapeten verziert, hingen einst Gemälde. Die gelbliche Umrandung ließ noch darauf schließen. Ein großer Kronleuchter, der einst im Flur hing, lag zerbrochen auf dem Boden. Auch an den Wänden, entlang der Treppe, befanden sich Kutscherlampen, die meisten waren aber auch schon zerbrochen. Je höher sie gingen, desto dunkler wurde es. Hier kam kein Licht herein. Die Türen oben waren wohl alle zu. Vor den Fenstern wucherte der Efeu und die Rosenranken und ließen so kaum Helligkeit durchbrechen. Unten knallte eine Tür und Mariel ging schneller. Ein eisiger Wind wehte jetzt durch das Gemäuer und ein Donnern war zu vernehmen. Hoffentlich war es nicht wieder so ein Gewitter wie auf St Ives, dachte sie und zitterte leicht. Die junge Frau drehte sich kurz um, um zu sehen, welche Tür es war, aber sie konnte nichts erkennen. Als sie sich wieder nach vorne wandte, war Jason schon oben, in einem der Zimmer verschwunden. Mariel wollte so schnell wie möglich hinterher. Schritt für Schritt stieg sie höher und eine eisige Stimme hauchte ihr ins Ohr.

„Ja komm, ich warte schon so lange auf dich", dann kam wieder dieses eisige und irre Lachen. Mariel war ganz und gar nicht zum Lachen zumute. Wer oder was sollte das? Hatte vielleicht gar Jason etwas damit zu tun? Die Stimme allerdings ertönte direkt neben ihr und Jason war oben in eines der Zimmer. Sie suchte die Wände nach Luftschächten ab, doch da waren keine. Wie eine kalte Hand fuhr ihr etwas in die Haare und sie schrie kurz auf, das jetzt den jungen Mann auf dem

Plan rief. Er kam ihr entgegen und sah leicht bestürzt aus.

„Alles in Ordnung? Ich habe Sie schreien gehört", fragte er besorgt und Mariel wusste sich nicht zu helfen. Sollte sie ihm davon erzählen, der hielt sie doch bestimmt für so eine Olle durchgeknallte Großstadttussi, deshalb verneinte sie.

„Oh nein. Ich dachte, ich meine, da lief gerade eine Maus über meine Schuhe. Kleines Ekelbiest", dabei grinste sie und schüttelte übertrieben den Fuß, danach schritt sie mit wackeligen Knien die Treppe hoch. Auch hier befanden sich wie unten, mehrere Türen. Sie schlossen eine nach der anderen auf und mussten staunen. Es schienen eindeutig Schlafsäle zu sein. Überall standen mehrere Betten darin, mit Schränken und kleinen Tischen. In einem Zimmer stand eine große Couch mit einem Tisch und einem Kamin. Nicht so groß wie der Untere, aber es war anscheinend eine Art, zweites Wohnzimmer. Auch hier stand ein Sekretär. Am Ende des Flurs befand sich ein großer Waschraum, mit mehreren Waschbecken und drei abgetrennten Toiletten. Neben diesem, befand sich noch ein Zimmer mit einem kleineren Bad. Hier stand eine große Emailwanne und ein Waschbecken mit goldverzierten Armaturen, dazu eine abgedeckte Toilette hinter einem Paravant und einem Schränkchen. Diese war schon sehr edel ausgestattet. Am ende des Flurs befand sich noch ein weiteres Schlafzimmer, welches sich wie das Bad von den anderen abhob. Ein großes Himmelbett mit Baldachin zierte den Raum. Ein Spiegelschrank mit einem Tisch und einem verzierten Stuhl thronte in der Ecke. An der Wand stand ein großer Kleiderschrank mit runden Bögen. Von da aus konnten sie in das andere Bad gelangen. Hier mussten wohl eindeutig die Herrschaften des Hauses gewohnt haben. Mitten im Flur war da plötzlich diese dunkle Nische. Als Mariel näher hinging, sah sie die Ansätze einer Treppe. Noch ein Stockwerk? Natürlich dachte sie, es musste ja schließlich noch einen Dachboden haben. Diese alten Häuser hatten immer Dachböden.

Die Treppe ging sehr steil hoch und bot auch nicht viel Platz, das man hätte nebeneinander gehen können. Mariels Neugier war geweckt, auch wenn die Angst leicht übersiegte. Kaum hatte sie den ersten Schritt getan, kam Jason auch schon hinter ihr. Sie musste jetzt gehen. Hier wehte ein noch eisigerer Wind als unten und die Luft schien noch dünner. Ihr wurde leicht schwindelig und übel. Das musste wohl an dem Klima liegen, dachte sie und ging langsam weiter. Oben angekommen staunten sie nicht schlecht. Hier waren noch mehrere Zimmer. Nun, es waren vier Türen. Die erste wies auf eine Kammerzofe hin, oder Bedienstete. Darin stand ein Bett mit einem Schrank und einem Tisch. Nähzeug und Häkelsachen lagen noch herum. Die Regale waren befüllt mit Putzlappen und Schuhcreme. Das zweite Zimmer ähnelte dem Ersten. Beim Dritten wurden sie darin belehrt, dass es zu einer Kammer ging die noch vollgestopft mit ein paar Kisten war, ein paar ausrangierten Möbeln, ein paar Wäschekörben und einer langen Leine um die Wäsche auf zu hängen. Auch ein zerbrochener Spiegel stand an der Wand. Mariel ging wieder raus und sah die vierte Tür. Hier musste sie sich schon dagegen lehnen und alle Kraft aufbringen die Tür zu öffnen, ganz so, als würde jemand von innen dagegen drücken. Erst mit Jasons Hilfe bekam sie die Tür auf. Auch hier stand ein Bett mit einem Sekretär und einem Tisch. Was jedoch auffiel, war, dass an der Tür von innen Riegel versehen waren, auch von außen war ein großes Schloss angebracht. Alle anderen Zimmer waren frei davon. Ein Blick aus dem Fenster ließ Mariel erschauern. Hier war das runde Fenster, von welchem sie die Fratze gesehen hatte. Das Fenster selbst war auch verriegelt. Nur ein Luftschlitz ließ Sauerstoff einströmen. Neben dem Bett sah sie noch einen Kasten, und als sie näher hinging, war sie sehr erstaunt. Dieser Kasten erwies sich als Kinderbett. Oder war es nur ein Puppenbett? Nein, es war eindeutig ein Kinderbettchen. Ein Schnuller lag noch darin und eine Patchworkdecke mit rosa Blütenmuster dazu die Buchstaben S.MC. Ein kleiner verzierter Kamm fiel ihr ins Auge und sie nahm ihn kurz auf. Plötzlich schossen ihr ein paar Bilder durch den Kopf von einem Kind, das schrie, zwei Skelette und ein großes Feuer. Schnell ließ sie den Kamm wieder fallen und wandte sich zum Umkehren. Sie stolperte fast die Treppe herunter und ständig hörte sie ein Flüstern, welches sie begleitete. Jedoch verstand sie die Worte nicht. Jason wusste gar nicht, wie ihm geschah und hastete schnell hinterher. Unten angekommen sah er sie an.

„Alles in Ordnung? Haben Sie noch eine Maus gesehen? Es war ja fast, als sei der Teufel hinter Ihnen her", besorgt sah er sie an. Doch Mariel musste sich erst mal auf die Stufen setzen und zu Atem kommen.

„Es ist alles in Ordnung. Ich … ich denke, es ist nur die Klimaumstellung. Es geht schon wieder", sagte sie und Jason saß neben ihr. Das Wetter zog über sie her. Wie ein Höhnisches lachen, donnerte es in unmittelbarer Nähe. Der Regen prasselte tief und dumpf auf das Dach. Eigentlich wollten sie noch in den Garten und sich den großen, knorrigen Baum ansehen, aber das musste wohl warten. Im Allgemeinen mussten sie hier ausharren. Zurück ging es erst mal nicht. Nach ein paar Minuten durchbrach Jason die Stille.

„Und, was sagen Sie dazu? Ich meine, wie sagt Ihnen das Haus zu", fragte er. Mariel überlegte kurz.

„Nun, abgesehen von dem Shabby Chic, der zerbrochenen Möbel und den Geistern, die ihr Unwesen treiben und nicht zu vergessen die tierischen Insassen, ja … ja, doch", sie grinste.

„Nein im Ernst. Ich weiß nicht ob und was man daraus machen sollte. Es kostet doch sicher Unmengen, dies wieder instand zu setzen und Sie wissen ja, meine Mutter." Ein Donner knallte direkt in den Garten und das Haus schien für einen kurzen Moment zu erzittern. Sie hielt sich schnell an Jason fest und dieser legte seine Hand auf die ihre. Er sah sie kurz an. Sanft, mit seinen grünen Augen die, die ihren durchdrang. Ihr wurde heiß und kalt. Ein weiterer Donnerschlag fiel ein und sie stand jetzt schnell auf. Verlegen sah sie ihn an.

„Vielleicht sollten wir unten in der Halle warten, bis das Wetter weiterzieht", meinte sie und Jason nickte. Die beiden gingen die Treppe runter in das große Wohnzimmer. Mit ein paar Lumpen wischte Mariel das Sofa frei, so das sie sich darauf setzten konnten. Wieder entstand eine kurze Pause des Verlegens. Ein weiteres Donnern, knallte direkt vor der Tür ein und der Regen strömte jetzt im Platzregen herunter. Jason packte sich am Kopf und sprang auf.

„Die Tür! Ich habe vergessen, die Vordertür zu schließen."

Und tatsächlich, diese stand noch offen und ließ dem Wasser seinen Weg hineinströmen. Beide mussten sich dagegen lehnen, um sie zu schließen und wurden dabei pudelnass. Mit einem Ruck war das Ding endlich zu und wie, als zur Bestätigung, trommelte der Regen jetzt erst richtig. Die beiden jungen Leute tropften den Flur entlang und es quietschte beim laufen. Es gab hier auch nichts, was sie sich hätte nehmen können, zum Trocknen. Wenn, wären sie völlig mit Dreck und Staub eingedeckt und ob das eine Alternative dazu wäre? Mariel sah sich den Kamin an.

„Ob der wohl noch brennt?", fragte sie und sah Jason an. Dieser schüttelte den Kopf.

„Wohl eher nicht. Bei unserem Glück räuchern wir uns nur ein. Gibt es in der Truhe denn nichts Brauchbares?", er steuerte die Truhe hinter dem Sofa an und kramte ein paar Tischdecken aus. Die sahen noch relativ staubfrei aus. Mariel zuckte die Achseln. „Ach was soll's, besser als sich hier noch einen Schnupfen zu holen", meinte sie und sah sich um, wo sie sich ausziehen konnte. Jason sah das alles scheinbar nicht so eng. Er zog rasch sein Hemd aus und war schon im Begriff seine Hose fallen zu lassen, als er ihr Gesicht sah.

„Oh, ich … ich, geh dann mal eben nach nebenan", murmelte er grinsend und Mariel nickte erleichtert. Sie zog sich ihre Jeans und ihre Bluse aus, ließ aber ihre Wäsche drunter. Darüber wickelte sie sich eine weiß, bestickte Tischdecke drüber, die Gott Lob, so groß war, das sie sich hätte zweimal darin einwickeln können. Jason hatte nur ein altes Handtuch ergattert, das gerade mal so eben seine Beine bedeckte.

Als er ins Zimmer kam, saß Mariel schon auf dem Sofa. Sie tat so, als schwenke sie ein Glas in der Hand.

„Oh der Whisky ist heute sehr rauchig und staubtrocken", sagte sie amüsiert und auch Jason lachte, und ließ sich neben ihr nieder. Aus Spaß meinte er auch noch.

„Oh verzeiht mir Gnädigste, Ihr Outfit sieht sehr betörend aus. Ist es ein alter englischer Style? Sehr chic", beide lachten, dass es durch das Haus echote.

„Wenn uns jetzt jemand sehen würde. Gar nicht aus zu denken", lachte sie und beide sahen sich vorsichtshalber noch mal um. Zwischendurch blitzte es gewaltig und es krachte erneut. Dabei wurde es noch dunkler und bei jedem Blitz sah sie Jasons Konturen aufblitzen. Wie er so dasaß, funkelte sein leicht nasser Körper und schimmerte im Blitzgewitter. Er war sehr muskulös gebaut und hatte selbst für einen Engländer, eine gesunde Bräune. An der Seite konnte sie eine kleine Narbe sehen und er sah, wie sie ihn ansah. „Ein Tumor", meinte er trocken. Sie verstand nicht ganz. „Die Narbe war ein kleiner Nierentumor. Ist aber Gott Lob, alles entfernt worden, da war ich ungefähr dreizehn. Ich kann also meinen zweiten Geburtstag feiern", er lachte. Mariel war sich gar nicht bewusst, wie sie die Narbe leicht berührte. Jasons Haut war weich und sie merkte, dass er eine Gänsehaut bekam und leicht zitterte. Erst jetzt bemerkte sie, das sie ihn berührte und zog schnell, mit rotem Kopf, die Finger weg. Der junge Mann hielt sie fest und sah sie an. Sein Kopf neigte sich zu ihr rüber und seine Lippen kamen immer näher. Sie roch seinen männlichen Duft und ihr Körper bebte leicht, als sich seine Lippen auf die ihren schlossen. Seine Zunge suchte sanft ihre Mundhöhle ab. Zunge an Zunge, ließen sie sich miteinander ein. Immer enger umschlungen saßen die beiden auf der Couch. Ihre Körper brannten vor Verlangen. Mariels Leib bog sich ihm entgegen und auch Jasons Körper presste sich an sie. Beide pulsierten im Rausch der Lust. Mariels Decke rutschte ihr von der Schulter und entblößte ihre Weiblichkeit. Diese schmückte der junge

Mann mit heißen Küssen. Zittrig und hungrig vor Gier, tastete er sich seinen Weg, bis hin zu ihrer Fraulichkeit. Auch ihre Hände gruben sich in den Körper des Mannes und hielten ihn so eng an sich gefesselt, dass sie seine Männlichkeit deutlich spürte. Heißer Atem raunte in ihr Ohr. Völlig nackt lagen beide jetzt auf dem Sofa, eng aneinander verschlungen, bereit für die hohe Exstase und entschlossen bis zum äußersten zu gehen. Plötzlich störte ein permanentes Klingeln ihr Liebesspiel. Er war kurz abgelenkt und Mariel wusste gar nicht, wie ihr war, als sie ihn heiser bat, nicht dran zu gehen. Auch Jason ließ sich nicht beirren und küsste ihren Körper weiter ab. Zentimeter für Zentimeter, ging er hinab. Sie stöhnte laut auf. Wieder ließ das Klingeln ihnen keine Ruhe. Es war so permanent, das Jason nur einen kleinen Blick riskierte, wer ihn in so einer Situation überhaupt störte. Es klingelte weiter. Mariel war sich bewusst das er dran gehen musste. Es war sein Vater. Siedend heiß fiel auch ihr wieder ein, dass sie im Krankenhaus anrufen musste. Nur ungern löste sie sich von Jason und auch er saß noch außer Atem da und versuchte sich zu beruhigen. Nach mehrmaligen Klingeln bat sie ihn: „Geh ran, es ist vielleicht wichtig", bat sie ihn. Dieser nickte nur und gab Mariel noch einen Kuss. Mit noch heiserer Stimme raunte er ins Telefon.

„Vater. Was gibt es so Wichtiges? Du weist doch, wo ich bin."
Am anderen Ende meldete sich die Stimme von Herrn Hofman Senior: „Bist du krank? Du hörst dich so heiser an, oder hast du was getrunken?", Jason musste sich beruhigen und räusperte leicht. Er atmete tief durch und versuchte nicht Mariel anzuschauen. Diese war schon auf dem Weg, sich die Decke wieder umzuwerfen. Dabei sah er sie noch von hinten, mit blankem Po und ihren Rundungen. Wieder lief ihm ein heißer Schauer den Rücken herunter und er musste sich wirklich beruhigen und besinnen, dass er nicht das Handy aus der Hand legte, um sich auf Mariel zu stürzen und das zu Ende zu bringen, wo sie gestört wurden. Sein Verlangen war groß, aber als Mariel aus dem Zimmer ging, konnte er sich etwas beruhigen.
„Ich hab mich wohl leicht erkältet. Also was gibt es?", fragte er und hüllte sich dabei wieder in sein Handtuch.
Währenddessen saß die junge Frau auf der Treppe und rief in Hamburg an. Es gab wie immer keine Veränderungen. Sie hörte das leise murmeln von Jason und seinem Vater, konnte aber kaum ein Wort verstehen. Hier im Flur war es schon recht kühl, aber vor Scham traute sie sich nicht in die Nähe des jungen Mannes. Sie konnte sich gar nicht erklären wie und warum es

so weit kommen konnte. Was hatte sie getrieben, sich so zu benehmen. Noch nie hatte sie eine solche Leidenschaft gespürt, obwohl sie diesen Mann gar nicht kannte. Noch immer lief ihr ein Schauer über den Rücken bei dem Gedanken an seine Berührungen. Das musste aufhören, dachte sie, was soll den dieser Mensch von mir denken, was ich für eine bin. Die mit jedem sofort ins Bett geht. Nein, dachte sie, nein. Wenn er fertig telefoniert hatte, würde sie sich ihre Sachen wieder anziehen. Es dauerte eine Weile, bis er zu Ende geredet hatte. Würde er seinem Vater von ihr erzählen, dachte sie? Sie hoffte nicht. Eine Stimme flüsterte plötzlich hinter ihr. Schnell drehte sie sich um, doch da war niemand. Eiskalter Hauch erstreckte sich in dem Flur. Wieder flüsterte die Stimme: „Ja, du bist hier. Nimm ihn … ja, lass dich vom Fleisch verführen", dann lachte die Stimme irre. Etwas zog an ihren Haaren und streifte ihren Körper. Ein Schauer ging durch sie durch. Einer der sich aus Angst, aber auch vor Erregung bildete. Was war hier nur los? War es das Haus selbst oder gab es irgendeine Macht, die sie nicht verstand? Sie hörte leise Schritte, die eindeutig barfüßig waren. Jason kam wieder. Auch er sah verlegen aus. Mit seinem Handtuch stand er an dem Treppengeländer und spielte aus Scham mit dem Treppenknauf. Keiner wusste ein Wort zu sagen. Bis er das Schweigen löste: „Das ähm, war mein Vater. Er wollte sich erkundigen, wie es vorangeht und ob du das Haus schon besichtigt hast. Und oh … ja, hab ich ganz vergessen. Er meinte, ich sollte dich darauf ansprechen. Es gab da wohl ein paar Ungereimtheiten bei deiner Geburtsurkunde. Wenn wir schon hier wären, könnten wir dem Pfarrer einen Besuch abstatten. Vielleicht kann er ja dazu etwas sagen."

Er sah sie an und Mariel lächelte leicht gequält. Sie stand schnell auf, um ins Wohnzimmer zu gehen und ihre Sachen wieder an zu ziehen. Er hielt sie kurz am Arm fest und sah sie dabei fest an.

„Was ist mit uns passiert?", fragte er und Mariel hatte keine Antworten darauf. „Ich … ich, weiß es nicht. Können … ich meine, können wir das nicht vergessen?", sie sah ihn verlegen an. Doch der junge Mann war nicht ganz so überzeugt.

„Ich kann es nicht vergessen. Und du weißt das auch. Du hast es doch auch gefühlt. Ich meine, es war irgendwie ... ich weiß nicht, als ob zwei Seelen zusammenschmelzen." Mariel wusste, dass er recht hatte. Sie nickte nur, gab ihm einen Kuss auf die Wange und ging ins Wohnzimmer. Er folgte ihr kurz darauf und wieder begleitete sie dieses irre Lachen. Hatte er den nichts gehört? Sie sah ihn an und er bemühte sich, in seine halb nasse

Hose zu kommen. Wurde sie jetzt verrückt? Das musste der ganze Stress sein, der jetzt raus kam. Schnell zog sie sich ihre, noch leicht, klammen Sachen an.

„Was meinst du damit, mit meiner Geburtsurkunde stimmt etwas nicht? Dieser Pfarrer hat sie doch gefunden oder nicht?", fragte sie. Jason nickte: „Ja das ist richtig. Ich weiß auch nichts Genaues. Nur das an der Urkunde etwas nicht stimmt. Die Daten scheinen nicht über einzustimmen. Es handelt sich wohl um den Namen deiner Mutter. Aber wie gesagt, ich weiß es nicht. Lass uns doch gleich zu dem Pfarrer fahren und dann wissen wir mehr." Jason sah sie durchdringend an und wieder durchlief Mariel ein Schauer. Schnell blickte sie weg und legte die Decke zusammen, um sie in der Truhe zu verstauen. Dann schaute sie raus. Es regnete nur noch leicht, so dass sie den Weg wagen konnten.

Kapitel 9

Vor dem Haus sammelte sich noch das ganze Wasser und der Weg war noch ganz matschig, bis zum Wald. Aber sie wollte die Sache jetzt ein für alle Mal, hinter sich bringen. Was sie mit dem Haus machen würde, wusste sie noch nicht einmal. Als sie kurz vor dem Hain waren, blieb sie noch einmal stehen und sah sich um.

Einerseits sah es so friedlich aus und doch, da war eine dunkle Präsens, die sie nicht erklären konnte. Vor allem die Gefühle, die sie oben in der Dachkammer verspürte und wie durch Zufall sah sie wieder hoch und eine Fratze stand erneut am Fenster die höhnisch lachte. Irre Stimmen, die auf sie einredeten und flüsterten: „Komm zurück! Du brauchst mich. Dein Geheimnis wird dich nicht bewahren." So schnell ihre Füße sie tragen konnte, rannte sie durch den Wald. Der junge Mann hatte Mühe hinter ihr herzulaufen. Hatte sie es so eilig, weil sie vor ihm flüchtete, dachte er, doch er schob die Gedanken schnell beiseite.

Der Regen und Sturm hatte diesmal seine ganze Macht gezeigt. Für dieses ländliche Gefilde, entwurzelte er Bäume, ließ kleine

Bäche anschwellen und machte aus Pfützen, Bäche. Sträucher waren abgeknickt, hohes Gras platt gedrückt und einzelne Holzstücke, lagen quer auf den Straßen. Im Auto sah Jason sie noch einmal an. Er hielt die Hände krampfhaft am Lenker fest. Beide schwiegen und doch wusste jeder, dass da etwas im Raum stand. Mariel fasste sich ein Herz. Sie griff ihn sanft am Arm.

„Lass uns fahren! Wenn wir das hier hinter uns haben, können wir ja reden. Es … ich meine, es wäre mir jetzt nur lieber, wir konzentrieren uns erst mal auf diesen Pfarrer und was dahinter steckt. Wer weiß, vielleicht bin ich gar nicht die, die ich bin." Sie lachte gequält. Der junge Mann sah sie an, nickte nur und drückte sie kurz. Dann fuhren sie endlich los. Weit mussten sie nicht fahren. Die kleine Kirche war nach zwei Kilometer erreicht. Es war nur eine kleine Kapelle aus rotem Backstein, mit einzelnen Gräbern davor. Es war nicht groß, aber der Ort, war auch nicht gerade, mit vielen Einwohnern besiedelt. Schon beim Anblick der kleinen Kirche bekam Mariel Zweifel, ob sie hier überhaupt jemanden antreffen würden. Als sie ausstiegen, hatte es wenigstens aufgehört zu regnen. Das kleine Gatter vor dem Friedhof, quietschte beim Aufmachen und wäre es jetzt noch spät am Abend gewesen, oder das Gewitter würde noch über ihnen toben, könnte man meinen, sie seien in einem schlechten Horrorfilm und jeden Moment, kam der Mann mit der Maske und dem Beil um die Ecke. Mariel und Jason gingen auf das Gebäude zu und tatsächlich sahen sie einen Mann, bei den Gräbern knien. Sie nickten ihm freundlich zu, doch dieser brummte nur etwas Unverständliches und grummelte weiter vor sich hin.

Als Mariel die Klinke zur Kirche drückte, blieb diese verschlossen. Toll, dachte sie, was haben wir doch für ein Glück. Jason ging um die Kirche herum. Vielleicht gab es ja noch einen anderen Eingang, jedoch bei dem Anblick der Größe, war das wohl eher ausgeschlossen. Lediglich ein kleiner Schuppen war offen, in dem sich nur Gartengeräte befanden. Die junge Frau rüttelte noch einmal an der Tür, als plötzlich der Mann vom Grab, hinter ihr stand. Mit einer Pfeife im Mund, brummte er: „Ist keiner da. Die Messe ist erst wieder am nächsten Samstag." Er paffte ihr den Qualm entgegen und Mariel musste kurz husten. Der Mann wollte schon weiter gehen.

„Verzeihung, aber können Sie uns vielleicht sagen, wo wir den Pfarrer jetzt finden können? Wir haben ein paar Fragen an ihn", bat Jason und zeigte ihm seine Visitenkarte von der Kanzlei, in der Hoffnung das ihn das etwas gesprächiger machen würde. Dieser sah nur kurz darauf und meinte trocken: „Kommen se mal mit", und schlurfte den Friedhofsweg entlang. An einem frischen Grab blieb er stehen und zeigte darauf.

„Gestatten, der hiesige Pfarrer!" Mit einem schiefen Lächeln paffte er seine Pfeife weiter und ließ die beiden zurück. Mariel blickte jetzt auf das Grab.

„Und jetzt?", fragte sie und sah Jason an. Dieser drehte sich wieder um und suchte den Mann. Der war in seinem Schuppen, anscheinend war er der Friedhofsgärtner. Der junge Mann stellte sich ihm in den Weg. Der Qualm rauchte ihm entgegen und Jason musste husten. Als er sich wieder gefangen hatte, sprach er den Gärtner noch einmal an.

„Verzeihen Sie noch mal, aber können Sie mir sagen, wer jetzt diese ... ähm, Kirche leitet?", er schaute zu dem Gebäude hoch und zweifelte im gleichen Augenblick daran, dass es überhaupt jemanden gab, der hier noch für verantwortlich war. Der Mann zuckte nur die Achseln: „Tja, da haben se wohl eher Pech, das war hier der einzige Pfarrer. Wir bekommen nächste Woche sone Art Aushilfspfarrer aus Brighton." Er lachte und zwei schwarze Zähne kamen zum Vorschein. Jason wollte sich gerade bedanken und weiter gehen, als der Mann ihn zurückpfiff: „ In St Just gibt's ne Verwaltung. Wenn se da mal nachfragen, können die Ihnen bestimmt weiterhelfen", damit schlurfte er auch schon weiter und packte sich seine Harke, samt einen Beutel mit Erde. Der junge Mann ging wieder zu Mariel und berichtete von dem Gärtner. Leicht wütend kickte sie einen Stein weg und rang die Arme.

„Was denn noch? Da komm ich schon hierher und muss erst eine halbe Weltreise durch Cornwall machen, nur um nicht einmal zu wissen, von wem ich diesen alten Kasten erben soll und wieso dieser Pfaffe … Verzeihung, Pfarrer, sich damit so viel Zeit gelassen hat", schimpfte sie.

Sie hatte an sich nichts gegen das Reisen und schöne Orte anzugucken. Davon abgesehen hatte Cornwall schon einiges an Naturschauspielen zu bieten, aber die Umstände entsprachen nicht ihrem Sinne. Jason grinste: „Cornwall ist eben eine Reise wert, und was, wenn du nicht hierher gekommen wärst?", dabei sah er sie herausfordernd und spitzbübisch an. Das wieder rum war Mariel etwas peinlich. Deutete er etwa die Situation in dem Haus an? Er sah sie an und knuffte sie leicht.

„Es tut mir leid, ich habs nicht so gemeint. Lass uns fahren und mal schauen, was die dort in der Verwaltung zu sagen haben. Bis St Just ist es nicht so weit und auf der Fahrt bekommst du bestimmt noch mehr Eindrücke von Cornwalls Landschaft." Er lachte und zog sie mit sich. Die junge Frau gab sich geschlagen und stieg wieder in das Auto ein. Vom Friedhof aus, ging es wieder auf eine Landstraße, vorbei an satten, grünen Wiesen. Kleine Dorfgemeinden zierten den Weg mit einzelnen verträumten Häusern. Auf fast jeder Wiese blühte die Heide, mal in satten grün, mal in einem kräftigem lila. An den Straßenmauern wucherten Säckelblumen, die in zartblauen Wattebausch ähnlichen Blüten erstrahlten, oder auch ein grüner Bubikopf, der sich anschmiegsam an die Mauern lehnte. An manchen Wiesen sah man von Weitem, die weißen Blüten der Fettwiese, die sich mit der Heide im Konkurrenzkampf befand. Die Landstraße erstreckte sich über viele Kurven. Vorbei an einzelne Ruinen, die einst mal eine Kirche war oder alte Katen und dennoch, sahen sie mit ihren verlassenen Mauern imposant aus. Wirklich, nach ein paar Minuten erreichten sie die kleine Gemeinde von St Just. Vorbei an den straßengesäumten Häusern, ging es bis zu dem Market Place. Ein Platz, von wo aus fast alle Richtungen reichten. Mittendrin war der Marktplatz und auch dort suchten sie nach der Verwaltung. Während Jason sich durchfragte, holte Mariel schnell zwei Kaffee und zwei Muffins. Damit setzte sie sich in die Mitte, des Marktplatzes auf ein Rondell, das rundherum mit Sitzbänken und wunderschönen, duftenden Rosen bestückt war. Hier konnte man dem Treiben von St Just zusehen. Mariel wusste nicht warum, aber ausgerechnet hier, fand sie ein wenig Ruhe. Die Leute zu beobachten, wie sie ihre Einkäufe an den Ständen, oder in den einzelnen Geschäften erledigten. Dabei fuhren um sie herum die Autos und sie fand es als leicht beruhigend. Jason kam angerannt und Mariel reichte ihm den Kaffee, wobei er die Nase rümpfte. Sie hatte völlig vergessen, dass er nur Tee trank. Sie lachte, als er einen Schluck probierte. „Uhh, ich kann gar nicht verstehen, was die Leute so an diesem Gebräu mögen. Obwohl, wenn ich eine Menge Zucker reinkippe, wird es bestimmt gehen", grinste er und tat genau das. Auch wenn es ihm immer noch nicht schmeckte, so ertrug er das Gebräu, wie ein Gentleman. Immerhin hatte er in St Ives auch einen getrunken und sie nahm an, dass er öfter welchen trank. Die beiden aßen noch schnell ihren Muffin, ehe sie sich aufmachten zu dem Büro, wo sich die Verwaltung befand. Es war, wie auch sonst, typisch im englischen Bruchstein gefertigt. Helle Bruchsteine ergänzten sich mit hellem Kalksandstein, dazu die grünen Holztüren, mit ihren weißen Sprossenfenstern. Eine Kutscherlampe zierte des Abends den

Eingang. Eine kleine Bimmel ertönte, als sie eintraten. Ein Tisch mit zwei Stühlen standen am Fenster. Gegenüber erstreckte sich eine Theke, auf denen zahlreiche Prospekte lagen. Ein Gummibaum fristete sein Dasein in der Ecke, während daneben ein Tisch mit Getränken und Gebäck stand. Nach wenigen Sekunden kam eine blond gelockte, ältere Frau mit korpulenter Figur aus dem hinteren Raum. Sie setzte sich ihre Brille zurecht und sah sich um, bis sie die beiden erkannte.
„Oh, hallo meine Lieben. Was kann ich Ihnen Gutes tun? Ich habe Souvenirs und Straßenkarten. Oh, und die kleinen Blinkanhänger sind leider vergriffen. Ach, die will hier jeder haben. Ich habe auch noch Gutscheine für eine Rundfahrt mit einem Shuttlebus. Was das Herz begehrt", sie lachte so herzlich, dass ihre Locken auf und ab wippten. Ohne eine Antwort abzuwarten, kramte sie schon in den Unterlagen und legte zig Blätter vor sich auf die Theke. Jason schlug sich gleich in die Bresche.
„Verzeihen Sie, aber wir brauchen nichts dergleichen. Wir sind auf der Suche nach einem Pfarrer." Das musste sich ja blöd anhören, dachte er und ahnte gleich, was jetzt kam. Das Grinsen der Frau wurde so breit, dass man ihr falsches Gebiss sehen konnte. Die Frau kam um die Theke herum und

schüttelte beiden überschwänglich die Hände.

„Ohhhhhh, nein. Allerliebst! Entzückend! Eine Hochzeit, bei uns im Ort. Hach, ist junge Liebe nicht schön. Ich kann den Pastor gleich anrufen. Er müsste noch eine Führung in der Kirche haben." Voller Entzückung schmolz die alte Dame dahin. Himmel war das peinlich, dachte sich Mariel. Sie schaute Jason an und dieser lachte nur. Das ging Mariel ein bisschen zu weit. Sie löste sich aus dem Griff der Dame und übertönte ihr Gekicher, bevor sie schon zum Hörer greifen konnte.

„Madam, Entschuldigen Sie. Es gibt keine Hochzeit. Wir sind auf der Suche nach dem Pfarrer, der für die Gemeinde von Cragford zuständig war. Wir wissen, dass er tot ist, aber wer verwaltet es jetzt?", sie sah die Frau an. War sie etwa den Tränen nahe? Das konnte doch nicht wahr sein. War die Gemeinde so darauf erpicht eine Hochzeit zu feiern, damit sie vielleicht etwas Abwechslung bekamen? Oh Mariel, spinn nicht herum, ermahnte sie sich und guckte die Dame noch mal an. Diese verstand erst nicht, bis sie begriff, was Mariel gerade sagte. Sie blickte von Jason auf Mariel und wieder zurück.

„An mir liegt es nicht", lachte Jason hinterhältig und bekam wütende Blicke von der jungen Frau.

„Oh. Hmmm, schade. Ich dachte nur, ein so hübsches Paar. Naja, kann man nichts machen. Vielleicht später mal", lachte die alte Dame. Dann setzte sie sich ihre Brille noch mal zurecht und strebte wieder hinter die Theke. Sie kramte Unterlagen heraus und blätterte und blätterte, ganz so, als sei es eine Zeitschrift. Mariel wollte schon der Geduldsfaden reißen.
„Hmm, ja. Pfarrer Nestor ist leider vor drei Wochen von uns gegangen. Ja, aber einen Nachfolger, nein, damit kann ich Ihnen nicht dienen. Für diese kleine Gemeinde gibt es bisher nur einen Art Aushilfspfarrer, der alle zwei Wochen vorbeikommt. Man munkelt ohnehin, das die Kirche geschlossen werden soll. Sie verstehen, mangelndes Interesse." Sie zwinkerte den beiden zu und sah sie noch immer so vorwurfsvoll an. Als würde sie noch darauf warten, dass die beiden hier und jetzt ihr Ja Wort geben. Mariel lief auf und ab.
„Das wars?", fragte sie ernsthaft. Jason überlegte.
„Sagen Sie, wer verwaltet denn jetzt die ganzen Unterlagen von dem Pfarrer und der Gemeinde?", wollte er wissen. Die Frau grübelte: „Nun, das ist nicht so einfach. Eigentlich würden wir das ja machen, aber die ganzen Sachen waren in keinem guten Zustand. Deshalb sind die ganzen Akten erst mal im Archiv untergebracht. Das finden sie gleich am Ende der

Straße, aber machen Sie sich nicht all zu viel Hoffnung. Die dürfen niemanden Auskunft geben. Tut mir leid. Und Sie sind sich sicher, das Sie die junge Dame nicht doch noch ...", sie grinste verträumt. Mariel war das Gesülze zu viel. Sie bedankte sich schnell und machte, das sie raus kam. Jason ging als letzter und bedankte sich. Mit einem Lächeln drehte er sich noch mal um und zwinkerte der alten Dame zu.

„Wenn die junge Dame nicht will, wer weiß, vielleicht komm ich ja nochmal auf Sie zurück", drückte ihr einen Luftkuss zu und schritt durch die Tür. Von außen hörten die beiden noch ihr Gekicher. Mariel schritt voran und blieb ganz kurz stehen.

„Was, wenn wir wirklich keinen Einblick in die Akten bekommen? Ich meine, es wird langsam Zeit das ich wieder nach Hamburg fahre." Sah sie leichtes Entsetzen in Jasons Gesicht? Was hatte er erwartet? Sie musste sich um ihre Mutter kümmern, das war ihm doch klar. Und vielleicht war das auch besser, so schnell wie möglich hier wegzukommen. Die knisternde Anspannung zwischen den beiden machte sie nervös und sie gab sich nicht gerne ihren Gefühlen hin. Auch wenn es in manchen Augen aussah wie Flucht, aber sie kannte es nicht anders: „Das kriegen wir schon hin. Mach dir keine Sorgen!", meinte Jason und ging weiter. An dem Gebäude angekommen gab es eine Drehtür. Das Haus war zwar auch aus Kalksandstein und Bruchstein, aber einen Touch moderner. Innen empfang sie eine große Halle mit marmorierter Theke. Dort stand eine schlanke Frau mittleren Alters, halblangen, streng, glatt gekämmten Haaren und einer schwarzen Brille. Sie trug eine Bluse mit einem Pullunder drüber. Mariel fand, das sie ziemlich altbacken aussah. Sie hüstelte leicht und hatte eine piepsige Stimme, als sie, sie begrüßte.

„Guten Tag, was kann ich für Sie tun?", fragte sie höflich.

Jason sah schon an Mariels Gesicht, das sie kaum noch Geduld hatte, deshalb zwinkerte er ihr zu und meinte lächelnd.

„Ich mach das schon. Keine Sorge, ich krieg das hin."

Der junge Mann ging zu der Frau und redete auf sie ein. Ein leises kichern kam ab und an und dann wieder ein: „ Ja ich verstehe." Sowie: „ Da drüben steht es. Wenn Sie wollen kann ich das für Sie erledigen." Damit kam Jason zurück und deutete Mariel an, durch eine Tür zu gehen. Dort befand sich das Archiv und sämtliche Unterlagen sowie ein Computer. Die Unterlagen waren aufgeteilt nach Orten und unter den Orten nochmals nach Kategorien und dann nach dem Alphabet. Cragford war schnell gefunden. Und auch Pfarrer Nestor, aber wonach sollte sie eigentlich suchen? Und wie hatte Jason das gemacht?

„Womit hast du sie bestochen? Ich meine, eigentlich dürften wir doch gar nichts einsehen", meinte Mariel und sah ihn an, dieser grinste nur und lehnte sich im Stuhl zurück. Die Arme über den Kopf verschränkt.

„Hmm, mal sehen, eine junge Frau und ein Typ, na ich weiß nicht, was man da zu bieten hat." Er lachte und Mariel wollte es jetzt doch nicht mehr wissen. Jason drehte sich wieder zu ihr um.: „Ach komm schon, es war ein Scherz. Du glaubst doch nicht allen Ernstes, dass ich so einer Frau den Hof mache. Nein, wirklich nicht. Ich habe Ihr halt die Karte von unserer Kanzlei unter die Nase gerieben. Damit das Ganze dann auch echt wirkt, habe ich Sie gebeten, meinem Vater ein Fax zu schicken, mit der Bestätigung und der Geburtsurkunde von dir", er grinste und begab sich an dem Computer. Hier stand alles drin, was um und in Cornwall passierte und geschehen war. Mariel machte sich gleich an die Unterlagen. Pfarrer Nestor war schon früh in der Gemeinde, hatte aber schon immer mit mangelnden Besuchern zu kämpfen. Erst im hohen Alter starb er einsam in der Kirche. Natürlich stand nichts von der Geburtsurkunde oder dem Testament drin. Wie auch. Als Carl Hofman mit ihm telefoniert hatte, bemerkte er an, dass er selber die Urkunde anonym bekam. Durch einen seiner seltenen Kirchgänger hatte er die Adresse des Notars bekommen und schickte das Dokument kurzerhand zu Carl. Da das Gebäude schon lange still und leer stand und der Gemeinde seit Längerem ein Dorn im Auge war, von wegen, es rentiert sich nicht und das Ansehen der Gemeinde von einem verfallenen Gebäude sei schon schädlich, aber das Geld für einen Abriss hatte man auch nicht, also musste ein Erbe her. Da der Stempel von einer Hebamme war, schien es auch keine Zweifel zu geben. Bis jetzt! Nach zehn Minuten kam die Angestellte herein mit einem Zettel in der Hand.

„Ich habe hier Ihr Fax von Ihrem Vater. Wenn Sie Geburtsurkunden suchen oder Einwohner, kann ich Ihnen gerne behilflich sein. Es gibt da eine Registerdatei, die nicht jeder einsehen darf, aber bei Ihnen, kann ich da schon was machen."
Sie lächelte ihn an und Mariel verdrehte kurz die Augen.

„Danke, das ist sehr nett von Ihnen. Ich hoffe wir machen Ihnen keine Umstände?", säuselte er, doch die Frau verneinte und rückte ihre Brille zurecht. Als sie sich setzte, zog sie kurz ihren Rock zurecht, dann gab sie einen Code ein und ein Register tat sich auf. Ihre Finger flogen über die Tasten. Nach mehrfachen Auf und Ab scrollen, durchsuchte die Frau sämtliche Buchstaben von A-Z ab. Auch Jason und Mariel saßen neben ihr und überflogen die Tabellen.

„Halt, da!", rief Mariel und zeigte weit nach unten auf der Liste.

„Clara Wilkott! Das ist meine Mutter." Sie versuchte etwas zu entziffern, bis Jason sich vor die Dame setzte und sie anlächelte.: „Darf ich?", fragte er und die Frau druckste erst ein bisschen herum. Ein weiteres Lächeln von ihm, ließ sie erweichen und sie rückte mit ihrem Stuhl, damit Jason besser dran kam. Er vergrößerte das Blatt.

„Clara Wilkott, geboren in Penzance. Oh, hier steht, sie wurde adoptiert von einer Helen Wilkott, die aber schon früh verstorben ist. Seitdem lebte Clara in verschiedenen Pflegefamilien, bis zu Ihrem vierzehnten Lebensjahr, danach kam sie ins Waisenhaus nach Cragford." Er sah auf und überlegte.: „Aber in Cragford gab es doch kein Waisenhaus, soviel ich weiß", grübelte er. Auch Mariel war jetzt interessiert.

„Meine Mutter erzählte immer, das ihre Eltern früh gestorben seien, aber nicht so früh und sie hat auch nie etwas über eine Adoption gesagt. Steht denn da nichts über Ihren Mann, oder meinem Vater und mir?", fragte sie hoffnungsvoll. Die Dame nickte nur.: „Das wäre dann wieder ein anderes Register und

wir müssten erneut gucken. Warten Sie mal, ich schau gleich mal in den Geburtsurkunden nach." Sie scrollte und scrollte weiter, immer wieder hoch und runter.: „Das ist seltsam, nirgends taucht Ihr Name auf. Was ja nichts zu heißen hat. Wissen Sie vielleicht noch, welches Krankenhaus es war, in dem Sie geboren wurden?", fragte sie Mariel. Die junge Frau schüttelte den Kopf.: „Meine Mutter sagte, es sei eine Hausgeburt gewesen. Nur sie und die Hebamme, für das Krankenhaus sei es wohl schon zu spät gewesen." Wieder guckte die Dame in den Computer, ließ es aber dann sein.
„Was ist, warum gucken Sie denn nicht weiter?", wollte Jason wissen.: „ Nun ja, wenn es eine Hausgeburt war, kann es sein, das die meisten, gerade auf dem Land, nicht registriert waren. Aber wenn Sie den Namen der Hebamme haben könnten wir uns daran orientieren", auch hier musste Mariel verneinen. Jetzt wurde ihr erst klar, wie wenig sie eigentlich über Clara wusste. Sie hatte nie wirklich darüber nachgedacht. Jedes Mal wenn sie ihre Mutter fragte, wurde sie abgeschmettert und das Thema war gegessen. Die Dame guckte die beiden an und sah dann wieder auf den Computer. Jetzt fiel ihr wieder etwas ein.
„Eine Hoffnung hätte ich noch. Die meisten Hebammen müssen eine Zulassung anmelden. Ich kann ja mal gucken, wer

in dieser Gegend so alles praktizierte. Das könnte allerdings einen Moment dauern. Vielleicht möchten Sie sich ja einen Snack aus der Kantine holen. Die Treppe da rauf und dann sehen Sie den Automaten schon." Jason sah Mariel an, und auch wenn sie lieber hier bliebe, wusste sie, dass die Frau recht hatte. Also zuckte sie die Achseln und ging mit dem jungen Mann raus. Die Treppe hoch, da stand wirklich ein Snack und Kaffeeautomat. Beide nahmen sich ein Sandwich und ein Wasser. Von hier oben, konnte man über die ganze Halle blicken. Nun, es war eigentlich nur der Blick auf die Eingangstür und dem Empfangsbereich, alles andere befand sich in sicherer Abdeckung hinter den Türen. Schließlich hatte nicht jeder ein Anrecht auf gewisse Dokumente.

Hier oben kam aus einem kleinen verdeckten Lautsprecher, leise Musik. Etwas beruhigendes Klassisches. Die beiden lehnten über der Brüstung und schwiegen sich an. Nachdem sie das Sandwich gegessen hatten, standen sie da. Bis Jason das Schweigen löste.

„Können wir reden? Ich meine, auch über die Dinge, die da passiert sind? Ich weiß, du möchtest nicht, aber ich finde, jetzt ist genau der richtige Moment", er sah Mariel an. Diese fühlte sich nicht gerade wohl, aber ob es jetzt oder später war, dass machte auch keinen Unterschied. Sie seufzte kurz und drehte sich zu ihm um: „Also gut, was soll ich sagen? Ich weiß selber nicht, was da passiert ist. Ich meine, ich bin nicht so eine die gleich mit jedem ... na du weißt schon ... ach ich weiß auch nicht. Glaub mir! Das ist mir so peinlich", sie druckste leicht herum. Jason drehte sich zu ihr, unschlüssig, ob er sie in den Arm nehmen sollte. Er lehnte sich leicht über die Brüstung, dann sah er sie wieder an.

„Ich bin ganz ehrlich auch nicht so einer, der gleich eine kennenlernt und sie abschleppt. Auch wenn du es mir nicht glaubst, aber ich bin in Wirklichkeit sehr schüchtern. Nur, als wir uns im Kaffee begegnet sind, ich weiß auch nicht, aber da hat es irgendwie Klick gemacht. Nicht dass ich nicht auf die Liebe auf den ersten Blick glaube, aber das war irgendwie ... ach wie soll ich sagen, ohne dass es kitschig klingt, aber ja, magisch. Es war magisch", er sah sie an und dachte jetzt sei alles vorbei. Der Typ hatte sie wohl nicht alle von wegen, magisch. Doch Mariel nickte leicht: „Ja, ich glaube, ich dachte das Gleiche. Und ich hätte nie geglaubt, dass es so was noch gibt", sie sah ihn an und Jason nahm sanft ihre Hand. Seine Fingerspitzen berührten leicht die ihren und er spielte sanft mit ihnen. Dabei fuhr Mariel ein Schauer über den Rücken. Auch sie erwiderte sein Spiel und beide kamen sich näher. Als er seine Hand in ihre verschlang, hielt er sie sanft auf seinen Rücken, so das Mariel mit dem Gesicht zu ihm stand und nur wenige Zentimeter lagen ihre Lippen auseinander. Sie spürte seinen Atem und wie sein Mund sich sanft auf den ihren legte. Beide standen eng umschlungen mit heftigen Küssen an der Brüstung, als die Tür aufgestoßen wurde und eine Stimme sich räusperte.

„Hmm, Verzeihung das ich störe." Die Dame vom Empfang lächelte verlegen und schaute zur Seite, wobei sie sprach und es vermied sie anzusehen.

„Ich glaube, ich habe da etwas gefunden." Sie ging schnell wieder rein und hoffte die beiden hätten sie auch gehört. Nur ungern löste sich der junge Mann von Mariel und auch diese schmiegte sich leicht mit dem Kopf an seine Brust. Dann lachte sie und hielt den Kopf schräg.

„Sie mag dich", grinste sie und löste sich endlich von ihm, um nach unten zu gehen. Jason tat übertrieben: „Oh die Frau meiner schlaflosen Nächte", säuselte er und lief lachend an ihr vorbei. Vor dem Rechner saß die Dame mit leicht rotem Kopf, doch sie zeigte, was sie gefunden hatte.

„Sehen Sie, hier habe ich die Namen, derer Hebammen, die in

dieser Gegend von Cornwall registriert waren. Es sieht auf den ersten Blick so wüst aus, aber wir müssen da ein bisschen Ausfiltern. Sehen Sie, die ersten fünf, können wir streichen, die sind bereits tot. Zwei weitere sind schon vor Ihrer Geburt weggezogen. Blieben noch drei weitere. Die Adressen habe ich hier. Vielleicht weiß ja jemand etwas. Tut mir leid das ich Ihnen nicht weiter helfen konnte." Sie blickte Jason von der Seite an und dieser beugte sich kurz zu ihr und gab ihr einen Kuss auf die Wange.

„Das macht nichts, Sie haben uns sehr geholfen, danke", dabei sah er Mariel verträumt an. Diese sah sich noch einmal das Testament an. Sie tippte auf den Namen und meinte zu der Frau.

„Was können Sie mir über diese Mac Clanister sagen? Ich meine, schließlich haben die mich ja als potenziellen Erben eingesetzt. Wäre vielleicht hilfreich zu wissen, wer die sind." Auch der junge Mann nickte: „ Da ist was dran. Würde mich auch interessieren. Man kann ja nie wissen." Die Dame setzte sich gleich wieder und suchte.

„Treffer!", sagte sie triumphierend.: „ Laut Register lebten die beiden, Philip und Agnes Mac Clanister, allein auf dem Anwesen. Sie hatten keine Kinder, aber sie ließen nach zehn

Jahren ein Waisenhaus anmelden. Auch in Cragford." Mariel dämmerte es und auch Jason sah man seinem Gesicht an, das er etwas ahnte und beide sprachen es gemeinsam aus. „Ein Waisenhaus!", und Mariel sprach weiter: „Daher die vielen Zimmer und Betten in dem Haus. Sie haben in dem eigenen Haus ein Waisenhaus errichtet. Aber wozu?", nun das wurde ihr klar, als sie nochmals las, keine Kinder. Sie nickte. Dann las die Frau weiter.

„Hier steht, dass sie beide schon früh verstorben sind. Die Ursache gibt bis heute Rätsel auf. Die Mutter von Agnes starb schon bei Ihrer Geburt und der Vater hat sich gleich aus dem Staub gemacht. Philipps Eltern sind irgendwo in Asien verschollen. Hier steht noch, das Sie ein Kind hatten, dass aber bei der Geburt tot war. Ich meine die Eltern von Agnes. Tja, seit dem tot hat der hiesige Pfarrer alles verwaltet, wegen dem Waisenhaus. Aber das wurde schon Jahre zuvor aufgelöst. Tja, das war es auch schon, mehr steht hier nicht drin. Vielleicht weiß ja diese Hebamme mehr oder haben Sie vielleicht noch andere Unterlagen?", Mariel verneinte. Jason guckte sich um. Er überlegte und schnippte dann mit den Fingern.

„Wir haben zwar das Haus gesehen, aber hast du auch in jeden Schrank geguckt? Ich meine, so ein altes Haus hat bestimmt auch geheime Fächer für Unterlagen. Es muss doch auch noch alte Fotos oder so geben. Die können doch nicht alle weg sein. So ein altes Haus hat doch auch seine Leichen, Pardon, wie man so sagt, im Keller liegen. Wir haben den schließlich ausgelassen. Warum auch immer. Das heißt, wir müssen wieder zurück, nachdem wir diese Hebammen besucht haben. Was meinst du?", er knuffte die junge Frau leicht in die Seite. Ihr war nicht ganz wohl. Schließlich hieß das, noch mehr Zeit hier zu verbringen. Dennoch siegte auch bei ihr die Neugier. Ob sie etwas herausfinden würde, war schon fraglich, aber hatte sie nicht auch ein Anrecht darauf zu wissen, was das alles zu bedeuten hatte? Die beiden bedankten sich noch einmal bei der Frau und nahmen den Zettel mit der Adresse mit.

Kapitel 10

Sie hatten Glück, eine der Hebammen, war nur ein paar Kilometer etwas außerhalb von St Just. Ein, zwei Kurven und sie standen vor einem kleinen, weißen Haus mit eingefallenen Mauern davor. Mariel war nicht ganz wohl dabei, aber Jason nahm sie an die Hand und klingelte bei der Frau. Es dauerte eine Weile, ehe jemand öffnete. Eine kleine rundliche Frau mit zerzaustem Haar öffnete ihnen.

„Ja? Was kann ich für Sie tun?", stammelte sie leicht lispelnd. Jason sah auf den Zettel: „Verzeihen Sie die Störung, aber sind Sie Frau Tengs? Die Frau Tengs, die vor Jahren in Cornwall als Hebamme arbeitete?", jetzt sah die Alte ihn misstrauisch an.

„Wer will das wissen? Ich habe alle meine Schulden bezahlt und ich war legal hier. Was wollen Sie?", die Frau war leicht aufgebracht. Der junge Mann lachte beschwichtigend.

„Keine Angst, wir wollen nichts von Ihnen. Nur eine Auskunft", sagte er und die Frau guckte sich suchend um, ob noch jemand da stand. Erst als sie nur die beiden sah, war sie beruhigt und kam jetzt ganz heraus. Hinter ihr folgten drei zerzauste Katzen. Mit einer Schüssel Milch bewaffnet setzte sie sich vor die Haustür auf eine Holzbank: „Setzen Sie sich. Setzen Sie sich", wiederholte sie und grinste jetzt leicht: „Also, was gibt's? Schießen Sie los", meinte sie trocken. Mariel fasste sich ein Herz und erzählte ihr von dem Haus und das sie auf der Suche nach der einen Hebamme waren. Die Frau lachte hin und wieder und kraulte zwischendurch einer Katze das zottelige Fell: „Oh, so ein Haus hätte ich auch gerne. Aber, ach das tut mir leid. Zu der Zeit war ich für ein halbes Jahr in London zu einer Fortbildung. Oh, das tut mir leid", wiederholte sie mitleidig. Auch Mariel sah leicht betrübt aus, man konnte schließlich nicht gleich auf Anhieb Glück haben, dachte sie. Anfänglich war die Frau nicht begeistert, aber jetzt war sie im Grunde froh, ein bisschen Gesellschaft zu haben. Um so trauriger war sie, das Jason und Mariel wieder aufbrachen. Sie mussten weiter, die zweite Hebamme suchen. Diese würden sie in unmittelbarer Nähe finden. Sie mussten nur ein paar Kilometer weiter fahren nach St Buryan, einem verträumten Ort, mit einem Supermarkt, einer Tankstelle und einer Poststation. Gleich am Anfang fanden sie das Haus mit weißer Fassade und einer Hälfte mit Bruchsteinen verziert. Vor dem Haus stand ein, „ Zu verkaufen", Schild. Das hörte sich nicht gut an. War es denn das Haus? Sie sah auf das Hausschild, ja sie waren richtig. Emelie Styles. Wieder klingelten sie. Diesmal machte ein Mann mit grauem Bart auf.

„Ja?", fragte er. Mariel war es eigentlich leid wieder und wieder ihre Geschichte zu erzählen. Aber sie tat es. Auch hier erwähnte sie die Mac Clanisters und deren Anwesen und von ihrer Mutter. Der Mann hörte es sich geduldig an. Dann kam es wieder, dieser mitleidige Gesichtsausdruck. Als hätte sie es geahnt: „Das tut mir leid. Ich wünschte, ich könnte Ihnen positivere Antworten geben, aber meine Frau ist leider in einer Klinik für Demenzkranke in Devon. Ich fürchte, selbst wenn Sie dorthin fahren würden, würde Sie niemanden erkennen. Sehen Sie, ich habe Sie schon dorthin geschickt, weil Sie mich nicht mehr erkannte und nun, tja Sie sehen ja, verkaufe ich das Haus, um in ihrer Nähe zu sein. Tut mir Leid", meinte er und wollte sich schon umdrehen, da fiel ihm etwas ein.

„Sie sagten, eine Hebamme aus der Nähe von Cragford? Warten Sie mal!", meinte er noch und lief ins Haus. Es rumpelte und polterte und der Mann erschien wieder mit einem Karton unter dem Arm. Diesen reichte er Mariel und sie schaute verdutzt: „Oh, das sind ein paar Kartons, die ich auf dem Dachboden gefunden habe. Sie gehörten, ähm, gehören meiner Frau. Ich weiß, das sie einst als Hebamme tätig war.

Vielleicht finden Sie ja, was Sie suchen. Ich wäre Ihnen dankbar, wenn Sie die Dinge, die Sie nicht mehr brauchen, an diese Adresse zurückschicken. Wenn nicht, ist es auch egal, ich fürchte Emelie kann damit sowieso nichts mehr anfangen." Damit verabschiedete er sich und die beiden guckten völlig verwirrt. Im Auto sah sich Mariel die Kiste ein bisschen genauer an. Dort lagen Fotos, Dokumente und Utensilien die eine Hebamme so braucht. Waren sie jetzt an ihrem Ziel? War dies vielleicht wirklich die besagte Hebamme? Doch was sollte ihnen das helfen? Während Jason langsam auf die Straße zurückfuhr kramte Mariel weiter in dem Karton herum. Nach ein paar Kilometern fragte Jason dann.

„Sollen wir die dritte Hebamme auch noch suchen, oder sollen wir zu dem Haus zurückfahren?", er sah sie kurz an. Sie hielt kurz inne: „Wo soll den diese andere Hebamme wohnen?", fragte sie eher skeptisch: „Nun, etwas weiter hinter Cragford. Aber angesichts der Tageszeit, würde ich sagen, wir fahren erst mal zum Haus. Unterwegs halten wir an einem Supermarkt, schließlich wollen wir ja nicht verhungern und ein bisschen Putzzeug schadet auch nicht", er grinste. Mariel lachte verlegen. Er hatte ja recht und außerdem, wenn sie schon länger hier bleiben musste, brauchte sie noch ein paar

Klamotten zum Anziehen. Sie hatte ja nicht viel mit, da sie nicht damit gerechnet hatte, länger als einen Tag zu bleiben. Sie legte erst mal die Kiste an die Seite und nickte ihm zu. Kurz vor Cragford gingen sie noch in einen Supermarkt und kauften ein paar Sachen ein. Während Mariel es Jason überließ die Nahrung zu kaufen, machte sie einen Abstecher in einen der Modeläden, die angrenzend an dem Supermarkt gebunden waren. Auch wenn sie damit rechnete, nicht noch länger zu bleiben, fand sie um so mehr Klamotten. Zwei schicke Blusen, zwei Pullover, einen Rock, eine Jeans dazu Strümpfe und Unterwäsche. Nicht zu aufreizend, denn noch einmal wollte sie diese Situation nicht haben. Nicht dass sie Jason nicht mochte, aber sie brauchte mehr Zeit und das alles ging ihr zu schnell. Vor dem Auto trafen sie sich wieder. Er vollgepackt mit Taschen und sie vollgepackt mit Taschen. Beide lachten bei dem Anblick. Sie stiegen in das Auto und fuhren gleich wieder los. Bei dem Gatter, vor dem Grundstück parkten sie den Wagen. Es wurde allmählich dunkel und eigentlich hatte Mariel nicht so wirklich Lust darauf ihre Nacht hier zu verbringen. Aber noch mehr Geld ausgeben für eine Pension, wollte sie auch nicht. Es dauerte ohnehin schon alles viel zu lange. Sie zögerte beim Aussteigen. Er legte seinen Arm auf den ihren.

„Sollen wir doch lieber eine Pension nehmen? Vielleicht die in St Ives?", er grinste, doch Mariel verneinte.

„Ich denke, eine Nacht werde ich wohl überleben", sagte sie und Jason zeigte eine Flasche Wein und eine mit Whisky.

„Oh ja, damit wird's gehen", lachten beide und stiegen aus.

Über dem Haus hing ein sichelförmiger Mond und dunkle Wolken schoben sich langsam ihren Weg davor. Auf der anderen Seite waren noch helle Wolken zu sehen und so konnten sie noch ihren Weg finden. Die Tür ging wie immer schwer auf, aber das Wasser, welches vorher eindrang, war schon mehr als die Hälfte getrocknet. Die beiden beschränkten sich wieder auf das Wohnzimmer, es war das Einzige welches ihnen kompakter vorkam. Als Jason die Sachen hinstellte, machte sich Mariel gleich an die Arbeit. Sie kramte Putzlappen heraus, holte Wasser aus der Küche und machte sich gleich an die Arbeit, vorerst im Wohnzimmer. Jason versuchte währenddessen, den Kamin in Schwung zu bringen. Dazu kletterte er bis in den Schacht hinein, um ihn mit einem verlängerten Besenstiel freizukriegen. Natürlich rußte dieser extrem und staubte erneut auf. Hinter der Küche befand sich ein Stapel mit Holzscheiten. Davon schnappte er sich ein paar und legte sie in den Kamin. Dazu einige kleine Holzspäne.

„Na das sollte genügen", meinte er und sah sie mit schwarzem Gesicht an. Sie lachte und kam mit ihrem Eimer mit Wasser und Lappen auf ihn zu und begann ihn abzuwischen. Sie lachte und Jason grinste. Dennoch stand er still da und ließ sie gewähren, dabei schloss er die Augen. Mariel sah ihn sich etwas genauer an und ihr wurde gleich wieder warm ums Herz.
„Oh ja, lass ihn zu dir kommen. Nimm ihn!", raunte eine Stimme in ihr Ohr. Sie erschauderte. Dabei sah sie sich um. Niemand war da. Sie hielt kurz inne und Jason machte die Augen wieder auf.
„Etwas nicht in Ordnung?", fragte er doch Mariel verneinte und schnappte sich ihren Lappen, um damit weiter zu putzen. Auch Jason ging nach einer Atempause wieder zu seinem Kamin und zündete das Holz an. Es rauchte und qualmte und der ganze Raum war kurz mit Nebelschwaden versehen. Jason stieß sich vor dem Kopf: „Ich Idiot!", meinte er, „ich habe vergessen die Lüftung aufzumachen", gesagt, getan.
Mariel hatte sich derzeit im Flur verkrochen und hatte kurz die Tür geöffnet. Die Luft war diesmal klar. Nur einzelne Wolken zogen gen Himmel und dieser prunkte mit strahlenden Sternen. Im Wohnzimmer hatte sich der Nebel auch verzogen und Mariel konnte dort weiter machen. Sie schüttelte die Decken

auf, putzte über die Schränke und den Kamin, selbst den Teppich versuchte sie etwas auszuklopfen, dennoch hinterließ er zahlreiche Löcher und Risse. Der junge Mann hatte wirklich an alles gedacht. Kerzen in Hülle und Fülle. Da sie zurzeit noch keinen Strom hatten. Mariel stellte überall welche hin, wo auch nur Platz war. Jason versuchte, in der Zwischenzeit, sich in der Küche etwas frisch zu machen. Ein Eimer mit eiskalten Wasser ließ ihn erzittern. Er bekam eine Gänsehaut, als das Wasser seine Brust runter rann. Er schüttelte sich und quiekte leicht auf, so das Mariel gucken kam. Hatte er jetzt eine Maus entdeckt? Mit einer Kerze schwang sie den Flur entlang bis zur Küche. Gerade noch sah sie ihn, wie das Wasser an ihm abperlte. Nur mit einer Unterhose bekleidet stand er da und wusch sich frei vom Ruß. Mariels Augen blieben auf seinem Körper haften. Die feinen Strukturen seiner Muskeln, die zart braune Haut und sein strammer Po, erweckten in Mariel einen Impuls, der sich eigentlich bei ihr einstellte. Doch ein Schauer lief ihr über den Rücken, ein wohliger und leidenschaftlicher Schauer. Ein höhnisches lachen drang in ihren Kopf. Ein Höhnisches und Irres zugleich. Mariel wurde leicht schwindelig und sie musste sich am Geländer festhalten, dabei knirschte das Holz und Jason sah sie an. Sie schwang schnell die Kerze und drehte sich um. Sie ging den Flur entlang ins Wohnzimmer. Was hast du dir eigentlich dabei gedacht, ermahnte sie sich. Um sich abzulenken nahm sie sich die Kiste von Emelie Styles vor. Sie kramte alles heraus und legte es vor sich auf den zerfledderten Teppich. Dabei waren eine Geburtszange, Spritzen, sterile Tücher, ein Noppenball, der zur Beruhigung und Massage diente, eine kleine Decke und ein Schnuller. Darunter lagen ein paar Bilder von Emelie, die sie als Absolventin zeigte und eins nach ihrem Abschluss als Hebamme. Ein Foto zeigte sie auch mit zwei anderen Personen. Eine Frau und einen Mann vor einem Haus. Moment mal, dachte sie. Das Haus kenne ich doch. Sie schaute nochmals hin. Das war dieses Haus. Eindeutig! Jetzt schien Mariel Gewissheit zu haben, die Hebamme war die, die sie suchten. Der junge Mann hatte sich inzwischen gefangen und sauber gemacht. Mit nassem Haar und neuen Pullover, sowie einer Jeans kam er wieder zu Mariel. Diese schaute kurz auf und Jason schenkte sich zwei Gläser mit Wein ein, dabei reichte er Sandwiches: „Nichts Besonderes, aber es macht satt." Er reichte ihr eins mit Thunfisch und er nahm sich eins mit Salami. Er schürte das Feuer noch mal und setzte sich neben Mariel. Diese hatte sich in die Dokumente vertieft, die sie sich jetzt neben sich auf das Sofa gelegt hatte. Sie merkte gar nicht, wie Jason ihr zu prostete und in einem Pappbecher einem Schluck Whisky einschenkte.

„Der hält zusätzlich warm", meinte er und staunte, als Mariel ihn in einem runter kippte. Sie hustete kurz und nahm noch eine Schluck Wein, dann blätterte sie weiter in den Papieren. Sie las und blätterte. Der junge Mann schenkte sich noch einmal ein und hielt auch Mariel noch einen Becher hin. Diesmal nahm sie ihn nur schluckweise. Jason sah sie so an und murmelte etwas, was Mariel nicht mitbekam. Sie nickte nur und las weiter. Der junge Mann kam jetzt ganz dicht neben sie. Er hauchte ihr seine Lippen an ihr Ohr und küsste sie leicht auf den Nacken. Anscheinend schien Mariel nichts mit zu bekommen. Seine Hand tastete sich vorsichtig seinen Weg unter ihren Pullover. Langsam streichelte er ihre Rundungen und küsste ihren Hals.

„Weißt du, wir brauchen die andere Hebamme nicht suchen. Siehst du, hier, das ist eindeutig das Haus hier. Sie steht direkt davor, aber wer ist das? Sind das wohl die Mac Clanisters?", fragte sie abwesend: „Hmmm, ja", murmelte Jason heiser. Mariel schien überhaupt nichts mitzubekommen, auch nicht als Jason seinen Pullover auszog und sich langsam auf sie setzte.

Sie legte die Unterlagen neben sich und blätterte weiter. Jasons Küsse bedeckten sie jetzt mehr und mehr. Er versuchte ihr den Pullover über zu streifen, doch ihr Kopf ging immer wieder hin und her, also vergrub er seinen Kopf unter ihrem Pullover und bedeckte sie dort mit Küssen. Plötzlich stieß sie einen Schrei aus. Und Jason meinte, das sie es vor Entzückung tat. Das gab ihm den Ansporn weiter zu machen. Mariel aber war gar nicht zum Küssen zumute. Sie sah sich ein Dokument an und war ganz aufgebracht.

„Himmel, Jason", sagte sie. Dieser war ganz aus dem Häuschen, meinte er doch sie sei in voller Exstase und grummelte nur: „Hmm, oh ja", doch Mariel war nicht dafür aufgebracht. Sie las immer und immer wieder: „Das darf doch nicht wahr sein", stellte sie fest: „Oh doch. Lass dich einfach gehen", stöhnte Jason leicht auf. Jetzt reichte es Mariel. Nun erst bekam sie mit, was er da machte, und stieß ihn kurz weg. „Jason! Bitte!", meinte sie und sah in sein verwirrtes Gesicht. Es war ihm furchtbar peinlich, das er sich so benommen hatte und sah Mariel jetzt entschuldigend an. Schnell nahm er einen Schluck Whisky und leerte ihn. Mariel saß leichenblass auf der Couch. Sie hielt ein Blatt in der Hand: „Was, was hast du?", fragte er besorgt. Tränen standen ihr in den Augen. Hatte er jetzt etwas falsch gemacht, dachte er und wollte sich schon entschuldigen, als die junge Frau den Kopf schüttelte.

„Sie hat mich angelogen. All die Jahre hat sie mich angelogen. Ist das zu fassen", sie rang mit sich und ihrer Fassung. Jetzt wusste Jason wenigstens, das sie nicht ihn meinte. Doch was dann? Er saß jetzt wieder neben ihr. Und sie hielt noch immer ungläubig den Zettel in der Hand. Vorsichtig nahm er ihr diesen aus der Hand. Er überflog ihn schnell und staunte nicht schlecht. Dort stand eindeutig, das Emelie Styles eine Geburtsurkunde ausgestellt hatte für ein Kind, das im Waisenhaus geboren wurde. Das allein war ja nicht so schlimm, aber die Tatsache, dass der Name Mariel Wilkott war, ließ auch ihn erstaunen. Sie war also adoptiert und Clara war nicht ihre leibliche Mutter. Jedoch stand dort nichts über ihre Eltern. Weiter unten in dem Karton befand sich auch noch ein Stempel. Das war ja dann doch die Höhe. Es sah aus, als sei dies alles nur gefälscht worden, aber wozu und warum?. Konnte Mariel die Fragen beantworten?

Kapitel 11

Das Feuer im Kamin brannte langsam herunter und die Flasche mit Whisky war auch schon halb leer. Die Nacht war sehr unruhig. Mariel konnte kaum ein Auge zu tun. Wenn sie dann mal einnickte, plagten sie wieder diese Träume. Sie sah Skelette und verbrannte Menschen. Das lachen, welches sie höhnisch auslachte und wieder zu ihr rief: „ Ja komm zu mir. Ich weiß, dass du da bist", rief die Stimme und Mariel wälzte sich von einer Seite auf die andere. Als sie erwachte, war ihr eisig kalt und sie musste sich erst mal orientieren. Es war dunkel. Anscheinend war der Kamin ausgegangen und sie versuchte, sich zu konzentrieren.
Mariel stand im Raum, anstatt auf dem Sofa zu sitzen. Auch ihre Füße waren kalt und standen auf irgendwie, kaltem Holz. Neben ihr befand sich auch kein Jason. Sie wollte auch nicht rufen, was wenn sie nur träumte oder sie vom Sofa gefallen war, und würde ihn dann wecken, das wollte sie nicht. Sie versuchte sich, langsam, vorwärts zu tasten. Das war wirklich merkwürdig, eigentlich kannte sie das Wohnzimmer, allein schon, vom ganzen putzen. Nur das hier hatte absolut nichts

damit zu tun. Sie tastete sich weiter und stieß nach kurzer Zeit an eine kantige Ecke. Ihre Finger flogen darüber. Es war eine lange, dünne Kante, ging sie ein bisschen weiter fühlte sie etwas Weiches. War das ein Bett? Verflixt dachte sie, wenn sie doch nur etwas sehen könnte. Als wenn ein Zeichen des Himmels sie erhörte, lichtete der Mond seinen Weg durch ein Fenster. Es war nur ein kurzer Augenblick, aber dieser reichte ihr. Sie befand sich eindeutig in einem Schlafzimmer. In einem der Oberen. Sie sah sich schnell um und erkannte es. Das war die Kammer, die sie oben entdeckt hatten, die mit der Wiege neben dem Bett. Ehe der Mond wieder hinter den Wolken verschwand, wollte Mariel schnell zur Tür, damit sie gleich wieder raus kam. Kaum war sie da angelangt, drehte sie sich noch einmal um. Ihr Schrei ging durch Mark und Bein und erzitterte das ganze Haus. Eine Tür knallte und Schritte rannten den Flur entlang, gefolgt von lautem Rufen. Sie registrierte erst gar nicht wer und was derjenige schrie. Sie sah nur das Gesicht welches ihr gegenüberstand. Eine frauliche Fratze, die sie höhnisch angrinste und ihre knochigen Finger griffen nach Mariels Haaren. Diese versuchte verzweifelt die Tür zu öffnen, aber die ließ sich nicht. Sie ruckelte und zog daran, doch sie saß bombenfest. Die Frau beugte sich zu Mariel rüber. Sie flüsterte leise ihren Namen.

„Mariel, du bist zu Hause. Jetzt bleibst du für immer", ein irres lachen begleitete sie und von außen dröhnte die Stimme von Jason zu ihr durch. Sie klopfte von innen und rief nach seinem Namen. Sie hörte ihn die Treppen hoch hechten und wie er gegen die Tür pochte. Das Holz ruckelte. Bevor Jason sie öffnen konnte, hörte sie noch die Stimme die ihr nachrief.

„Du kannst deinem Schicksal nicht entkommen." Das Gesicht kam immer näher. Graue, fast tote Augen, aber noch immer mit irrem Blick, starrten sie an. Jason rief von außen.

„Mariel, mach die Tür auf!", er polterte und klopfte. Mariel hingegen klopfte von innen. Dann schrie er.

„Geh an die Seite, ich trete die Tür ein", schnell wich sie zurück und mit einem Ruck war die Tür offen. Ein markerschütternder Schrei drang durch ihre Ohren und das Gesicht ging durch sie durch. Ein Hauch von Feuer und Asche und Moder stieg ihr in die Nase. Sie bekam dadurch kaum Luft. So schnell Jason die Tür aufstieß und Mariel raus holte, flog diese auch schon haarscharf hinter ihnen zu. Der junge Mann war ganz verblüfft und prüfte noch einmal die Tür. Sie saß fest, obwohl er sie vorher eingetreten hatte. Die beiden gingen ganz schnell hinunter.

Noch ein paar Stunden und es wurde hell draußen. Mariel saß jetzt auf dem Sofa und trank einen großen Schluck Whisky. Auch Jason saß etwas zittrig neben ihr.

„Sag mal, was wolltest du den da oben, ohne Licht und nur in dem Laken gehüllt?", fragte er und Mariel wusste sich nicht zu helfen: „Hör zu, ich weiß es klingt verrückt, aber irgendetwas stimmt hier nicht. Auch wenn ich mich wie eine blöde Großstadttussi anhöre, die vielleicht an Geister glaubt, aber ich schwöre dir, da ist etwas, was ich nicht erklären kann." Sie druckste leicht herum, gab sich aber einen Ruck und erzählte ihm von all den Träumen und das, was ihr seit ihrer Ankunft hier begegnete. Jason hörte sich alles geduldig an. Als sie endete, sah sie ihn skeptisch an. Eine kurze Minute des Schweigens brach an. Er hielt sie eindeutig für verrückt, dachte sie, na gut, dann kann ich es nicht ändern. Sie wollte schon aufstehen.

„Es wäre vielleicht ganz interessant zu wissen, was und wer hier früher gelebt hat. Ich meine, gab es solche Ereignisse schon vorher und wenn, woher kommen die?", fragte er plötzlich. Mariel hielt verwundert inne: „Das heißt, du meinst nicht, ich wäre Irre, plem plem?", fragte sie unsicher. Der junge Mann schüttelte nur den Kopf.

„Nun, sicher, es hört sich ein wenig verrückt an, aber hey, wir sind in England. Dem Land von Mythen, Kobolden und Feen. Und ganz ehrlich, in unserer Praxis als Notar, habe ich schon einige Fälle von Geistern und Erscheinungen zu hören gekriegt. Ich weiß nicht welche davon wahr sind, aber ich glaube dir." Mariel war sichtlich erleichtert und drückte ihm leicht die Hand. Dann trank sie noch einen Schluck. Die beiden saßen eng umschlungen bis in die frühen Morgenstunden zusammen. Als Jason erwachte, tastete er neben sich und der Platz war leer. Er brauchte sich nur kurz umsehen und sah Mariel auf dem Boden hocken. Sie wühlte in der Kiste, die sie von Emelie Styles bekommen hatte. Alle Papiere lagen rings um sie herum. Sie hielt zwei weitere, in der Hand und sah immer wieder von einem zum anderen. Jason streckte sich und zog sich eine Decke, die er in St Just besorgt hatte, enger um. Es war schon ziemlich kühl hier drinnen und er müsste eigentlich das Feuer anheizen, aber er beschloss erst mal zu sehen, was Mariel da tat. Er setzte sich neben sie.

„Was schaust du dir an? Hast du irgendetwas Interessantes gefunden?", fragte er und Mariel sah kurz auf.

„Sieh mal! Emelie hat hier ein paar Zeitungsausschnitte aufgehoben. Aber warum? Ich meine, da ist ein Artikel über

einen Brand, bei dem zwei Menschen starben. Dann wieder ein Artikel über eine Babyleiche und sogar über zwei Leichen, die unter unerklärlichen Umständen starben, hier in Cragford. Es sind nur kleine Artikel und es geht niemand genau darauf ein, aber warum hat sie all diese Artikel aufbewahrt?"
Sie sah ihn fragend an und Jason musste den Kopf schütteln. „Ich weiß nicht. Vielleicht war sie einfach nur schon immer leicht … na ja, Demenz. Oder aber, sie hat einfach nur ein Faible für mörderische Artikel", er lachte kurz, sah aber das Mariel nicht lachte. Also senkte er seinen Kopf leicht und wühlte auch in der Kiste. Ganz unten fand er ein Foto, es war schon ziemlich abgenutzt und verschlissen. Es zeigte dieses Haus mit einem Kind davor, welches Blumen pflückte. Er sah es sich kurz an und wollte es an die Seite legen, da er dachte, es wäre Emelie, als sie noch jung war. Gerade als das Foto in den Karton fiel, schnellte Mariels Hand vor und fischte es wieder heraus. Sie starrte darauf: „Was ist?", fragte Jason, als er ihren Gesichtsausdruck sah.
„ Das Foto! Ich kenne es. Genau dasselbe hat meine Mutter. Aber was hat Emelie Styles mit Ihr zu tun? Ich versteh das alles nicht." Jason grübelte auch. Er stand auf und lief kurz im Zimmer herum, allein schon um sich warmzuhalten. Dann

drehte er sich um, schnappte sich seine Klamotten und warf Mariel ihre Sachen zu. Diese guckte nur verdattert.

„Was soll ich jetzt damit? Was hast du vor?", sie nahm zögernd ihre Jeans und schlüpfte rein, dann ihren Pullover und sah noch immer das grinsen von Jason.

„Wenn der Prophet nicht zum Berg kommt, muss der Berg eben zum Propheten. Wir machen einen kleinen Ausflug. Was hältst du von der frischen Seeluft in Devon?", grinste er übertrieben: „Devon? Um Himmelswillen, was willst du jetzt in Devon? Du liebe Güte, ich wollte nicht ganz Cornwall bereisen. Ich habe nicht so viel Zeit und allmählich muss ich auch wieder zurück nach Hamburg. Oje", jammerte sie und rang verzweifelt die Hände. Jason kam zu ihr, nahm sie in die Arme: „Ach komm, es kommt doch nun wirklich nicht darauf an, ob du nun ein oder zwei Tage mehr hier bleibst. Wir rufen gleich bei deiner Arbeit und im Krankenhaus an und dann fahren wir nach Devon zu Emelie. Es wäre doch gelacht, wenn wir aus der Dame nicht etwas raus kriegen", er schlang noch einmal die Arme um sie, gab ihr einen Kuss und für ihn war die Sache beschlossen. Eigentlich war Mariel ja auch froh, das sie hier mal kurz raus kam. Wenn sie daran dachte, wie dieses Fratzengesicht vor ihr stand. Sie schüttelte sich leicht und nickte ihm zu.

„Ok, du hast recht. Warte kurz ich klär das eben ab." Mariel ging raus und telefonierte. Nach ein paar Minuten kam sie wieder rein und sie erläuterte, dass alles in Ordnung ginge und das sich leider nichts geändert hätte bei ihrer Mutter. Jason packte also wieder die Sachen zusammen und beide verließen das Haus.

Es ging auf nach Devon. Was sie sich dabei erhoffte, wusste sie nicht. Ob sie überhaupt zu Emelie durften? Als sie davon fuhren, hatte Mariel so ein beklemmendes Gefühl, als wenn sie etwas zurückgelassen hätte.

Die Fahrt dauerte über zwei Stunden, bis sie endlich in Plymouth angekommen waren. In dieser Stadt tobte das Leben. Eindeutig. Sie ist neben Exeter, einer der größten in Cornwall und an der Süd,West Küste.

Entlang der Seestraße, reihten sich weiß getünchte Häuser in majestätischer Form. Ein großes Theater ließ keine Wünsche offen und auch Sehenswürdige, große Kirchen, luden zum Inspirieren ein. Viele versteckte Gassen, Straßen voller Leben, mit zahlreichen Geschäften, Pups, Kinos, Souvenir Läden, oder Cafes und vieles mehr, waren hier vertreten.

Die beiden stiegen wieder am Hafen aus, von wo man aus auf

einen Jachthafen blicken konnte. Aber auch ein großer Pier war hier zu entdecken. Die beiden jedoch, strebten nach ein paar Metern, ein großes Gebäude an, mit grünen Fenstern, einigen Bänken davor und einen Aufgang zu einem Garten. Es waren große, helle Fenster, in einem beigefarbenen Gebäude, mit Schiefer abgesetzt. Eine große Eingangstür, wie bei einem Hotel, stand offen und ein Krankenwagen lud gerade einen Patienten ab. Ein alter Mann im Rollstuhl, der sich renitent beschwerte.

„ Das ihr mir ja nicht meinen Koffer vergesst. Und wehe, es fehlt etwas, dann könnt ihr aber was erleben. Das erzähl ich alles meiner Else und dann wartet nur ab", giftete er. Ein Pfleger beruhigte ihn und zeigte ihm immer wieder seinen Koffer. Mariel war unbehaglich zumute und etwas sträubte sich in ihr hinein zu gehen. Zum einen wusste sie nicht, was sie dieser Emelie sagen sollte, dann wusste sie auch nicht, ob sie sie überhaupt sprechen durften und wenn, wollte sie eigentlich hören, was diese Styles zu sagen hatte?

Am Empfang saß eine Dame in einem blauen Kostüm und registrierte alle Besucher und Neuankömmlinge, sowie auch den alten Herren.

„Aber ich bitte Sie Herr Jones, Sie kennen das doch. Sie waren doch erst vor zwei Wochen hier. Wissen Sie nicht mehr? Ihre Frau Else hat sie doch hierher gebracht. Sie kommt doch auch gleich zu Ihnen. Wenn Sie jetzt schön brav sind, schaffen Sie es noch zum fünf Uhr Tee." Der Alte nickte, ließ sich aber nicht davon abbringen, noch seinen Kommentar abzugeben.

„Aber wie immer zwei Stück Zucker und einen winzigen Hauch von Milch. Und ich will diese Butterkekse." Die Dame nickte: „Kriegen Sie", zu dem Pfleger gewandt, sagte sie.

„Bringen Sie ihn wie immer auf Zimmer zwölf. Seine Frau kommt gleich nach", dann wandte sie sich Jason und Mariel zu. „Ach das tut mir leid. Heute ist mal wieder die Hölle los. Aber, was kann ich für Sie tun?", fragte sie mit einem Lächeln.

Mariel druckste herum und Jason kam gleich mit der Sprache heraus: „Wir suchen eine Emelie Styles. Ihr Mann sagte, dass wir Sie hier finden könnten. Es geht um eine Erbangelegenheit. Hier meine Karte." Er reichte ihr seine Visitenkarte und die Frau guckte im Computer nach.

„Hmm, ja. Also, eine Emelie Styles haben wir hier, aber ich fürchte, es wird sehr schwierig sein, mit ihr zu reden. Ihr Mann sagen Sie, hat Sie geschickt? Nun, Sie können es gerne versuchen, aber ich gebe Ihnen nicht viel Hoffnung. Seid Sie hier ist, hat sie fast gar nicht gesprochen und wenn, nur wirres

Zeug. Als schien sie gar nicht mehr in unserer Zeit zu leben. Ein sehr schwieriger Fall. Sehen Sie doch mal im Garten nach. Sie müsste jetzt draußen sein. Aber bitte, nur zehn Minuten. Sie ist mit Schwester Agnes bei dem kleinen Brunnen, mit den Rosen davor. Viel Glück!", wünschte sie noch. Und zeigte ihnen den Weg durch die Halle, nach ganz hinten zum Ausgang, an dem auch der Garten grenzte. Auf dem Flur kamen ihnen einzelne Personen entgegen. Eine alte Frau, ein etwas jüngerer und die ein und andere Schwester, mit einem Pfleger. Draußen liefen ein paar Leute mit Begleitung herum, oder auch welche, die alleine auf der Bank saßen und in ein Buch vertieft waren.

Es war ein schönes, großes Gelände, mit viel Grün, einigen Ruheplätzen. Viele waren leicht abgeschirmt, so dass jeder seine Privatsphäre hatte. Bunte Blumen zierten den Garten, sowie große Palmen und exotische Bäume, die durch das milde Klima hier sehr gut gedeihen. Weiter hinten, an einer kleinen Steinmauer, sah Mariel schon die Rosenranken und den kleinen Brunnen plätschern. Davor saß wirklich eine Frau mit einer Pflegerin. Die beiden schienen untereinander allerdings nicht viel, zu sagen haben. Die Pflegekraft las gelangweilt in einem Buch und Emelie Styles saß in einem Rollstuhl mit einer Decke über den Schoß und starrte vor sich hin. Na das konnte ja was geben, dachte die junge Frau. Jason preschte schon voraus. Bei der Pflegerin stand er dann stur vor und diese sah von ihrem Buch auf.

„Oh, kann ich Ihnen helfen?", fragte sie. Jason nickte.

„Wir möchten gerne einen Moment mit Frau Styles reden. Bitte!" Die Frau sah ihn kurz an und sah dann auch Mariel. Eigentlich war sie ja froh, wenn sie eine Pause bekam, aber dennoch musste sie nach dem Protokoll gehen: „Nun, ich fürchte, Sie werden nicht viel Glück haben. Sie spricht kaum etwas und wenn, nur wirres Zeug, aber die meiste Zeit sitzt sie nur hier herum. Darf ich fragen, ob Sie verwandt mit Ihr sind? Sie bekommt sonst nie Besuch", fragte sie argwöhnisch. Der junge Mann nahm sie kurz an die Seite, zückte mal wieder seine Karte und redete auf sie ein. Diese nickte zwischendurch und sah hin und wieder zu Mariel. Dann gab sie ihm die Hand und dieser nickte ihr zu. Dabei machte sich die Pflegerin auf, in eine Ecke, und setzte sich etwas abseits, um ihr Buch zu lesen. Mariel setzte sich neben Emelie. Sie wusste nicht, was sie mit ihr reden sollte. Die ersten Sekunden herrschte stillschweigen. Dann fasste sich Mariel ein Herz. Sie kramte in ihrer Tasche nach dem Foto, welches sie zu Hause schnell eingesteckt hatte.

„Ähm, sehen Sie. Dieses Foto ... ich meine, dieses Foto hat auch meine Mutter. Ich meine, das ist meine Mutter. Nun ja dachte ich, jedenfalls. Bis ich Ihre Unterlagen fand. Hier steht, ich sei adoptiert worden. Das ... das ist doch lächerlich. Oh meine Güte. Sie sind die Einzige, die mir helfen könnte und die Wahrheit weiß, eventuell." Mariel rang verzweifelt die Arme. Sie hielt noch immer das Foto in der Hand und plötzlich sah Emelie darauf. Ihre Finger tasteten danach und zitterten leicht. Ihre Augen flogen hin und her. Nur auf das Foto gerichtet.

„Clara?", fragte sie und Mariel versuchte, sie anzuschauen.

„Ja, ja das ist meine Mutter. Was wissen Sie über meine Mutter? Bitte, ich muss es wissen", flehte Mariel. Die Augen von Emelie schauten wieder leicht in die Ferne. Sie hielt noch das Foto in der Hand und Mariel dachte schon, sie hätte nur einen Anflug von Wahrheit erkannt, doch jetzt schien es wieder vorbei. Ein paar Sekunden später tastete Emelie noch einmal.

„Clara! Oh ja, die kleine gute Clara. Ach, sie hat immer die Blumen im Garten gepflückt ... oh ... oh nein ... Schätzchen, du hast doch keine Schuld. Nein, Kind, nein, geh da nicht hin!", sie streckte die Arme aus, als wenn sie jemand oder etwas beschützen wollte. Mariel war ziemlich angespannt. Sie konnte mit all dem nichts anfangen, wusste aber auch nicht ob und wie sie weiter machen sollte. Emelie schaute kurz in die Ferne und sah dann zu Mariel. Ihre Augen weiteten sich. Starr schaute sie auf die junge Frau. Sie fing an zu zittern. Und ihre Hände klammerten sich krampfhaft um das Foto. Ihre Stimme zitterte.

„Oh lieber Himmel, du hier? Nein, das kann nicht sein. Du ... du bist ... nein ... du kannst nicht hier sein. Geh ... geh weg! Und lass mich allein. Du bist eine Ausgeburt der Hölle. Du bringst den Tod!", giftete sie, sie an. Ihre Arme waren jetzt gekreuzt und sie hielt bedächtig Abstand von Mariel. Diese verstand gar nichts. Eigentlich wollte sie schon aufgeben, da sie Emelie für nicht ganz richtig im Kopf hielt. Dennoch war da etwas, was sie davon abhielt. Sie schüttelte den Kopf.

„Nein!", sagte sie vehement: „Nein, ich bin nicht soweit gekommen, um hier und jetzt keine Antworten zu bekommen. Das ist doch lächerlich!", sie rang die Hände und vergrub ihr Gesicht darin. Dann wurde sie langsam wütend. Sie sah es nicht ein, bis hierher zu kommen, um Antworten für nichts, zu kriegen. Also gut, dachte sie, vielleicht versuch ich es noch mal.

„Hören Sie, Emelie, ich weiß es ist nicht leicht sich zu konzentrieren, aber sehen Sie, ich bin Mariel Wilkott, die

Tochter von Clara, nun ja, dachte ich eigentlich", entsann sie sich leicht und fuhr weiter fort.

„Ich habe dieses Haus von den Mac Clanisters geerbt. Himmel, ich weiß ja noch nicht einmal, wer die sind. Egal, jedenfalls hab ich dann dies hier gefunden. Ich meine, es war schon ein Schock für mich, zu wissen, dass ich gar nicht Wilkott heiße, aber wie dann? Sehen Sie, das, ist schon alles verwirrend genug, aber Sie sind bisher mein einziger Anhaltspunkt. Sie haben hier Unterlagen von einer Geburt, die wohl gefälscht ist. Ich will Ihnen ja nichts, aber ich möchte einfach nur wissen, wer ich bin. Verstehen Sie?", Mariel hielt ihr verzweifelt die Dokumente hin. Emelie hielt sich noch immer in der abwehrenden Haltung. Erst als sie die Tränen der jungen Frau sah und das Dokument in den Händen, wurde sie stutzig. Sie griff nach dem Papier und überflog es kurz. Sie sah abwechselnd von dem Papier zu Mariel und wieder zurück. Immer wieder schüttelte sie den Kopf. Sie war nun völlig verwirrt. Die junge Frau hoffte inständig, das Emelie jetzt nicht ganz abdrehte, so würden sie nie Antworten bekommen. Der standen nun die Tränen in den Augen und sie wippte unruhig auf ihrem Stuhl hin und her. Die Schwester wurde jetzt auch aufmerksam und kam nun zu der kleinen Gruppe.

„Ich glaube, für heute reicht es. Frau Styles hat, glaube ich, genug für heute. Ich werde eben Ihre Medizin holen und Sie dann ins Zimmer zurückbringen. Ich bitte Sie, jetzt zu gehen", bat sie Mariel und Jason. Diese sah es nicht ein, musste sich aber fügen. Hier hatten eindeutig das Personal und die Medizin den Vorrang. Die Pflegerin ging gerade an ihre Tasche, um die Tabletten zu holen, als plötzlich Emelie die Hand von Mariel hielt.

„Brewster! Fragen Sie den Gärtner der Kirche. Er weiß alles!", flüsterte sie, dann wandte sie sich wieder ab und sah Mariel und Jason ganz verwirrt an: „Wer sind Sie und was wollen Sie von mir? Oh, ach herrje, ich brauche jetzt meinen Tee." Sie winkte der Schwester zu und diese nahm sie gleich mit.

Die beiden jungen Leute traten ihren Rückweg an. Im Auto herrschte lange Zeit stilles Schweigen. Niemand wusste ein Wort zu sagen. Bis Jason die Ruhe unterbrach.

„Alos wirklich, wer zum Geier soll den dieser Brewster sein? Ich meine, als wir ankamen, gab es doch niemanden dort. Sie will doch wohl nicht meinen, dass es dieser Typ auf dem Friedhof war, der da mit seiner Pfeife rumpaffte. Nein, nee, niemals." Jason schüttelte energisch den Kopf und auch Mariel musste leicht schmunzeln. Emelie Styles konnte nun wirklich nicht diesen Kauz meinen. Zumindest, wenn es doch der Fall sein sollte, wäre es wohl äußerst schwierig ihn dazu zu bewegen mit ihnen zu reden, und schon gar nicht über solche Dinge. Sie zuckte mit den Schultern.

„Ach was soll´s. Vielleicht ist es einen Versuch wert", meinte sie zu ihm. Auch wenn sie nicht wusste, was das bringen sollte.

„Ich meine, wir können es versuchen, und wenn es nichts bringt, dann … dann fahre ich wieder nach Hause", sagte Mariel und Jason stockte leicht. Er wollte schon irgendwo abbiegen und anhalten, doch er besann sich eines Besseren. Er lachte.

„Du kannst doch jetzt nicht abreisen, nach dem du all das erfahren hast. Du musst jetzt durchhalten und deine Wurzeln finden. Ich meine, son Friedhofsgärtner kann dir doch nichts anhaben. Und es wird Zeit für Antworten", meinte er entschlossen.

Kapitel 12

Es stimmte ja, dachte Mariel. Sie hielt sich hier schon viel zu lange auf. Auch wenn es bei ihrer Mutter keine Veränderung gab, so war sie doch in Sorge. Auf der anderen Seite war sie aber sehr wütend darüber, dass sie all die Jahre mit Lügen leben musste. Nur, warum sollte ausgerechnet ein Gärtner die Antworten haben? Sie musste leicht schmunzeln, ihr kam gerade der Begriff in den Kopf, dass doch eigentlich immer der Gärtner der Mörder war. Sie hoffte jedoch das es, damit nichts zu tun hatte. Ohne Umschweife fuhren sie also wieder zurück nach Cragfall. Das Wetter war ihnen in der Zeit auch nicht gesonnen. Dunkle Wolken zogen wieder auf, aber immerhin, es blieb vorerst trocken.
In der Ferne hörte man ein leises grummeln. Die junge Frau kuschelte sich enger in ihre Strickjacke ein und fing langsam an zu schlummern. Jason hingegen hielt kurz an einer Tankstelle, um dort zu tanken und mit seinem Vater zu telefonieren. Dieser war so gar nicht begeistert davon, dass es noch länger dauerte und schon gar nicht von der Tatsache begeistert, das Mariel adoptiert war. Das Anwesen müsse

eigentlich schon längst weg. Es sei der Gemeinde schon lange ein Dorn im Auge, zumal es immer mehr zerfiel. Es gab auch schon einige Anbieter, die es kaufen wollten. Ein Investor, der daraus einen Golfplatz bauen wolle, da dies der Sport der Zukunft sei. Jason versprach dem, so schnell wie möglich nachzugehen. Was aber nicht so einfach erschien. Am Auto angekommen dachte er, Mariel sei noch drin, jedoch lag nur ihre Jacke da. Vielleicht war sie mal für kleine Mädchen. Er wartete! Es dauerte und dauerte. Keine Mariel. Allmählich machte er sich Sorgen. Es war nur eine kleine Tankstelle, abseits jeglicher Zivilisation, wie es schien. Weit und breit kein Haus, nur Felder und kleine Wälder. Jason beschloss sich umzusehen. Der Tankwart deutete darauf hin, das er eine Person, in Richtung Feld gehen, gesehen hat. Also ging der junge Mann auch dorthin. Er brauchte nicht weit suchen und fand Mariel zwischen dem Mais. Er war noch nicht sehr hoch, aber hoch genug, um ihren Körper zu verdecken. Was, wie er fand, auch angemessen war. Die Dame stand dort leicht bekleidet und vergrub ihre Hände in den Boden. Sie schien wie im Wahn zu graben.

„Mariel?", fragte er vorsichtig: „Was, ähh, was machst du da?" Er konnte nicht verstehen, was die junge Frau dort trieb. Sie grub mit den Händen, wie von Sinnen. Als sie ihn ansah, waren es nicht ihre Augen, wie er meinte. Sie hatten einen so irren Blick. Erst als sie ihn sah, hörte sie auf zu graben. Lüstern kam sie auf ihn zu. Ihr Oberkörper lag frei und sie strich sich lasziv durch das Haar, um dann mit ihren Fingern entlang ihres Körpers zu fahren: „Oh ist das nicht ein Segen?", fragte sie ihn. Jason verstand nicht. Sie kam auf ihn zu. Ihre Hände fuhren über seinen Körper und bedeckten ihn mit Küssen. Ihr Atem hauchte sich heiß und sinnvoll in sein Ohr: „Oh, ist die Luft nicht einfach herrlich, sieh doch nur. Der schöne Flieder, wie er blüht, und riechst du nicht den frischen Duft. Mein Liebster, komm zu mir. Komm, ich bin bereit für dich", hauchte sie und legte sich rekelnd auf die Erde, dabei bäumte sich ihr Körper ihm entgegen. Jason wusste nicht, was das alles bedeutete. Flieder? Hier gab es nur Mais. Sie musste eindeutig in einer Art Tagtraum sein. Ihre Sinne spielten ihr etwas vor und doch war sie irgendwie wach. Es war ja nicht so, dass er nicht von ihr angetan war, schon gar nicht in so einer Position, aber etwas stimmte hier eindeutig nicht. Mariel robbte auf ihn zu. Sie zog sich langsam die Jeans aus und stand nur im Slip vor ihm. Ihre Hände gruben sich an seinen Beinen hoch, wobei ihre Hände seinen Oberkörper durchstreiften. Sie gruben sich leidenschaftlich in seine Haut. Das Hemd fing an leicht zu reißen und ihr Mund bedeckte ihn mit gierigen Küssen. Jasons Verstand wehrte sich dagegen. Wusste er doch, das es nicht Mariel sein konnte, die hier ihr Unwesen trieb. Und doch war er auch nur ein Mann und sein Wille fing an zu schwanken. Ihre Hände fuhren nun ganz leicht und sanft über seine Männlichkeit und ihr Mund suchte gierig seinen. Ihre Zunge grub sich in seine Mundhöhle und spielte verführerisch mit seiner Zunge. Ihr Körper presste sich eng an seinen. Er spürte ihre Nähe, die heiß und begehrenswert war. Ihre Küsse wurden immer leidenschaftlicher und fordernder. Ihr Bein schlang sich klammernd um ihn, sodass er Mühe hatte, Stand zu halten. Es schien, als wolle sie, dass er zu Boden ging. Ihr ganzer Körper presste sich gegen ihn, bis er doch noch das Gleichgewicht verlor und zu Boden stürzte. Mariel leckte sich die Lippen und setzte sich auf ihn. Ihr heißer Körper bebte vor Verlangen. Ihre Finger gruben sich in seine Haare und bedeckten seinen Laib mit Küssen. Er versuchte sie abzuwehren, doch ihre Kraft schien unsagbar zu sein. Immer fordernder wurde ihr Körper und sie nestelte an seinem Reißverschluss. Jason vergaß fast seine Vorsicht und die Tatsache, das sie nicht ganz bei Sinnen war. Auch seine Sinne fingen an zu schwinden. Er versuchte seiner Leidenschaft zu Wiederstehen, konnte es aber nicht. Jetzt spielte seine Zunge mit der ihren und ehe er sich versah, drehten sie sich und Jason lag jetzt auf ihr. Ihr Körper wand sich ihm entgegen und sein Atem bedeckten ihre Haut mit heißen Küssen. Seine Männlichkeit war nur allzu bereit, vergessen, die Kälte, die draußen herrschte und der harte Boden, auf dem sie lagen. Ganz zu schweigen von dem pieksenden Stacheln der platt gedrückten Maiskolben. Jason war bereit und auch Mariel stöhnte ihm entgegen. Heiser flüsterten ihre Worte in sein Ohr.

„Oh, ja jetzt kommt die Zeit. Lass es uns hier und jetzt tun. Ein neues Leben, eins, worauf wir solange gewartet haben. Oh Philipp, jetzt endlich haben wir unser Glück gefunden", gierig griffen ihre Hände unter sein Hemd und sie war im Begriff ihre letzten Hüllen fallen zu lassen. Auch Jason vermochte sich nicht mehr zu wehren, doch etwas machte ihn stutzig und nur langsam begriff er, was hier vor sich ging. Mariel war eindeutig nicht mehr sie selbst. Er versuchte sich ihr zu entziehen, aber ihre Kraft war immens. Dennoch behielt er die Oberhand.

„Liebste … was ist mit dir? Sag, welchen Namen hast du?", versuchte er zu fragen. Mariel schien leicht verärgert.

„Was meinst du, welchen Namen habe ich? Himmel Philipp,

erkennst du deine eigene Geliebte nicht mehr. Die Mutter deines Kindes? Deine geliebte Gabriele. Oh komm, lass uns ein weiteres Leben schenken", säuselte sie wieder und wollte sich ihm wieder hingeben, doch Jason, hielt ihre Hände fest. Ihre Augen funkelten ihn böse an, aber der junge Mann wusste sich nicht anders zu helfen. Dies hier war eindeutig nicht Mariel.

„Verzeih mir!", sagte er leicht geknickt und holte mit einer Hand aus, um ihr eine Ohrfeige zu geben. Nicht fest, aber fest genug, dass die junge Frau sich schüttelte. Ihre Augen schlossen sich kurz, um dann verwirrt auf ihn zu blicken. Sie fing an zu zittern. Dann erst sah sie auf ihren Körper, sein aufgerissenes Hemd und seine offene Hose. Die Augen wurden größer. Noch ehe sie ein Wort sagen konnte, kam ihr Jason zuvor. Er ließ schnell von ihr ab, griff sich ihre Sachen und gab sie ihr. Dabei zupfte er seine zurecht.

„Bevor du gleich etwas Falsches denkst. Es ist nicht so, wie es aussieht, aber ehrlich gesagt ich habe es auch nicht verstanden", meinte er verblüfft. Mariel zog sich zitternd an und blickte immer wieder zu Jason. Sicher, sie kannte ihn noch nicht so gut, aber das er zu so etwas fähig wäre? Sollte sie wirklich glauben, dass er sie vergewaltigen wollte? Nein, dachte sie, nein, irgendetwas stimmte hier nicht. Als die beiden sich wieder gegenüberstanden, war da eine Beklemmung. Mariel zupfte noch leicht an sich herum und guckte peinlich berührt ihr gegenüber an.

„Hör mal", fing Jason an und sah sie aus den Augenwinkeln an. „Ich weiß nicht was ich davon halten soll, aber weißt du irgendetwas, was du gerade erlebt hast? Ich meine, kannst du dich an irgendetwas erinnern?", fragte er und sah die junge Frau an. Diese fühlte sich leicht unbehaglich. Wollte er nur ablenken, oder gab es da wirklich etwas. Sie versuchte sich, zu erinnern. Ihr Kopf fing an zu schmerzen. Ihr wurde etwas schwindelig und eine innere Stimme meldete sich bei ihr.

„Was hast du getan? Komm zurück nach Hause", befahl sie. Mariel fühlte sich leer. Der junge Mann wollte zu ihr, fühlte sich aber irgendwie hilflos: „ Es ... es ist irgendwie, als sei ich in einem Traum gefangen, kann mich aber nicht erinnern. Es waren nur so ein paar Gefühle, als sei ich jemand völlig anderes." Sie sah ihn an und Jason nickte.

„Das war auch mein Gefühl. Ich meine, als du da so ... na ja ... egal, aber du nanntest mich Philipp. Kennst du einen Philipp?", fragte er sie und Mariel schüttelte den Kopf. Sie konnte sich das nicht erklären. Beide standen herum und wussten nicht, was sie tun sollten. Nach ein paar beklemmenden Minuten beschlossen sie, zum Auto zu gehen. Dort saßen sie zunächst stumm nebeneinander. Jason umklammerte das Lenkrad und Mariel zog sich ihre Jacke ganz eng um sich.

„Hör zu, ich meine ich … ach, du weißt, ich würde dir niemals etwas antun. Es war nur so verwirrend. Du warst völlig anders. Ich hoffe, du weißt das", er blickte Mariel an und auch sie wusste, dass er so etwas nicht tat, aber es war schon die zweite Situation, die sie so peinlich berührte und sie selber konnte das nicht verstehen. Sie nickte nur und sah schnell aus dem Fenster, während die Fahrt weiter ging. Leichter Regen nieselte an die Scheiben. Die Bäume flogen wie in einem Film an ihr vorüber und Menschen die versuchten dem Regen zu entkommen, flogen wie ein Daumenkino an ihr vorbei. Die ganze Situation war schon verzwickt. Ein paar Kilometer weiter, sah sie ihn zum ersten Mal leicht von der Seite an. Die Bilder, die sie im Kopf hatte, gingen ihr nicht mehr aus den Sinn. Was war bloß in sie gefahren, was hatte das alles zu bedeuten, und vor allem, warum sie? Als wenn Jason ihre Gedanken erraten könnte, drückte er leicht ihre Hand und lächelte. Noch immer grübelte sie.

„Sag mal, ich weiß es klingt verrückt, aber hier ist ja schon lange nichts mehr normal. Nur, was ich meine ist, kann es vielleicht sein, dass dieser Philipp, eventuell dieser Philipp Mac Clanister ist? Es … es ist nur so ein Gedanke, aber nach allem, was in dem Haus so vorgefallen ist, meine ich, könnte es ja vielleicht sein." Sie sah ihn an. Jasons Hände hielten sich fest am Lenker. Er sah sie kurz an.

„Was meinst du? Glaubst du etwa an all diese Spukgeschichten?", er lachte nervös und wollte doch nicht zugeben, dass es gewisse Ähnlichkeiten gab. Mariel zuckte nur die Schultern.

„Ich weiß es ehrlich nicht. Es war ja nur so eine Idee. Vielleicht habe ich den Namen ja auch nur in meinem Unterbewusstsein gespeichert und ihn damit verbunden. Vielleicht werde ich ja allmählich verrückt. Nun, an zu nehmen wäre es ja. Kein Wunder, das ich am Durchdrehen bin. Gestrandet in England in einem Nimmerland, umgeben von Geheimnissen, die meine Geburt einschließen. Meine Mutter, angebliche Mutter, ein Erbe, wovon ich nichts wusste und jetzt das. Toll, echt toll. Ich bin reif für die Klapse", seufzte sie und rutschte weiter in den Sitz. Leise Tränen kullerten ihre Wangen herunter und sie wandte sich zum Fenster. Jason fuhr die Straße stur weiter, bis er an einer Biegung kam und in einen kleinen Waldweg einbog. Dort hielt er kurz an. Er atmete tief durch. Dann drehte er sich zu Mariel um und sah sie an.

Kapitel 13

„Hör mal! Ich weiß du hast es zurzeit nicht leicht, aber jetzt den Kopf in den Sand stecken ist auch keine Lösung. Dieses ganze Chaos muss doch irgendeinen Ursprung haben. Und ich glaube nicht, dass du ohne einen Grund hier bist. Ich meine, ich habe dich in der kurzen Zeit kennengelernt. Natürlich ist mir so eine Person, wie du, noch nie begegnet, aber ich habe das Gefühl, das wir uns schon länger kennen. Wir werden jetzt diesen verdammten Gärtner suchen und wenn ich ihn im eigenen Garten beerdigen muss, wir kriegen schon aus ihm raus, was wir wissen wollen. So, jetzt fahren wir weiter und suchen, diesen Brewster", er beugte sich vor und gab ihr einen langen, aber intensiven Kuss. Mariel war völlig perplex. Ihre Tränen waren vergessen und ein leichter Hauch von Hoffnung keimte in ihr auf. Nur verstand sie nicht, was ein Gärtner damit zu tun hatte.

Der Regen hatte leicht nachgelassen und hinterließ ein tristes grau von Wolkenbehangenen Himmel. Die Pfützen klatschten nur so über die Ufer des Straßenrandes, und als die kleine

Kirche zum Vorschein kam, wirkte sie genauso düster wie am Anfang. Alles war dunkel, nur einzelne rote Grablichter versuchten gegen das grau an zu strahlen. Mariel glaubte kaum noch, dass dieser Gärtner da war, immerhin, was sollte er bei diesem Wetter hier tun? Jason parkte in einer kleinen Schlammpfütze und stieg aus. Er richtete seinen Kragen auf und Mariel zog ihre Jacke enger um, dabei verschränkte sie die Arme, um so die Kälte auszuhalten. Der Wind pfiff eisig durch den Friedhof und verlieh ihm noch mehr Gruseligkeit. Jetzt fehlte nur noch der irre Mann mit der Maske. Die junge Frau schauderte. Gerade als die Tür, auch noch quietschend vom Wind, auf und zu schlug, stand da mitten im Weg der Gärtner. Mit seiner Pfeife und seiner Harke sah er aus wie aus einem schlechten Horrorfilm. Kaum sah er die beiden, raunzte er gleich los.

„Der Friedhof ist bereits geschlossen. Kommse ein anderes Mal wieder", damit schlurfte er mit der Harke über seiner Schulter weiter. An Jason vorbei tuschierte er ihn leicht und schnaubte.

„Entschuldigen Sie? Sind Sie Mr Brewster?", fragte er ihn, doch der Ältere gab keine Antwort. Der junge Mann war jetzt schon leicht genervt. Am liebsten hätte er ihn sich gepackt und geschüttelt, jedoch mit der Harke in der Hand und seiner Statur, schien es ihm nicht sehr intelligent zu sein. Der Gärtner überragte ihn um einen halben Kopf, und auch wenn er ziemlich alt aussah, so sah er alles andere als gebrechlich aus. Jason ließ die Schultern sinken und sah Mariel an. Diese stand da und ihre Zähne fingen leicht an, zu klappern. Bevor der alte Mann davon gehen konnte, rief Mariel ihn noch einmal nach.

„Bitte, es wäre sehr wichtig, ob Sie Mr Brewster sind." Der Alte rührte sich keinen Deut und machte auch keine Anstalten seinen Weg zu stoppen. Er grummelte und knurrte zwischen seiner Pfeife.

„So? Wer will das wissen?", grunzte er und ging unbeirrt weiter. Bevor Jason die Geduld verlor, überlegte Mariel schnell. Wenn sie ihren eigenen Namen erwähnte, würde ihm das nichts nutzen. Also musste sie einen anderen Namen herholen.

„Emelie Styles meinte, Sie können uns helfen", rief sie ihm hinterher. Die Schritte wurden sichtlich langsamer. Der Rauch seiner Pfeife qualmte ihn völlig ein.

„So, sagt Sie das!" Mariel nickte, als wenn er sie sehen könnte. Sie lief ihm ein Stück hinterher. Kurz hinter ihm blieb sie stehen, sie wollte ihn nicht an den Schultern packen, dazu hätte sie ein wenig Angst.

„Ja, hat sie gesagt. Sie meinte, Sie könnten uns weiterhelfen, zu wissen, was mit den Mac Clanisters geschehen ist." War da ein zucken in Mr Brewster? Der Qualm wurde jetzt immer heftiger ausgeschieden. Nur ganz leicht meinte Mariel, zu sehen, wie er sich umsah, vielleicht war es aber auch nur eine Einbildung. Der alte Mann ging wieder ein paar Schritte weiter und Mariel verlor schon die Hoffnung: „Tolle Idee! Fragen Sie Brewster den Gärtner", raunzte Jason und kickte einen Stein weg.

„Ich bin in fünf Minuten im Schuppen, hinter der Kirche", grummelte der Gärtner und Jason sah Mariel erstaunt an. Sollte es doch noch ein Wunder geben. Ehe sie sich bedanken konnte, war Brewster schon verschwunden. Die beiden gingen langsam zu dem kleinen Gebäude. Hier waren sie schon am Anfang gewesen und der Schuppen sah genauso wild aus wie vorher. Überall hingen Besen, Äxte, Harken, Sensen und Eimer. Die Regale quillten über. Blumentöpfe und Blumenerde stapelten sich auf dem Boden davor. Überall lagen verteilt, alte und neue Grabkerzen. Auch alte Steine lagerten hier, sogar ein Grabstein lehnte an der Wandmauer. In der Ecke stand ein kleiner Tisch mit einem Schemel davor. Hier schien der Gärtner seine Zeit zu verbringen. Es lagen Zeitungen darauf, ein überfüllter

Aschenbecher und ein großer Becher mit kaltem Tee. Drinnen stand zwar ein Kohleofen, der war jedoch so kalt wie die Luft draußen. Nach ein paar Minuten kam der alte Mann angeschlurft. Er stellte seine Harke in die Ecke, klopfte die Pfeife aus und schritt auf eine Tür zu.

„Kommse mit!", befahl er kurz und knapp. Er ging auf die Tür zu und blieb kurz vorher stehen. Er drehte sich noch mal.

„Woher weiß ich eigentlich das Sie wirklich von Emelie kommen?", fragte er erst jetzt misstrauisch. Mariel verschränkte die Arme.

„Hören Sie, wenn wir Emelie Styles nicht kennen würden, würden wir ja wohl nicht auf Sie zurückkommen, oder meinen Sie, wir fragen jeden Gärtner. Sehen Sie, Emelie war die Hebamme meiner Mutter, Clara Wilkott, und ich bin Mariel Wilkott, nun ja, sollte ich eigentlich sein, bis ich raus fand, dass ich adoptiert wurde. Nun, wie dem auch sei, Emelie hat das wohl alles eingefädelt und jetzt suche ich nach Antworten", schimpfte sie verzweifelt los. Brewster bekam große Augen. Er nickte kaum merklich und schloss auf.

„Schon gut, schon gut. Brauchst dich nicht so aufregen, Kindchen", murmelte er und ging weiter. Die Tür verband den Schuppen mit der Kirche. Diese war nur spärlich eingerichtet.

Ein paar alte Holzbänke, die schon bessere Tage erlebt hatten, eine Kanzel mit kleinen Putenverziehrungen, einem Altar, mit einem großen Kreuz an der Wand und zahlreiche Reliefe. An den Wänden zierte in Bildern, der Kreuzweg. Eine kleine Treppe führte nach oben zur Orgel. Am Eingang befanden sich Holzregale mit Kerzen und Gesangbüchern sowie ein paar Aushängen für Gemeindefeste. Jeweils an der Seite des Altars, befanden sich zwei Türen. Brewster steuerte darauf zu und schloss eine davon auf. Er winkte den beiden, durchzukommen. Dahinter schien es recht dunkel und Mariel hatte ein leicht flaues Gefühl, als wenn er sie jeden Moment in eine Falle locken würde. Der alte Mann ging voran und raunzte Jason zu.

„Machen Sie die Tür hinter sich zu!", und stampfte weiter. Es polterte kurz, ehe ein kleines Licht anfing zu flackern. Er hatte eine Petroleumlampe angemacht und hängte sie an eine Verankerung an der Wand. Dann suchte er noch weitere Kerzen, die er anzündete.

„Wir haben hier schon lange keinen Strom mehr. Die Gemeinde meint, die Kirche hier, würde sich eh nicht mehr lohnen. Zu wenig Gläubige. Ein Ersatzpastor kommt alle zwei Wochen hierher, um eine Messe zu halten, aber das lohnt sich nicht mehr. Die Gemeinde schrumpft in sich zusammen." Er fing an, in ein paar Schubladen zu kramen. Der Raum hier war ziemlich klein. Es standen hauptsächlich Schränke und Regale herum. Natürlich war auch hier der englische Stil vollends vergeben. Alles bestand aus schwerer Eiche. In einem Schrank verstaubte noch die Kutte des ehemaligen Pfarrers. Jason und Mariel standen etwas unschlüssig herum. Brewster kramte und murmelte vor sich hin mit der Pfeife im Mund. Diese hatte er aber nicht an, wegen der ganzen Bücher und Dokumente. Es flogen einzelne Blätter im Raum herum und Mariel wusste nicht so genau, ob sie ihn unterbrechen sollte, oder mit suchen. Wenn sie nur wüsste, wonach. Auch Jason stand unschlüssig da.

„Ähm, entschuldigen Sie, aber können wir irgendetwas tun? Ich meine, vielleicht können wir ja helfen zu suchen, wenn Sie uns sagen wonach?", fragte er vorsichtig. Brewster gab natürlich keine Antwort und wuselte weiter. Aus Verlegenheit nahm sich Mariel ein Fotoalbum, das gleich neben ihr in einer offenen Schublade lag. Lustlos blätterte sie darin herum. Es waren hauptsächlich Grabsteine oder Blumenarrangements und landschaftliche Bilder. Einzelne Häuser tauchten auf.

Brewster raschelte unterdessen mit den Papieren und

brummelte vor sich hin und Mariel raschelte mit den Blättern des Albums. Ein wenig genervt und hilflos sah sich Jason um und fand einen kleinen Schemel. Ach was soll's, dachte er sich und setzte sich, um dort ein kleines Nickerchen zu machen. Es war nicht sehr angenehm, wie er da so kauerte. Zusammengesackt, mit den Armen verschränkt und angelehnt an einem Aktenschrank fing er gleich an, zu dösen. Es dauerte nicht lange, bis er plötzlich hochschreckte. Ein Lautes: „Das kenn ich doch!", und ein Gleichzeitiges: „Ha, hab ich's doch gewusst", ließen ihn aus dem Schlaf reißen, dass er bald vom Schemel fiel. Durch die unbequeme Haltung tat ihm jetzt der Rücken weh und er hatte sich leicht den Halswirbel verrenkt, so dass er immer mit dem Oberkörper mit gehen musste, wenn er versuchte sich umzudrehen. Dabei sah er leicht zu Brewster, der einen Zettel in der Hand hielt und zu Mariel, die das Fotoalbum hochhielt und auf ein Bild zeigte. Jetzt sahen sich alle an. Beide hatten gleichzeitig einen Beweis. Mariel hielt das Foto ihrer Mutter hoch und Brewster ein Dokument, wobei er von einer Wange zur anderen grinste. Jason wäre beinahe vom Stuhl gekippt und suchte in der Hocke noch Halt. Nur schwer konnte er sich aufraffen. Der junge Mann sah von Mariel zu Brewster und wieder zurück. Auch Mariel sah Brewster an und beide riefen wieder gleichzeitig: „ Was haben Sie?"

Schnell kam Mariel zu dem alten Mann und sah ihn verblüfft an, als sie das Dokument kurz überflog. Sie hielt sich die Hand vor die Stirn und war völlig perplex.

„Aber wie ist das möglich? Ich meine, ich habe mit diesen Leuten doch nichts zu tun", stammelte Mariel und endlich hatte es auch Jason geschafft, zu ihnen zukommen. Er rieb sich noch immer den Nacken und sah die beiden Sachen an. Brewster hatte ein Dokument, das belegte, das Mariel wirklich als Erbin ein gesetzt wurde und die junge Frau hatte ein Foto mit ihrer Mutter, einem kleinen Baby auf dem Arm und die Hebamme Mrs Styles. Bei dem Anblick von dem Baby wurde es Brewster ganz anders. Er fing an, irgendetwas zu murmeln und leise zu fluchen. Dann kramte er wie wild weiter und grummelte in sich hinein.

„Das muss doch hier irgendwo sein. Verflixte Ordnung." Er riss sämtliche Schubladen heraus, sodass, die Hälfte des Papieres, zu Boden fiel.

„Ich weiß, dass es hier sein muss", schimpfte er weiter und Mariel und Jason sahen sich an.

„Was, was suchen Sie denn?", fragte Mariel vorsichtig, doch Brewster ging nicht auf sie ein und kramte weiter.

Draußen wurde es auch immer ungemütlicher. Eisiger Wind zog auf und ließ das Friedhofsgatter schwer in seinen Angeln ächzen. Ein großer Weidenbaum inmitten der Anlage, knarzte bei jedem heftigen Windstoß, dass sich die Äste aneinander rieben und knarrten. Einzelne Krähen verließen ihre Stellung und kreisten ihre letzten Runden. Die meisten Grabkerzen versuchten dem Wind Widerstand zu bieten, doch vergeblich. Unbarmherzig löschte er ihr Lebenslicht. Alleine würde sich jetzt wohl niemand mehr hier herauf trauen. Selbst in der Pastoralkammer drohte der Wind die Kerzen aus zu löschen, ganz so, als sei es eine Art Mahnmal. Doch wozu? Der Wind kroch durch alle Ritzen und forderte bei Mariel eine Gänsehaut. Ein Blitz schlug in weiterer Entfernung ein. Durch das bunte Kirchenglasfenster drang eine unheimliche Dunkelheit herein. Im Blitzlicht erschien ihr eine fast fratzenartige Maske, die, der, einer Frau wieder spiegelte. Sie grinste, eindeutig. Wieder ein Blitz und das Gesicht wandelte sich zum Skelett, dennoch lachte es höhnisch und zeigte mit den knorrigen Fingern auf Mariel. Formte es etwa die Worte, Tod? Nein, schüttelte sich die junge Frau: „Himmel, wir sind hier auf einem Friedhof, da kann man ja schon mal verrückt werden." Ohne es zu merken, hatte sie es laut gesagt und erntete einen bösen Blick von Brewster. Um nicht ganz so verlegen und ohne etwas zu tun, da zu stehen, stöberte Jason belanglos in einem Stapel von vergilbten Papieren herum. Er achtete gar nicht darauf und legte ein Zettel nach dem anderen achtlos auf einen Stapel. Warum er sie sich nicht ansah, wusste er nicht einmal. Es ging ihm einfach nur darum, eine Beschäftigung zu haben. Obwohl er fand, das Mariel schon recht hatte. Hier mitten in der Nacht, und dann noch bei Gewitter auf einem Friedhof, war schon leicht suspekt. Ein Windstoß blies den ganzen Stapel mit den Papieren in sich zusammen und wirbelte alles durcheinander. Noch ehe Jason sich nach dem ersten Blatt bücken konnte, sah er Brewsters Blick und den älteren Mann auf ihn zukommen.

„Halt! Fass das nicht an!", befahl er ihm und kam bedrohlich auf ihn zu. Gerade als Jason dachte, er würde ihm gleich eine runter hauen, grapschten seine prankigen Hände nach einem Dokument. Mit einem, „Ha!", hielt er es hoch. Er nahm seine Pfeife und steckte sie sich in den Mund, ohne sie anzuzünden.

„Was?", fragte Jason und Mariel zuckte auch die Schultern. Die beiden gingen auf den alten Mann zu. Dieser nahm erst das Blatt und wedelte vor ihrer Nase her, wie ein kleines Kind. Dann sah er Mariel an und meinte.

„Wusste ich´s doch. Mir war doch so, als hätte ich Emelie mal davon reden gehört." Die beiden jungen Leute wussten nicht, wovon er sprach. Bis er ihnen das Blatt unter die Nase rieb und seine Finger darauf patschten, sodass einzelne Schmutzflecken entstanden.

„Hier steht eindeutig, das eine Mariel Nicolette Wilkott, eine geborene Mac Clanister ist. Adoptiert von Clara Wilkott." Brewster grinste wie eine Katze, die eine Maus gefangen hatte. Jason sah Mariel und Brewster ungläubig an und die junge Frau musste sich erst mal setzen. Sie wurde doch jetzt nicht etwa ohnmächtig, dachte sich Jason. Immerhin sah sie ziemlich blass um die Nase aus, doch Brewster war schneller. Bevor Jason ihr ein Glas Wasser einschenken konnte, welches er noch in seiner Tasche hatte, holte der alte Mann, hinter ein paar Bibeln, eine Flasche ohne Etikett heraus und gab sie Mariel.

„Hier Kindchen, nimm mal nen kräftigen Schluck, das lässt Haare auf der ... na, lassen wir das. Trink!", er drückte ihr die Flasche in die Hand und wie eine Marionette trank die junge Frau einen Schluck nach dem anderen. Es schien, als fiel ihr gar nicht auf, was sie da trank, bis ihr Kopf vom blassen weiß, in ein krebsrot übertrat und sie leicht husten musste. Jetzt nahm auch Jason einen Schluck. Es zog ihm schier die Füße weg.

Nur Brewster grinste: „Gut, nicht wahr! Ein Hausrezept meines Großvaters. Feiner Klarer Korn mit Walnuss aufgesetzt." Er nahm die Flasche und stellte sie wieder hinter die Bibelbücher.
„Woher wussten Sie, dass es genau dieses Blatt war?", wollte Mariel wissen, nachdem sie sich etwas gefangen hatte. Der Korn, brannte noch immer in ihrer Kehle, sodass sie leicht krächzte. Brewster nahm die anderen Dokumente auf und verstaute sie wieder in den Kisten. Dabei redete er halb vor sich hin. Es war eben so seine Art die Menschen nicht gleich anzusehen und sie direkt an zu sprechen, doch jetzt sah er sich leicht verschämt, wie es schien um.
„ Na ja, ich … wie soll ich sagen, ich hatte mal eine kurze Affäre mit Emelie und wir haben uns öfter hier getroffen. Sie meinte, sie würde platzen, wenn sie nicht jemanden vertrauen könnte, aber sie erzählte mir, dass sie schon öfter Dokumente gefälscht hatte. Sie brauchte das Geld. So auch bei den Mac Clanisters. Jedenfalls kam sie eines Tages zu mir und meinte, dass sie gerade ein Kind zur Welt gebracht hatte, aber die Mutter konnte, oder wollte es nicht behalten, also fälschte sie das Dokument und die Kleine, also du, wurde von einer Bediensteten der Mac Clanisters adoptiert, Clara. Emelie meinte, die Umstände wären ziemlich verworren und Clara,

wohnte wohl schon länger in dem Haus. Erst war sie auch nur ein Waisenkind, aber mit den Jahren, wurde sie wohl so eine Art Vertraute. Als also die Mac Clanisters gestorben waren, schrieb Emelie die Geburtsurkunde auf deine Mutter. Was und wie die Umstände deiner richtigen Mutter und Vater angeht, wie sie gestorben sind, weiß ich leider auch nicht. Darüber gibt es bislang keine Unterlagen. Es war schon recht merkwürdig, aber es fand in dem Sinne keine Beerdigung statt. Nicht einmal ein Grab gibt es. Nun, wie dem auch sei. Emelie jedenfalls ist nach dem Vorfall auch gleich weg und das war dann das Ende meiner Liasonne. Hab sie nie wieder gesehen, hab nur gehört, dass sie geheiratet hat", leicht wehmütig sah er aus dem Fenster.

Mariel musste erst mal das ganze Verdauen.

„Aber warum hat der Pfarrer die Unterlagen nicht gleich mit den richtigen Dokumenten bei uns eingereicht? Warum nur die Alten?", fragte Jason und Brewster zuckte die Schultern.

„Muss wohl daran liegen, dass die Hausverwaltung nur das fand, was Sie in ihrer Kanzlei haben. Immerhin hatte doch niemand davon gewusst." Das schien einleuchtend. Und solange hier noch eine Vertretung war, wurden die Räume auch nicht ausgeräumt, was aber nur eine Frage der Zeit wäre. Die junge Frau stand noch immer fassungslos da. Erst langsam wurde ihr bewusst, welches Ausmaß dies alles hatte. Sie war die Erbin von Mac Clanister und eine Mac Clanister. Und sie war nicht Clara Wilkotts Kind. Das schmerzte schon, nur warum hatte sie ihre Ziehmutter angelogen? Gab es noch mehr Geheimnisse? Wer und was waren ihre leiblichen Eltern? Fragen über Fragen schossen in ihren Gedanken. Und wie zur Antwort krachte ein gewaltiger Blitz direkt neben den Friedhof ein. Es gab einen ohrenbetäubenden Knall und die Erde erzitterte leicht. Das Nachgrollen blieb noch ein paar Sekunden, ehe man sich wieder konzentrieren konnte. Eine eisige Stimme unterstütze das Grollen. Mit heiserer Stimme, drangen die Worte in Mariels Gehirn.

„Such die Wahrheit und finde die Antworten in der Wiege. Komm, ja komm zu mir! Vollende mein Werk. Ha, ha, ha." Das Lachen verhöhnte sie eindeutig. Nur, wieso hörte sie immer wieder diese Stimmen und sah dabei Jason und Brewster an. Diese standen nur da. Brewster, der noch immer aus dem Fenster starrte und Jason, der noch immer unglaubwürdig auf das Blatt Papier starrte. Mariel fing leicht an, hysterisch zu lächeln. Das war doch hier alles nur ein Albtraum, dachte sie, ich brauch einen Exorzisten, meinte sie und es schauderte sie an den Gedanken daran. Als Kind sah sie einmal diesen Film und konnte eine Woche nicht schlafen. Doch hier, hier musste eindeutig einer dran. Am liebsten wäre sie davon gerannt und direkt zu ihrer Mutter. Sie wollte Antworten. Aber sie wusste, jetzt und hier gab es nichts anderes zu tun, als abzuwarten. Worauf? Sie wusste es nicht. Es war ihr nur klar, sie wollte so schnell wie möglich, die Sache hinter sich bringen und das Haus verkaufen. Egal ob sie eine Mac Clanister war oder nicht. Nichts verbannt sie mit den Personen. Daran würde auch kein Name etwas ändern. Immerhin, wenn sie das Anwesen verkaufen würde, hätte sie vielleicht genug Geld und konnte sich eine andere Zukunft aufbauen. Ein eigener kleiner Bücherladen mit einem kleinen Cafe, das schwebte ihr vor. Wo dieses sein sollte, wusste sie auch noch nicht, es gab ja noch genug Orte, die es zu erkunden gab und wo sie vielleicht ihr Refugium fand.

Leicht schwankend, da der Fusel von Brewster jetzt seine Wirkung zeigte und sie noch nicht viel gegessen hatte, trat sie auf Jason zu.

„Also gut, du faxt das deinem Vater und sagst ihm er soll das Ding zum Verkauf ausstellen, ich meine das Haus, und sobald das geschehen ist … und tschüss, England", lallte sie leicht.

Brewster sah sie nur kopfschüttelnd an. Sah er etwa leichte Panik in seinen Augen? Hatte der alte Knabe wirklich alles gesagt? Jason kamen geringe Zweifel. Er packte Mariel leicht an den Schultern und diese sah ihn etwas glasig an. Ihre Augen füllten sich mit Wasser und sie lehnte sich an seine Schulter, um ihren Tränen freien Lauf zu lassen.

„Schon gut, lass es ruhig raus. Wir werden gleich morgen das Papier faxen. Ich fürchte, heute werden wir gar nichts mehr machen können. Wie es scheint, ist mal wieder Stromausfall und es gießt in Strömen. Wir können entweder hier bleiben, oder versuchen, zum Haus, zu fahren, aber der Weg dahin … na den kennst du ja", versuchte er leicht zu grinsen. Sicher war der ganze Trampelpfad zum Haus, völlig vermatscht. An den Gedanken hier zu bleiben, hielt er eigentlich auch nichts. Nichts gegen die Kirche, aber es war doch ziemlich kühl hier drinnen und die Bänke aus blankem Holz ließen auch nicht zum Verweilen hoffen. Brewster verdrehte die Augen.

„Oh, na gut, wenns denn sein muss. Mein Haus ist gleich hinter den drei Bäumen. Ist nichts Gemütliches, aber es dient seinem Zweck. Der Ofen ist jedenfalls an und Tee hab ich auch reichlich, aber nur, solange das da draußen tobt", zeterte er los. War das etwa eine Einladung? Jason grinste leicht. Sicher lebte der alte Mann einfach schon zu lange allein. Hatte er wohl jemals eine Frau gehabt, außer die Affäre mit Emelie? Jason nickte und griff der völlig erschöpften Mariel unter die Arme.

Kapitel 14

Mit seiner Pfeife voraus, schlurfte Brewster den Weg voran. Wie die Küken hinter ihrer Henne liefen Jason und Mariel hinterher. Der Regen peitschte ihnen ins Gesicht und es brannte wie tausend Nadelstiche. Auch wenn Jason versuchte seinen Mantel schützend um Mariels Schulter zu ziehen, wehte es eine Windbö wieder weg. Nun war es auch schon egal. Beide waren ohnehin schon nass, bis auf die Knochen. Anscheinend schien es Brewster nichts aus zu machen. Er stapfte unbeirrt weiter und kaute auf seiner Pfeife herum, obwohl sie schon längst aus war. Hoffentlich ist es nicht mehr weit, dachte Jason und meinte, das er ja auch gleich zu dem Anwesen hätte zurückgehen können. Nach einer Biegung endlich erschien ein kleines Haus. Jason konnte sich einen Kommentar nicht verkneifen und rief entgeistert aus.
„Ohh, wow, Hänsel und Gretels Haus, der Hexe, ist ein Dreck dagegen. Oho, Mann", er rieb sich am Kopf und schüttelte leicht das Wasser aus den Haaren. Er sah auch nicht Brewsters giftigen Blick. Dennoch entspannte der alte Mann sich und meinte trocken.

„Verzeihen der gnädige Herr, aber meine Residenz ist derzeit im Umbau und wenn ihr dann die Güte hätte, mit diesem Zweitsitz vorlieb zu nehmen", grinste er frech. Das verschlug jetzt Jason die Sprache und er wollte gerade etwas erwidern, als ihm mehrere Regentropfen in den Rachen fielen und er husten musste. Mariel war das alles egal, Hauptsache, sie konnte sich etwas ausruhen. Von Weitem sah das Haus ja schon runtergekommen aus, aber vom Nahen hoffte man, es sei nur ein Albtraum. Die Dachziegel sahen aus, als würden sie sich gegenseitig festhalten, einzelne Fensterläden klapperten beachtlich und drohten aus den Angeln zu reißen. Die Häuserwand wies auch schon etliche Risse auf und Jason war es unverständlich, wie das Haus dem Wind noch standhalten konnte. Vielleicht wäre die Kirche doch die bessere Alternative gewesen. Es nutzte nichts, sie gingen dennoch hinein. Was für ein Wunder, das innere erinnerte ihn fast an das Haus von dem kleinen Jungen aus Willi Wonka. Windschief, winddurchlässig, hier und da ein Eimer, der das Regenwasser auffing. Ein großes Sofa stand mitten im Raum, mit lauter Decken und Kissen, davor ein alter Tisch aus Holz, deren Umrandung schon abblätterte, eine kleine Küche befand sich in der Ecke mit zwei Herdplatten und einem Tisch, kombiniert mit einem Schrank.

Hinter einem Vorhang sah man ein durchgelegenes Bett mit einem Nachtschränkchen. Unter der Treppe, welche wohl nicht mehr benutzbar war, war das stille Örtchen. Brewster schmiss seine Jacke einfach auf den Boden und holte eine Flasche Schnaps aus dem Schrank. Er reichte den beiden diese und machte sich an dem kleinen Kamin zu schaffen, der direkt gegenüber dem Tisch thronte. Es rußte und staubte, bis das Feuer anging. Dann nahm Brewster sich einen Becher, kippte ihn sich voll und verzog sich mit den Worten.

„Das hier wird wohl noch ne Weile dauern", dabei deutete er nach draußen: „Hoffe es reicht dem gnädigen Herrn hier auf dem Sofa. Ein paar Kekse sind noch im Schrank und nen Sandwich. Ansonsten, gute Nacht. Ach ja, falls es Ihnen doch noch einfällt zu gehen, ziehen Sie einfach die Tür hinter sich zu. Was anderes kann ich vorerst nicht tun." Brewster machte sich gerade auf, in seine Kammer zu gehen, bis er Jason nochmal hörte.

„Hey! Danke!", meinte er nur und Brewster nickte und verschwand hinter dem Vorhang. Die beiden konnten noch das Quietschen des Bettes hören und das schlürfen von dem Korn, den er sich eingeschenkt hatte. Unter dem Vorhang lugte noch das Licht hervor. Jason kuschelte indes Mariel in eine Decke ein und schürte das Feuer noch mal an. Dann goss er beiden einen großen Schluck von Brewsters Gebräu ein. Zu ihrer Überraschung war das Sofa ziemlich groß und auch bequem. Es glich schon einem Ehebett. Beide zogen sich die Schuhe aus, doch Mariel zitterte. Sei es aus Angst, Verzweiflung oder Kälte.

„Ach komm schon, zieh die Hose aus, bevor du dir eine Blasenentzündung holst. Ich guck dir auch nichts weg. Du kannst dich auch da im Bad umziehen und die Decke mitnehmen", bat er Mariel. Sie musste sich eingestehen, dass er recht hatte. Nur widerwillig ging sie in das Bad. Sicher, es war ein Bad, aber wie der Rest des Hauses, ließ es zu wünschen übrig. Der Spiegel hatte einen Riss, die Badewanne hatte wohl schon länger kein Wasser mehr gesehen und der Fußboden war kaum zu erkennen. Hier hing nur eine Glühbirne in einer Fassung. Über der Wanne hing eine Wäscheleine mit Socken und Unterwäsche darauf. Es roch muffig. So schnell sie konnte entledigte sie sich ihrer Sachen und zog die Decke um sich. Schnell huschte sie wieder ins Wohnzimmer und rümpfte die Nase. Nur flüsternd beugte sie sich zu Jason.

„Wenn du mal must, verkneif es dir", flüsterte sie und grinste leicht. Das erste Lächeln, das er heute bei ihr sah. Er gab ihr schnell den Becher und verschwand auch im Bad. Dabei öffnete er erst die Tür und guckte mit dem Kopf wieder raus, und tat so als schnappte er nach Luft. Mariel schenkte ihm wieder ein leichtes Lächeln. Während Jason sich umzog, legte die junge Frau ihre Sachen vor dem Kamin aus.

Das Feuer prasselte und knisterte. Bei jedem kleinen Regentropfen, der sich seinen Weg bahnte, zischte das Feuer und züngelte kleine Flammen hoch. Diese schienen sich nach Mariel zu zerren. Wie kleine Feuerfratzen gierten sie nach Leben. Das ganze Haus ächzte unter den Windböen, die um das Haus fegten. Jede Kachel, jede Fliese, jeder Stein, schien Leben eingehaucht zu bekommen. Die Finsternis kroch in jede Ecke und schallte, wie zum Tode verurteilt, zu rufen. „Mariel!", rief das Gemäuer und immer wieder: „Komm, komm heim!"

Die junge Frau fröstelte, obwohl sie direkt vor dem Kamin stand. Es war ihr, als würde sie allmählich verrückt werden, dachte sie. Das Land der Feen, der Kobolde und Mythen. Dass sie nicht lachte. Das Land, wo Grusel und Horror herrschte, so schien es seit ihrer Ankunft. Oder war es einfach nur die ganze Situation, das wäre ja nur zu selbstverständlich. Aber wieso nur, hörte sie immer wieder diese Stimmen?

Eine Hand packte sie an den Schultern und sie schreckte dermaßen hoch, das sie ihre Decke verlor und halb entblößt dastand. Jason lächelte sie nur an. Zuerst sah er ihren Körper unverblümt an und wieder kam die Stimme: „Ja, nimm ihn. Jetzt. Lass es geschehen!", Mariel war verunsichert. Der junge Mann bückte sich leicht und kam ihr sehr nahe. Sie hatte eine leichte Gänsehaut und konnte seinen männlichen Duft einatmen. Sie hielt kurz die Luft an, ehe Jason wieder hochkam und ihr die Decke umlegte. Jetzt war Mariel eindeutig warm. Beide beschlossen, sich auf das Sofa zu setzen. Innerlich wäre Jason nicht abgeneigt Mariels Körper zu berühren, aber er beschloss, ihr die nötige Zeit zu geben, zumal sie jetzt eindeutig unter Schock stand, was für ihn nur verständlich war. Immerhin, erfuhr man nicht alle Tage, dass man nicht der war, den man zu sein schien. Dazu noch ein Anwesen zu erben, welches einer reichen Familie gehörte. Mariel nahm einen großen Schluck von dem selbst gebrannten und hielt das Dokument noch immer fest.

„Weist du, da meint man jahrelang jemand zu kennen und dann so was. Ich meine, was glaubst du, hat meine ... ich meine, Clara davon gewusst?", sie sah Jason nur von der Seite an und dieser war sich nicht sicher, ob er den Arm um sie legen sollte, doch Mariel beugte sich nach vorne, um noch einen Schluck zu nehmen. Auch der junge Mann nahm einen großen Schluck. Er selber wusste auch nicht so genau, was das alles bedeutete, aber er fand, dass sie immerhin schon einen großen Schritt weiter waren.

„Na immerhin, bist du jetzt eine reiche Frau", witzelte er und sah das es wohl der falsche Ansatz war.

„Entschuldige, so hab ich das nicht gemeint, aber wer weiß, vielleicht war es dir auch so bestimmt. Ich meine, sieh mal, deine Mutter … Clara, … kämpft im Krankenhaus um ihr Leben und ich meine, ich weiß es hört sich brutal an, aber wenn sie stirbt, ohne dass du diese Reise gemacht hast, dann würdest du nie wissen und erfahren, wer du wirklich bist. Nichts gegen … ähm ... Clara, aber meinst du nicht, als sie dich auf diese Reise schickte, wusste sie nicht, worauf du dich da einlässt?" Jason strich ihr sanft über den Rücken und Mariel standen die Tränen in den Augen. Sie nickte nur und lehnte sich zurück. Beide kuschelten sich Schulter an Schulter zusammen und lauschten dem Knistern des Feuers und dem Wind, der durch die Ritzen zog und ein anderes Geräusch begleitete diese Atmosphäre. Ein grunzen, welches zu einem Schnarchen überging und hinter dem Vorhang verborgen war. Die beiden jungen Leute sahen sich an und mussten lächeln. Wie einer, bei diesen Geräuschen und in so einer Umgebung schlafen konnte, war ihnen rätselhaft. Dennoch überkam auch sie allmählich der Schlaf. Den leeren Becher noch in der Hand schlummerte Mariel in Jasons Arm ein. Mitten in der Nacht schreckte sie leicht hoch. Sie war kurz benommen und musste sich orientieren. Erst nach ein paar Sekunden dämmerte es ihr wieder, wo sie war. Sie fröstelte leicht und sah das, dass Feuer kurz vor dem Ausgehen war. Neben sich sah sie Jason der tief und fest schlief. Nur sein Atem war zu hören und das von Brewster, jedoch war das kein Atmen, sondern ein ausgedehnte schnarchen. Sie musste lachen und schwang sich vorsichtig vom Sofa um Feuerholz nach zu legen. Sie lauschte kurz. Es hatte eindeutig aufgehört zu regnen, aber der Wind pfiff noch immer um das Haus. Es ächzte noch, aber nach einer Weile gewöhnte man sich daran, sogar an das schnarchen von Brewster. Vorsichtig legte sie ein Holzscheit nach dem anderen in den Kamin.

Die ersten Flammen loderten und schienen nach ihr zu greifen. Sie züngelten mit wilden Feuerzungen und rauschte leise, wie ein Wasserfall in ihren Ohren.

„Mariel! Mein Kind, komm zu mir. Lass dich befreien. Du

gehörst doch zu mir", säuselte die Stimme und die Flammen griffen nach ihr. Mariel wurde heiß und kalt und sie sah wieder Fratzen in dem Feuer. Es war eine irre Frauenmaske, die sie anlächelte und höhnisch zu verspotten schien. Es war seltsam, aber ständig schien sie, dieselbe Frau zu sein, die sie heimsuchte. Aber wer war sie, und warum war sie hinter ihr her? Ehe Mariel sich versah, spielten die Flammen mit ihr. Sie tanzten und spielten zusammen, wie der Teufel mit der Seele. Jede Flamme schien, als würden sie wie Finger nach ihr greifen wollen. Lüstern und feixend riefen sie nach ihr.

„Komm, Mariel, komm und nimm dir, was du willst. Tu es! Tu es jetzt!", forderten sie, doch die junge Frau schüttelte energisch den Kopf. Noch einmal so eine Situation wie auf dem Feld wollte sie nicht. Sie wollte sie selbst sein und nicht gesteuert von ... ja von was? War sie besessen von einem Geist? Wen ja, wer war er und was wollte er oder sie? Sie wusste, es gab hier noch mehr zu tun, als nur ihren Namen herauszufinden, oder ihre Existenz. Jetzt erst wurde ihr bewusst, was sie tun musste. Sie musste noch einmal in das Haus der Mac Clanisters zurück. Nur hier, würde sie Antworten finden. Hier hatten auch ihre Visionen oder Begegnungen angefangen. Obwohl, wenn sie so nachdachte, hatten ihre

Albträume nicht auch schon damit zu tun? Sie wusste es nicht, es galt also doch, es herauszufinden. Schnell legte sie noch ein Stück Holz auf und prüfte, ob ihre Sachen schon trocken waren. Bis auf ihre Jeans war es auch so. Sie hob gerade ihre Hose hoch um sie näher an das Feuer zu halten, als sie merkte, wie Jason sich langsam regte. Sie sah ihn an und musste lächeln. Wie er so da lag, so friedlich und doch so fremd und doch, mit einer gewissen Vertrautheit. Sie kannte ihn nicht annähernd so gut, wie sie sollte, oder wollte. Doch war sie ihm irgendwie vertraut. Wenn sie jetzt daran zurückdachte, wie sie ihn im Haus gespürt hatte. Seine Hände, die ihre Haut berührten, oder seine Zunge, die ihre suchte. Sie schauderte leicht und merkte nicht, wie er sie ansah. Langsam, aber mit bedacht, schritt sie auf ihn zu. Das Feuer vom Kamin im Rücken wärmte sie und bei jedem Schritt wurde sie sich bewusst, was sie wollte. Sie wollte ihn! Ihre Decke fiel ihr über die Schultern und sie stand nur mit Slip und Unterhemd vor ihm. Jason wusste sich erst nicht zu helfen. War sie wirklich Mariel oder wieder, diese Irre im Feld? Er beschloss vorerst abzuwarten, was ihm nicht gerade leicht fiel. Sie schritt auf ihn zu. Als sie bei ihm war, setzte sie sich sanft auf seinen Schoss. Ihr Gesicht kam näher und sie küsste ihn auf den Mund. Noch immer wusste er nicht, wen er vor sich hatte. Doch als sie ihn ansah und lächelte, wusste er es. Sie war eindeutig Mariel. Er nahm ihr Gesicht zwischen seine Hände und zog sie zu sich herunter, um sie auch zu küssen. Seine Zunge durchforschte ihre Mundhöhle und beide trafen sich in wilder Innigkeit. Ihre Küsse wurden fordernder. Ihr Atem ging schneller und auch seiner wurde schneller. Ihr Körper wiegte sich hin und her, dabei rekelte sie sich lüstern auf ihm und zog sich ihr Unterhemd aus. Sie belegte seinen Oberkörper mit heißen Küssen und ihre Hände fuhren seinen Körper nach. Er ging leicht mit seinem Körper hoch, um ihre Konturen nach zu ziehen und sie mit Küssen zu bedecken. Sie drehten sich und Jason lag jetzt auf ihr. Auch er zog sein Hemd aus und seine nackte Haut rieb sich an den ihren. Sie rekte sich ihm entgegen und er spürte ihre Lenden, die wild pulsierten. Er küsste ihren Oberkörper und glitt an ihm herab. Mit den Fingern glitt er zu ihrem Slip, den er sanft abstreifte. Auch sie fingerte an seiner Unterhose herum, bis sie auch diese abstreifte. Nun lagen sie beide nackt auf dem Sofa. Das Feuer knisterte im Kamin und man hörte beide schwer atmen. Ihre Beine umschlangen seine und er klang heiser, als er versuchte sie anzusprechen.

„Willst du das wirklich?", fragte er außer Atem. Mariel nickte nur und hauchte: „Ja … ja das will ich, genau hier und jetzt", raunte sie. Ihre Küsse wurden fordernder und ihr Unterleib bäumte sich ihm entgegen. Sie spürte seine Männlichkeit und auch er spürte ihre Lust. Mit sanften Küssen belegte er ihre Rundungen und sog sanft daran. Sie stöhnte leicht auf und ihr Körper bog sich zurück, dabei steckte sie lüstern ihre Finger in den Mund. Seine Lippen wanderten weiter bis zu ihrem Bauchnabel und ihrem Lustzentrum. Ihre Hände gruben sich in die Decken und krallten sich dort fest. Ihre Beine spreizten auseinander und ihrer Kehle entrang ein heiserer Ton. Ihre Hände gruben sich in die Haare des jungen Mannes und versuchten ihn hochzuziehen, doch dieser dachte nicht daran. Während seine Zunge immer weiter in ihr Lustzentrum vordrangen, versuchten seine Hände die ihren leicht abzuwehren. Erst als sie Lustvoll aufstöhnte, ließ er von ihr ab. Noch immer bäumte sich ihr Körper auf. Diesmal war sie es die, die überhand gewann. Die beiden drehten sich auf dem Sofa und sie lag jetzt auf ihm. Diesmal wollte sie es ihm heimzahlen. Und sie bedeckte ihn mit wilden Küssen auf den Oberkörper. Schließlich gelangte sie zu seiner Männlichkeit und ihre Zunge umzingelte diese mit Küssen. Sie hörte ihn stöhnen und wie der Körper sich vor Lust wand. Bevor sie auch nur ansatzweise weitergehen konnte, zog er sie hoch und beide saßen jetzt wieder auf dem Sofa. Sie saß auf ihm und ihre Beine spreizten sich um ihn und sein Atem hauchte ihr ins Ohr. Auch sie stöhnte jetzt vor Lust. Ihre Beine schlängelten sich fest an ihm, sodass sie seine Männlichkeit intensiv spürte. Er suchte seinen Weg zu ihrem Lustzentrum. Er griff in ihre Haare und sie bäumte sich auf, dabei belegte er sie mit Küssen auf ihrer Brust und sie rekelte sich lüstern. Sie rutschte in eine spreizende Position und gab sich ihm vollkommen hin. Seine Männlichkeit drang jetzt fordernd in sie ein und auch sie bewegte sich immer schneller voran, bis beide die Woge der Wellen spürten, die über sie kamen, wie eine Welle in der Brandung. Völlig erschöpft sanken sie sich in die Arme und schliefen ein. Erst am frühen Morgen erwachte Mariel und rieb sich die Augen. Neben ihr lag noch Jason in seiner Nacktheit und schlummerte tief und fest. Sie wollte ihn nicht wecken und zog sich langsam und leise an. Gerade wollte sie sich frisch machen, als ihr Blick auf einen Stapel Zeitungen fiel. Brewster hatte wohl ein Faible Zeitungen, zu sammeln, oder aber er nahm sie für den Kamin. Doch eine Zeitung hielt sie leicht ab, weiter zu gehen. Er war rot unterstrichen. Es war ein kleiner Artikel, in dem etwas über einen Brand stand, bei dem zwei

Menschen starben, aber auch andere Artikel waren rot angestrichen. Da war zum einen ein Artikel über einen Mann, der sich selbst erhängte und eine Frau, die sich selbst getötet hatte. Himmel, Brewster hatte ja ein sichtlich verrücktes Hobby, wenn es denn eines war. Sie schauderte leicht. Und hier waren sie über Nacht geblieben, dachte sie. Schnell ging sie ins Bad und machte sich etwas frisch. Kaum draußen stieß sie mit dem alten Mann zusammen. Dieser grinste nur. Hatte er etwa von ihrer erotischen Nacht etwas mitbekommen? Das war ihr jetzt leicht peinlich und huschte schnell an ihm vorbei. Sie ging zu Jason und deckte ihn zu. Dieser rekelte sich und griff nach ihr. Er zog sie zu sich herunter und bedeckte sie mit Küssen. Sie versuchte sich schnell zu lösen und deutete mit schrägem Kopf auf die Badtür, die sich just in dem Moment öffnete und ein finster blickender Brewster sie ansah. Jetzt verstand er und ließ von ihr ab, dabei bedeckte er sich schnell mit seiner Decke. Der alte Mann schaute kurz nach draußen und meinte nur.

„Ist schon hell und der Regen hat aufgehört." Mariel wusste, dass es jetzt der offizielle Rausschmiss war. Sie grinste Jason an und dieser verdrehte die Augen. Schnell schnappte er sich seine Sachen und drängte sich an Brewster vorbei, der ihn leicht anschnaubte. Die junge Frau war kurz mit dem Gärtner allein und es entstand eine peinliche Pause zwischen ihnen. Sie wartete, bis Jason raus kam, und wuselte leicht in dem Stapel von Zeitungsausschnitten herum. Gerade hielt sie einen Artikel in den Händen, in denen es um eine verrückte ging, die ihr eigenes Kind umgebracht hatte. Neugierig, wie sie war, wollte sie schon weiter lesen, doch Brewster griff sich den Artikel und fauchte sie gleich an.

„Stecken Sie Ihre Nase nicht in die Angelegenheiten anderer Leute", und steckte die Stapel schnell in eine Schublade. Oh man, dachte Mariel, alte Männer in einem gewissen Alter, werden komisch. Gerade wollte sie ihm eine passende Antwort geben, als endlich Jason raus kam. Fröhlich kam er ihr entgegen und gab ihr einen Kuss, dann packte er sich seine Jacke und sagte.

„Können wir dann mal los?", fragte er und war schon an der Tür. Auch Mariel folgte ihm und drehte sich noch mal kurz um und nickte Brewster zu.

„Ich danke Ihnen trotzdem", meinte sie und war im Begriff zu gehen, als seine Hand vorschnellte und sie am Arm packte.

„Kindchen, seien Sie vorsichtig. Nicht alles scheint so, wie Sie es sehen. Passen Sie auf sich auf!", meinte er nur und ließ sie wieder los, dann ging die Tür auch schon zu.

Kapitel 15

Etwas durcheinander schloss sie Jason auf und beide fuhren gleich zu dem Anwesen. Der Weg war wieder Erwartens, ziemlich matschig und sie hatten wirklich Mühe hier durch den Wald zu kommen. Erst auf der Anhöhe wurde ihr das Ausmaß ihres Besitzes bewusst. Dieses imposante Gebäude. Majestätisch und doch gleichzeitig wild und fremd. Finster blickten ihr die Fenster entgegen, die bei jeder Wolke seltsame Schatten warf. Es sah fast so aus, als wandle ein fremder Geist von Zimmer, zu Zimmer. Auch Jason´s Blick vermochte auf einem Fenster haften und Mariel sah ihn schief an, doch dieser überspielte nur die Stimmung und zuckte die Schultern, dabei pfiff er vor sich hin. Er packte Mariels Hand und drückte sie kurz, dann schlenderten sie beide die kleine Anhöhe herab. Je näher sie dem Haus kamen, desto mulmiger wurde ihr und ein Blick schweifte kurz über den Vorgarten.

Der knorrige Baum hielt noch immer stand und es war Mariel ein Rätsel wie. Die Äste knarzten unter ihrer Last und der Last des Windes. Bei jedem Lufthauch knarrten die Stöcke, wie auf alten Dachdielen bevor sie durchbrachen. Die Bodenerhebung

hatte eindeutig nachgelassen. Sicherlich war er vom vielen Wasser durchgeweicht und der Boden gab jetzt allmählich nach. Wer weiß, wenn sie noch mehr Regen kriegen, würde der Baum unter seiner Last nachgeben und die Wurzeln, welche wohl jetzt freigelegt werden, würden nachgeben und ein Loch hervorbringen, welches den Baum entwurzelte. Wenn sie das Haus verkaufen wollte, müsste sie wohl den alten Baum fällen und die Kuhle aufschütten. Bei diesem Gedanken schüttelte es sie und sie bekam eine Gänsehaut, aber wieso? Eine innere Stimme ließ sie aufhorchen, es war wieder diese krächzende und grässlich irre Stimme, die ihr tief in den Ohren klang. „Nein," schrie sie, sie an, „Nein, es gehört mir. Geh weg!"
Was meinte die Stimme damit? So aufgebracht wurde ihr diese Vision noch nie dargestellt. Oh Himmel Mariel, dachte sie, du wirst doch noch verrückt. Schnell ging sie weiter und drehte sich noch mal kurz um. Ein Schatten verfing sich in dem alten Geäst und plötzlich krachte ein dicker Ast zu Boden. Es hörte sich schrecklich an, als wenn Knochen brechen würden, meinte die junge Frau und wieder ertönte dieses höhnische Lachen. Schnell rannte sie hinter Jason her. Dieser lächelte nur.
„Na, wieder Geister gesehen?", witzelte er, doch Mariel war nicht gerade zum Lachen zumute. An der Tür angekommen,

schlossen sie schnell auf und traten ein. Ein leichter Modergeruch entfaltete sich jetzt nach dem Regen. Dieses Haus musste wirklich komplett entrümpelt werden und von Kern auf saniert. So konnte und würde sie niemals einen Käufer finden. Allenfalls für Leute, die sich als Geisterjäger ausgaben oder für Touristen, die auf Gruseltouren standen und meinten, in solchen alten Häusern befände sich die schwarze Frau. Humbug, dachte die junge Frau, so werde ich das Haus auch nicht los, wenn ich selbst schon an Geister glaube. Sie schwang die Tür auf und legte ihre Sachen ab.

„So, wo fangen wir an?", klatschte sie voller Vorfreude in die Hände und Jason kam zu ihr. Er nahm sie in die Arme und küsste sie leidenschaftlich auf den Mund.

„Hmmm. Ich würde sagen hiermit", meinte er nur und umschlang seine Arme um sie. Mariel erwiderte den Kuss und wusste, wenn sie jetzt nicht aufhörte, würde es wieder da enden, wo sie bei Brewster schon waren. Nicht dass sie es nicht wollte, aber dafür war noch genug Zeit. Sie mussten das Tageslicht ausnutzen. Sie küsste ihn nochmals und wandte sich aus seinen Armen.

„Ich glaube, dafür haben wir noch genug Zeit, meinst du nicht auch? Erst mal sollten wir die Räume durchsucht kriegen, ehe wir im Dunkeln stehen." Sie blickte ihn treudoof an und Jason nickte nur.

„Ok, ok, du hast ja recht. Also, wo soll ich anfangen? Teilen wir uns auf oder zusammen? Kämpfen wir uns von unten nach oben durch, oder erst oben?", fragte er und klatschte in die Hände. Mariel stand leicht unschlüssig da. Ein wenig unbehaglich war ihr schon. Allein der Gedanken daran, in so einem alten Haus, in einem Keller zu wüten oder gar auf dem Dachboden, machten sie nicht gerade froh. Aber es nützte ja nichts. Wenn sie Antworten haben wollte, musste sie in die sprichwörtliche Höhle des Löwen.

„ Nun gut fangen wir mit dem Keller an. Und wenn es da von Ratten wimmelt, stecke ich die Bude gleich in Brand", witzelte sie und schnappte sich eine Taschenlampe, für die kleinen dunklen Ecken, die ihr so gar nicht behagten. Es würde da nur so vor Spinnen wimmeln, dachte sie und schüttelte sich leicht.

Unter der großen Treppe befand sich die Tür zum Keller. Sie hoffte inständig, dass es sich hier nur um so eine Art Kartoffelkeller handelte, indem wirklich nur Platz für ein paar Kisten Obst und Gemüse war, immerhin war die Küche groß genug für Vorräte und den Gartenschuppen gab es da ja auch noch. Eine kleine schmale Treppe führte hinunter. Wieso sie damals nicht auf die Idee kam, diesen zu untersuchen, wusste sie auch nicht. Wahrscheinlich war es so ein Mythos, von wegen, alte Häuser mit Leichen im Keller. Wieder schüttelte es sie.

Die Stufen knarrten bei jedem Schritt und es war eisig kalt hier unten. Die Wände bestanden nur aus purem Stein und wieder kam dieser ätzende und beißende Moder und Schimmelgeruch in die Nase. Die Balken über der Treppe staubten gewaltig und man hatte das Gefühl, sie würde jeden Moment nachgeben. Die Taschenlampe gab gerade soviel Licht wieder, das sie in die Ecke leuchten konnte. Die Treppe ging zehn Stufen runter und machte dann eine kleine Biegung mit nochmals fünf Stufen. Hier standen sie in einem großen Raum. Ein alter Kessel stand in der Ecke, daneben eine Schütte mit Kohlen und zwei Weidenkörben. An den Wänden standen ein paar Regale, darauf waren noch verstaubte Einmachgläser. Mariel wollte gar nicht wissen, was da drin war. Jason war wohl anderer Ansicht. Er durchleuchtete alle Gläser und wischte kurz mit dem Finger darüber.

„Oh, wie lecker, Mixed Pickles, von anno schlag mich Tod", grinste er. Er zählte. Drei, vier, fünf Gläser davon. In der unteren Reihe, eingelegte Birnen, Stachelbeeren, Zwiebeln,

Knoblauch und Kartoffeln.

„Hey und wir haben uns Gedanken ums Essen gemacht? Hier ist genug für ein richtig, gutes, englisches Essen. Na, mal kosten?", fragte er und wedelte mit den Gläsern vor ihrer Nase her. Vielleicht hätte er das besser gelassen. Gerade stellte er ein Glas zurück ins Fach, als es plötzlich mit einem riesigen Krach explodierte. Beide bekamen einen Schreck und sahen sich das Chaos an. Überall tropfte es und roch bestialisch nach Essig und verfaultem Essen.

„Soviel zum Haltbarkeitsdatum. Eindeutig überschritten", meinte Jason nur trocken und beide mussten lachen. Bei einem Fass sahen sich die beiden an und lachten wieder, dabei sagten beide gleichzeitig: „ Neiin!", und machten einen Bogen darum. Hier in diesem Keller war eindeutig nichts zu finden, was ihnen hätte weiterhelfen können. Außer diesem großen Raum gab es hier nichts. Er diente einzig und allein für die Lagerung. Von wegen, Leichen im Keller und alte Leute brachten alle Schätze in den Keller. Hier wohl nicht. Die beiden waren schon wieder an der Treppe, als ihr Lichtstrahl unter die Stufen blendete. Es war nicht viel, aber etwas fiel ihr ins Auge. Ein Stück Holz, was an sich ja nicht ungewöhnlich war, aber die Art wie das Holz aussah, machte Mariel leicht stutzig. Es war geschwungen wie ein Holzkreuz, nur dass hier und da, ein paar Enden fehlten. Wozu hatte man ein Kreuz im Keller liegen, dachte sie und zeigte es Jason. Dieser zuckte nur die Schulter.

„Hast du, als du klein warst, nie ein Haustier gehabt, das mal gestorben ist? Ich schon, na ja, wie man so war, als Kind, da bastelte man sich ein Kreuz und hat halt ein Grab. Wer weiß, vielleicht hatten sie ja auch eins. Ich meine, das hier war ja schließlich ein Waisenhaus und es gab jede Menge Kinder. Da wird sich bestimmt eins, ein Kreuz gebastelt haben und es hier vergessen haben. Na komm, du siehst schon genug Gespenster", lachte er und drückte sie leicht an sich, dabei leuchtete er seine Taschenlampe in sein Gesicht und sagte „Buuh!", Mariel schlug ihn leicht und sie stiegen die Treppe hoch. Die junge Frau schüttelte sich leicht und wischte sich imaginäre Spinnenweben ab. Oben im Flur klopfte sich jeder der beiden den Staub von den Klamotten.

„Und? Bereit für den Dachboden?", flachste Jason. Mariel nickte, aber sie war sich nicht ganz sicher, ob sie das auch wirklich wollte. Nach dem Vorfall, vor ein paar Tagen, mit dem Dachzimmer, wurde ihr ganz anders. Der junge Mann sah sie an und schien ihre Gedanken zu lesen.

„Ich kann auch erst mal alleine nachsehen, und wenn ich alles gecheckt habe, sag ich dir Bescheid", versuchte er zu vermitteln.

„ Nein, nein, schon gut, ich schaff das schon. Wenn ich den Leichenkeller überlebt habe, werde ich auch noch den Selbstmorddachboden überleben", witzelte sie und merkte gleichzeitig, wie sie leicht zitterte. Jason drückte sie sacht und griff nach ihrer Hand. Die beiden stiegen die Treppe hoch und Mariels Gänsehaut stieg mit. Wie bei einem elektrischen Schlag lud sich ihre Haut auf, je höher sie kamen. Wieder fuhr ihr etwas durch das Haar und irre Worte flüsterten in ihr Ohr.

„Ja, komm meine Kleine, komm zu mir. Die Wahrheit ist nahe. Du kannst es nicht verbergen. Ja, mein Vermächtnis ist da", lachte es irre und Mariels Ohren rauschten. Sie hörte nur dumpf Jasons Stimme. Erst nach mehrmaligem Atmen ging es ihr etwas besser. Ihre Knie zitterten. Ein eiskalter Wind wehte ihnen von oben entgegen und die Fensterläden klapperten bei jedem Windstoß. Ok, reiß dich zusammen, ermahnte sich Mariel, dies ist nur ein altes Haus und deine Fantasie geht mit dir durch, obwohl diese sehr lebendig zu sein schien.

Bei ihrem ersten Rundgang, als sie dieses Haus besuchten, fanden sie nur die Kammern hier oben. Sie war sich noch nicht einmal sicher, ob es überhaupt einen Dachboden gab. Jason ging voran. Auf höhe des Zimmers, mit dem kleinen Kinderbett, wollte die junge Frau am liebsten, so schnell wie möglich vorbeigehen. Plötzlich hörte sie ein Kindergeschrei und packte Jason an den Schultern. Dieser erschrak so sehr, dass er leicht aufschrie.

„Himmel, Mariel, hast du mich erschreckt", japste er und hielt sich kurz an der Brust fest. Mariel lächelte nur und sagte.

„Hast du das nicht auch gerade gehört?", fragte sie und deutete auf das alte Zimmer. Jason lauschte.

„Was? Was soll ich hören? Hier ist nichts außer dem Wind. Oh bitte, du hörst doch nicht etwa wieder Gespenster. Komm las uns sehen, ob wir noch so eine Art Dachkammer finden, oder soll ich lieber allein suchen?", fragte er besorgt, doch die junge Frau schüttelte den Kopf. Die beiden stiegen die Treppe weiter hoch und Mariel ließ Jasons Hand vorläufig nicht los. Hier oben wehte der Wind noch eisiger.Leicht versteckt, hinter einer Kaminsäule, fanden sie eine kleine Treppe die höher führte, bis zu einer Klappe. Diese war mit einem Riegel verschlossen. Auch hier ließ sich diese nur schwer öffnen. Jason lief schon leicht rot an. Er hämmerte so sehr auf das Schloss ein, bis es plötzlich nachgab und abbrach.

„Oh, so viel zu alten Schlössern. Von wegen, alte

Schmiedearbeit", lachte er und warf den Riegel nach unten das es nur so schepperte und durch das ganze Haus hallte. Staub rieselte herab und Spinnweben breiteten sich hier genauso aus wie im Keller. Ihre Augen mussten sich erst mal an die Dunkelheit gewöhnen. Der junge Mann tastete sich vorsichtig voran. In diesen alten Gemäuern konnte man ja schließlich nie wissen, ob die Balken durchbrechen. Jason hatte sich bis zu der Fensterdachluke vorgekämpft und machte diese weit auf. Licht kam herein und die Luft wirbelte erst den ganzen Staub auf und schien wie ein Staubsauger durch das offene Fenster abgesogen. Jetzt endlich konnten sie den Dachboden erkennen. Mariel hatte schon damit gerechnet alte, verstaubte Truhen oder riesige, antike Schränke vorzufinden. Aber dem war nicht so. Ein paar alte Truhen standen schon herum, aber auch viele Wäschekörbe und zwei Kommoden. Darüber hinaus spannten Wäscheleinen quer über dem Dach verteilt. Die Dielen knarrten bei jedem Tritt. Einige waren schon erheblich locker, andere splitterten schon. Anscheinend wurde hier im Winter die Wäsche aufgehangen. Einige Laken hingen noch in Fetzen herum. Wahrscheinlich war es das, was Mariel von außen gesehen hatte. Der Wind wehte das Laken hin und her, und wenn man draußen stand, konnte sie sich schon vorstellen das es so aussah wie, wenn jemand hier oben, hin und her wandelte. Erleichtert nahm sie die erste Truhe in Beschlag. Hier befand sich zahlreiches Spielzeug. Angefangen von Teddys, bis hin zu Puppen und Puppengeschirr, sowie Anziehsachen für die Puppen. Jason hatte nicht weniger Glück. In seiner Truhe befanden sich lauter Tischdecken, Gardinenreste, Wolldecken und Babytücher sowie Strampler und Windeln. Moment mal, dachte er sich und wandte sich an Mariel.

„Sag mal, wie alt, waren die Kinder noch, die hier im Waisenhaus lebten?", fragte er und Mariel sah ihn kurz an.

„Hmm, ich weiß nicht genau. Aber wie es aussah, gab es laut Unterlagen, kaum ein Kind das unter fünf Jahre alt war. Wieso fragst du?", wollte die junge Frau wissen und kam vorsichtig zu Jason: „Deswegen!", stellte er fest und reichte ihr die Babysachen: „Sind da noch mehr?", wollte sie wissen und durchsuchte die Kommoden und noch eine weitere Truhe. Doch nirgends war mehr Babykleidung zu finden. Nur alte Schürzen, noch mehr Geschirr und alte Polsterauflagen oder Kissen lagen darin: „Vielleicht gehörte das ja, meinen … na ja, den Mac Clanisters, als Erinnerung. Ich meine, ich habe auch noch meinen Schnuller und ein paar Schuhe, als ich noch ein

Baby war", meinte sie und Jason nickte. Das machte wohl Sinn. Wieso er auf einmal so misstrauisch war, wusste er auch nicht. Nur, irgendwie schien ihm das Ganze hier nicht geheuer.

„Wenn es doch aber ein Waisenhaus war, ich meine, wo sind all die ganzen Sachen abgeblieben?", fragte jetzt auch Mariel und Jason sah sie an.

„Was meinst du?", fragte er: „Nun, wenn es doch ein Waisenhaus war, wo sind all die Kleidungen von den Kindern und nur das bisschen Spielzeug, soll alles sein? Ich bitte dich! Wo sind all die ganzen Unterlagen der Kinder, Fotos und, ach keine Ahnung. Einfach Beweise", wollte sie wissen und sie saß da wie ein gebranntes Kind auf der Suche nach Identität. Jason klappte die Truhe zu und kam zu ihr hin. Er nahm sie kurz in den Arm.

„Na, sieh mal, das Haus hat lange leer gestanden und wer wollte, konnte hier rein und raus gehen. Ich meine, sicher, wer will schon was mit alten Unterlagen, aber wer weiß, was in manchen Köpfen vorgeht. Ich denke, einige Unterlagen wurden ja auch ins Archiv gebracht, zum Auswerten. Daher wahrscheinlich auch deine Herkunft. Ich denke es muss noch alles geordnet werden und die hinken bestimmt noch nach. Mach dir nicht so viele Gedanken. Ich meine, du weist jetzt, wer du bist", er küsste sie leicht auf die Stirn. Es gab nach dem Tod vom Pfarrer bestimmt noch mehrere Sachen durchzusehen und hier auf dem Land konnte sie sich schon vorstellen, das die Mühlen, langsamer mahlten, trotzdem blieb da irgendetwas Ungeklärtes.

Wie zur Antwort hörte sie plötzlich vom Gebälk, ein Geräusch. Sie sah nach oben, konnte aber nur die Balken erkennen. Auch Jason hatte etwas gehört und leuchtete gen Dachfirst. Zwei kleine Augen blitzten ihn an und schienen auf ihn zu, zu stürzen. Auch Mariel sah das und duckte sich schnell, ehe an ihrem Kopf haarscharf zwei Flügel, mit kleinen Krallen vorbeirauschten: „Fledermäuse!", rief Jason und duckte sich. Natürlich war es nicht selten das sich in alten Häusern auch mal Fledermäuse oder Eulen, oder gar eine Mäusekolonie befand. Gott Lob, waren es hier nur zwei kleine Fledermäuse, die schnell durch die Dachluke verschwanden. Als Jason noch immer geduckt da saß, fiel Mariels Blick weiter nach oben. Dort hing ein großer Karabinerhaken und an diesem baumelte ein dickes Seil. Es war nicht so wie die, die hier hingen um Wäsche aufzuhängen. Es war ein dickes Hanfseil, sauber geknotet und sah aus, als wenn es nach unten hin abgeschnitten wurde. Sofort schossen Mariel Bilder in den Kopf. Von wegen

Leichen fand man immer im Keller. Ihre Befürchtungen waren eher, dass sich hier jemand erhängt hatte. Wieso kam sie gerade auf so was, fragte sie sich. Und meinte schon, jemanden von der Decke baumeln zu sehen. Das ist doch verrückt, dachte sie, dieses alte Haus und die Schauergeschichten rund um England, waren wahrscheinlich schon Grund zum Anlass. Sie drehte sich gerade weg, als ihr wieder diese Gänsehaut widerfuhr.

„Ja, sieh ihn dir an! Seine Augen traten schon hervor. Ha, ha, ha. Und wie er da so baumelt. Huu", ein grausiges Lachen ertönte und Mariel fror. Warum nur hatte sie immer wieder diese Visionen? Wer war dieses Lachen und was wollte sie von ihr? Jason hatte wohl mal wieder nichts davon mitbekommen. Als er sah, wie Mariel nach oben blickte und er auch das Seil sah konnte er sich einen Scherz nicht verkneifen.

„Oh hat man ihn doch nicht hängen lassen? Na kein Wunder, der wurde bestimmt von den Fledermäusen und Ratten fein sauber abgenagt. Narg, narg", witzelte er und sah gleich Mariels blasses Gesicht.

„Oh bitte entschuldige. Das war geschmacklos, aber du musst zugeben das, dass hier perfekt ist für Gruselgeschichten. Ach komm schon, du glaubst doch wohl nicht an ein dunkles Familiengeheimnis und das sie ihre Leichen im Garten verscharrt haben. Komm schon Mariel, ein Seil hier oben. Ich bitte dich, da wird ein Leuchter gehangen haben. Ich meine, oder hast du ein Grab hier irgendwo gesehen? Nein, also komm, lass uns wieder runter gehen." Er nahm sie in den Arm und drängte sie zur Treppe. Noch einmal sah sie sich um und just in dem Moment sah sie wieder Schatten. Sie tanzten um das Seil und lachten wie irre, dabei schien der Schatten sich leicht gebeugt nieder und streichelte etwas, was am Boden lag. Ein weiterer Schatten. Er schien leblos und starr. Meine Güte, dachte sie, ich sehe ja schon wirklich Gespenster. Sie schüttelte sich und sah zu, dass sie die Treppe wieder runter kam. Kaum unten fiel die Dachklappe auch schon wieder zu. Sie rappelte leicht nach, da sie ja nicht mehr verriegelt werden konnte. Bei jedem leichten Windhauch klapperte sie wie ein böses Omen.

„Oh, ich hab vergessen, die Dachluke zu schließen. Bleib du hier. Ich mach es schnell zu." Er gab ihr einen Kuss und kletterte wieder hoch. Mariel hörte seine Schritte oben knarren und noch ein paar Schritte. Schritte? Welche den noch, fragte sie sich. Bis sie merkte, dass die anderen Schritte gar nicht von oben kamen, sondern direkt zwei Türen weiter waren. Himmel hatten sie die Vordertür abgeschlossen? Wenn es nun doch Einbrecher waren? Sie konnte nicht gleich Jason rufen, ohne den Eindringling zu vertreiben. Sollte sie selber nachsehen? Vielleicht verstecke ich mich in einer Ecke und warte bis Jason kommt, überlegte die junge Frau. Wer weiß, vielleicht zieht der Einbrecher ja ab, wenn er merkt, dass es hier nichts zu holen gibt. Ok, Mariel, stell dich nicht so an, dies ist jetzt dein Haus, egal ob es was zu holen gibt oder nicht. Tief durchatmen, mahnte sie sich. Gleichzeitig suchte sie nach einem Gegenstand, mit dem sie sich verteidigen konnte. Alles, was sie fand, war eine Gardinenstange. Nun gut, wenn es denn so sein soll. Bitte! Sie griff sich das Teil und mit hoch erhobenem Kopf stampfte sie lauthals zu der Tür. Natürlich, dachte sie, wie dumm konnte man sein, sich Gedanken darum zu machen, je mehr Krach ich machen würde, desto eher würde sich der Einbrecher in die Flucht schlagen lassen. Blödsinn! Schon an der Tür angelangt stiegen ihr die Haare zu Berge. Eine eiskalte Gänsehaut kroch ihr den Rücken herunter. Sie lauschte. Nichts. Hatte sie sich das nur eingebildet? Da war es wieder. Es war eine Art scharren und hämmern. Was um alles in der Welt suchte ein Einbrecher in einem leeren Zimmer? Nun ja, ein Bett, ein Tisch und ein Kinderbett. Nein, nein, schüttelte sie den Kopf. Nicht mit mir. Die Gardinenstange über den Kopf gehalten und die eine Hand am Türknauf, stand sie angespannt da. Jetzt oder nie. Eins, zwei, drei, zählte sie, atmete tief ein und riss dann die Tür auf.

„Ha, hab ich dich erwischt. Du, du ...?", doch das Zimmer war leer. Hinter ihr packte sie jemand und sie schrie entsetzt auf. Vor Panik ließ sie die Gardinenstange fallen. Sie traute sich kaum, um zu drehen. Bis sie Jason sah. Auch dieser sah sie entsetzt an.

„Himmel Mariel was hast du damit vor?", wollte er wissen und deutete auf den Gegenstand am Boden. Die junge Frau musste sich erst mal fassen und wollte gerade etwas einwenden. Sie merkte aber wie Jason ständig hin und her wippte und seine Lippen zusammenbiss.

„Das .... Das ist ... ach egal. Sag mal? Was ist mit dir los? Hast du dir auf dem Dachboden Flöhe eingeheimst?", versuchte sie zu witzeln. Nur Jason war schon mit einem Blick zur Tür.

„Uh,oh entschuldige, aber ich muss mal ganz dringend. Verzeih! Kann ich dich einen klitzekleinen Moment alleine lassen?", fragte er und verschränkte die Beine. Auch wenn sie nicht allein hier bleiben wollte, nickte sie nur, bevor noch ein Malheur passierte. Sie knuffte ihn kurz, ehe er im Sprint die Treppe herab lief. Unten, so wusste er, war die Toilette noch heile, während hier oben die meisten zerbrochen waren oder verstopft. Mariel stand jetzt im Zimmer und verschränkte die Arme. Ihr war kalt und der Wind pfiff durch die kleinen Fensterritzen. Wieder einmal hatte ihr der Verstand wohl einen Streich gespielt. Gerade wollte sie wieder nach unten gehen und drehte sich zur Tür um. Diese knallte ihr direkt vor der Nase zu, sodass sie diese abbekam und schmerzhaft zu Boden ging. Es war eine Wucht, als wenn sie jemand mit voller Absicht zu Boden riss. Es schien ihr, als würde sie noch einen heißen Atem spüren und Finger, die ihre Haare durchwühlten. Dann ging sie zu Boden.

Kapitel 16

Alles drehte sich und ihr wurde übel. Ihre Sinne waren verschwommen und wie durch einen Film, sah sie Gestalten, die über ihr beugten. Eine irre Fratze sah ihr ins Gesicht. Sie lächelte. Mit knorrigen Fingern deuteten sie ihr an, ihr zu folgen. Körperlich hatte Mariel ihre Probleme damit, aber wie in einem Traum folgte sie ihr. In ihrem Kopf nahm die Gestalt sie mit auf eine Reise.

Es war helllichter Tag und Mariel befand sich noch immer in dem Zimmer. Nur diesmal schien es bewohnt. Das Bett war bezogen mit einem weißen Laken und einem rosenbestickten Überwurf. Auf dem Tisch, neben dem Fenster, lagen ein Buch und eine Tasse mit Tee. Der Wind huschte sanft durch die wehenden Gardinen. Eine junge Frau saß auf dem Bett. Sie war leicht vornüber gebeugt. Schlief sie? Mariel konnte es nicht gut erkennen. Auf einmal hörte sie ein schmatzendes Geräusch. Die Frau musste wohl essen, dachte sie. Erst als sie sich etwas aufrichtete, sah Mariel, das die Frau nicht aß, sondern ein Kind auf dem Arm hielt, das es fütterte. Es musste kaum ein paar Wochen alt sein. Plötzlich ging alles sehr schnell. Die Frau gab dem Kind etwas zu trinken und wiegte es hin und her. Sie hielt es an ihre Brust mit einem Kissen, ganz nah. Nach mehreren Minuten, wie es schien, wollte Mariel am liebsten schreien, dass sie damit aufhören sollte, sie würde das Kind ja ersticken, doch da wusste sie, dass es Absicht war. Sie wollte das Kind töten! Die junge Frau schrie, doch ihre Kehle blieb stumm. Ihr rannen die Tränen herab und wieder gab es eine Art Schattenwand und ein Nebel entstand. Wieder sah sie die Frau und das Zimmer. Diesmal schien es nicht so aufgeräumt. Alles lag wild durcheinander, die Bettdecke war verdreckt, Geschirr stapelte sich auf dem kleinen Tisch und es gab Gitter vor dem Fenster. Gitter? Wozu, fragte sie sich. Dann hörte sie ein Scharren und hämmern. Holzsplitter flogen umher und blutige Finger passten ihren Abdruck. Die frauliche Gestalt sah kurz auf und wischte sich den Schweiß von der Stirn, dabei sang sie immer wieder ein Wiegenlied, während ihre blutigen Hände etwas in den Boden legten. Mariel konnte kaum etwas erkennen, doch ein kleiner Blick sagte ihr nichts Gutes. In dem Augenblick drehte sich die Frau um, grinste sie an und bot ihr einen Blick auf die Erde. Dort lag ein Bündel eingepackt und verschnürt wie ein Paket. Diese Frau legte das Bündel unter die Dielen und wollte schon die Bretter *drauflegen, bis sie dachte, sie würde Mariel anstarren. Dann lockten die roten Hände sie zu sich. Die junge Frau wollte nicht, doch ein innerer Zwang wollte es und sie hatte keine Wahl als hinzuschauen. Es stockte ihr der Atem. Ihr wurde übel und ihr Kopf fing an zu schmerzen. Kleine Sterne tanzten vor ihr und doch sah sie noch immer das Etwas, was in der Bodenkuhle lag. Es war ein Baby! Die Frau grinste und gab dem Baby einen schwachen Kuss, dann legte sie die Bretter Stück für Stück darauf. Sie summte dabei und sah wie Irre aus. Mariel wollte schreien und ihr wurde schwarz vor Augen.*

Ein Hämmern und Klatschen ließen sie wieder aufhorchen und ihr Bewusstsein schien zurück zu kommen. Etwas lehnte über ihr und rief ihren Namen. Mariel schlug leicht um sich. Sie wollte nicht das nächste Opfer sein, welches dort unter den Dielen verweilen musste. Wie in einem Schleier rief jemand nach ihr.

„Mariel … Mariel … wach auf. Hallo, komm zu dir. Was ist passiert?", fragte die Stimme. Nur schemenhaft konnte sie die Konturen einer männlichen Figur nachzeichnen. Das musste entweder ihr Komplize sein, oder … ja, vielleicht war es Jason. Etwas Nasses streifte ihr Gesicht und allmählich konnte sie die Augen öffnen. Erst nur verschwommen, dann blickte sie in

Jasons Augen. Noch nie war sie so froh ein vertrautes Gesicht zu sehen. Sie schlang die Arme um ihn und vergrub ihr Gesicht in seinen Armen. Jason hielt sie nur fest. Nach ein paar Sekunden fragte er erst.

„Himmel Mariel, was ist den passiert? Da geht man mal kurz aufs Klo und ich finde dich hier bewusstlos wieder." Mariel wollte antworten, doch hier im Zimmer schnürte es ihr noch immer die Kehle zu. Sie fasste sich an den Kopf und fühlte dort eine dicke Beule. Auch der junge Mann fühlte diese und meinte nur sie wollten erst mal nach unten gehen, um diese zu kühlen. Mariel hatte nichts dagegen. Sie war froh da raus zu kommen und ließ sich stützend die Treppe hinunter begleiten. Im Wohnzimmer hielt sie sich einen nassen Lappen an die Stirn. Sollte sie Jason davon erzählen? Sie haderte erst, doch dann gab sie sich einen Ruck und erzählte ihm alles. Der junge Mann hörte geduldig zu. Das Einzige was er jedoch dazu sagen konnte, war nur.

„Da hast du aber ganz schön was ab bekommen", und legte noch einmal einen nassen Lappen nach. Es entstand eine kurze Pause. Mariel war hin und her gerissen.

„Du glaubst mir nicht. Nicht wahr?", fragte sie ihn gezielt. Dieser wand sich etwas und fuhr sich nervös mit den Fingern durch das Haar.

„Ach komm schon Mariel. Du hast dir den Kopf gestoßen. Wovon auch immer. Ich denke, der Wind hat die Tür zugeknallt und du standest nur ungünstig. Da spielen einem der Verstand und das Bewusstsein schon manchmal einen Streich. Nicht das ich dir nicht glauben wollte, aber bei all den Spukgeschichten ist das doch ziemlich weit hergeholt. Meinst du nicht?", er sah sie skeptisch an. Für einen Augenblick wollte sie ihm ja recht geben, aber es wirkte alles so echt. Jason holte schnell ein Becher mit Whisky und gab ihn Mariel. Sie nippte erst daran und kippte den Rest gleich hinunter. Während Jason sich um einen weiteren Lappen kümmerte, grübelte Mariel nach. Wieso wirkte das alles so echt und was hatte das zu bedeuten? Selbst wenn dies nur eine Einbildung war, wieso hier und jetzt? Das ergab keinen Sinn. Sie musste Gewissheit haben. Kaum wollte sie aufstehen, wurde ihr wieder schwindelig und Jason eilte schnell zu ihr.

„Oh, wow, hey. Was machst du denn da? Bleib liegen! Du hast dir ziemlich den Kopf angeschlagen. Hoffentlich ist das keine Gehirnerschütterung. Vielleicht sollten wir lieber einen Arzt aufsuchen", besorgt legte er den Arm um sie. Mariel wollte aber nicht. Sie fasste sich schnell und hielt sich kurz am

Schrank fest.

„Es ... es geht schon", murmelte sie und ging ein paar Schritte. „Sag mal, wo willst du denn jetzt hin? Wäre es nicht besser, du würdest dich ausruhen. Bitte Mariel", flehte der junge Mann. Die junge Frau dachte aber nicht im Traum daran. Sie schob ihn kurzerhand weg und sagte gereizt.

„Ich werde es dir beweisen. Komm mit!", forderte sie ihn auf und schritt schnurstracks die Treppe herauf. Sie ließ keinen Widerspruch dulden. Auch wenn Jason das nicht für Gut hielt, so ließ er sie machen. Sie würde sich bestimmt wieder besinnen. Also stieg auch er die Treppe mit hoch. Im Zimmer angekommen sah sich Mariel um. Hier fand sie nicht, was sie suchte, also ging sie schnell in das große Schlafzimmer. Dort hatte sie doch einen Kamin gesehen. Sie schnappte sich einen Schürhaken und ging sofort wieder in das kleine Zimmer, wo Jason erstaunt stand.

„Oho, was willst du denn damit? Mariel bitte, was soll das den werden? Rede mit mir!", flehte er und sah die junge Frau an. Diese stand entschlossen da und rammte den Haken in die alten Dielen. Dabei krachte es durch das ganze Haus und ihr Kopf schmerzte. Sie musste kurz innehalten.

„Mariel bitte, lass das doch", flehte er. Die Frau sank kurz den

Kopf und sah ihn flehend an, dabei flüsterte sie leise, damit ihr der Kopf nicht so dröhnte.

„Jason, ohne deine Hilfe schaff ich das nicht." Sie hielt ihm den Schürhaken hin und Jason war kurz am Überlegen, doch er entschied sich dafür, ihr den Willen zu lassen. Allein um zu zeigen, dass sie unrecht hatte. Er fasste den Haken fest am Griff und sah noch einmal zu Mariel, dann zuckte er die Schultern und schlug zu. Drei, vier, fünf und sechs Schläge ging es, bis ein kleines Loch entstand.

„Warte!", rief Mariel und kniete sich auf den Boden. Mit ihren Händen versuchte sie die Dielen hochzuheben. Der junge Mann konnte das nicht mit ansehen und wollte sie eigentlich davon abhalten, aber auch hier wollte er sie eines Besseren belehren, also zog er an den Brettern mit.

„Siehst du Mariel, hier ist nichts, außer den Dielen und Spinnweben und Holzwolle. Komm schon, du hast jetzt ein Loch im Boden und da ist nichts." Er wollte sie schon am Arm packen, als er ihren starren, ängstlichen Blick sah. Jason konnte nicht ganz nachvollziehen, was sie jetzt hatte. Es lag wahrscheinlich an den Kopfschmerzen, dachte er, doch der Blick der jungen Frau haftete so intensiv auf den Boden, dass er fast Angst bekam. Ihre Finger deuteten auf etwas im Boden.

Der junge Mann blickte genauer hin. Es sah aus wie ein Stück Wolle und er zog leicht daran. Es war faserig und ließ sich nur schwer durch das Loch hebeln. Immer wieder verhedderten sich Fasern an den Holzsplittern. Erst nach einem heftigen Ruck bekam er das Wollknäuel zu fassen. Er hielt es lächelnd hoch.

„Siehst du, nur Dämmwolle, oder was auch immer die damals unter die Dielen gepfuscht haben." Im nächsten Moment sah er Mariels Gesicht und ihre Hand, die sich auf ihren Mund presste, um nicht zu schreien. Jason sah sie an und auf das Bündel, welches er in der Hand hielt. Jetzt stand ihm auch der Mund offen und er warf das Bündel von sich, dabei löste sich ein Knoten und kleine Knochenteile flogen im Zimmer umher. Ein eiskalter Hauch durchdrang das Zimmer und ein gellender Schrei hallte durch das Haus. Mariel hatte recht, es war eine Babyleiche.

Den Schock mussten beide erst mal verdauen. Unten im Wohnzimmer, sie waren eher in Panik runter gerannt, goss sich Jason einen großen Schluck Whisky ein und kippte ihn in einem runter.

„Wir müssen zur Polizei!", sagte er und sah Mariel an und meinte noch, „und zum Arzt." Doch Mariel war davon nicht begeistert. Sie schüttelte, so gut es ging, den Kopf.

„Wenn wir jetzt die Polizei einschalten, werden die hier alles auf den Kopf stellen und dann bekommen alle Leute Wind davon und niemand würde dann noch den Kasten kaufen wollen. Zudem würde sich das Ganze noch länger hinziehen. Du weißt, auch hier in England, mahlen die Mühlen langsam. Wer weiß, wenn die noch mehr finden, würde ich nie erfahren, wer ich wirklich bin und was hier vorgeht. Bitte Jason, wir müssen selber noch mal forschen. Ich meine, wenn wir dann nichts finden, können wir ja die Polizei einschalten." Der junge Mann war ganz und gar nicht einverstanden. Wer weiß was sie noch für Leichen finden würden, dachte er und es gruselte ihn, bei den Gedanken an dieses Bündel. Er nahm noch einen großen Schluck und nickte dann, zwar nur langsam, aber er nickte.

„Also gut, wir stellen die ganze Bude hier auf den Kopf. Jetzt haben wir Wochenende und ich denke, die Polizei würde jetzt sowieso nichts machen, außer hier absperren, aber danach ...", er drohte halb mit dem Zeigefinger und nahm noch einen Schluck. Mariel war zwar auch nicht begeistert noch mehr hier herumzuschnüffeln, aber was sollten sie jetzt sonst tun. Das Kind war sprichwörtlich in den Brunnen gefallen. Nun lag es an ihnen, das wer und wie, herauszufinden. Zuerst einmal brauchte sie etwas frische Luft. Wenn sie hier so draußen stand, dachte sie eigentlich das dies hier doch das Paradies sein müsste. Sie betrachtete das Haus und das Anwesen. Erst jetzt merkte sie, wie schön das doch alles war und ihr wurde bewusst, dass es ja ihr eigen ist. Auch wenn die Sonne noch hinter den Wolken versteckt blieb, so strahlte das Haus einen gewissen Glanz aus. Es war komisch, das sie es jetzt in einem anderen Licht sah. Anfangs war sie voller Vorurteile, von wegen Geister und alte Bruchbude. Aber jetzt sah sie es irgendwie aus einem anderen Blickwinkel. Dieses Baby musste doch eine Geschichte haben, und selbst wenn ein Verbrechen dahinter stand, war es merkwürdig, warum es ausgerechnet jetzt und hier und vor allem in dem Zimmer geschah. Irgendwie fühlte sie sich damit verbunden, sie wusste nicht wie und warum, nur auf eine ganz persönliche emotionale Ebene. Ihr wurde jetzt klar, das sie erst recht herausfinden musste, was hier geschehen ist, nicht nur für sie, sondern auch für ihre Ziehmutter. Bei dem Gedanken an sie, zog sich ihr der Magen zusammen. Erst gestern hatte sie in der Klinik angerufen und wieder machte man ihr keine Hoffnungen. Im Gegenteil, sie meinten nur noch, wenn sie noch länger im Koma liege, würde man für nichts garantieren können. Die Hoffnung schwand.

Kapitel 17

Mit einem gedrückten Gefühl ging sie wieder in das Haus. Jason lag jetzt halb dösend auf der Couch. Es hatte ihn doch arg mitgenommen und dazu der Whisky, gab ihm fast den Rest. Sie wollte ihn erst mal schlafen lassen, wusste aber selber nicht, was sie jetzt tun sollte. Mariel wusste, wenn sie antworten haben wollte, würde sie noch einmal nach oben gehen müssen. Es war sicher noch nicht alles, was dort verborgen blieb. Innerlich ahnte sie es.

Der Mut verließ sie ein wenig, als sie am Treppenabsatz stand und nach oben schaute. Wilde Schatten loderten in dem Halbdunkeln der oberen Etage. Schatten wilder Vergangenheit. Sie hörte noch ein klägliches und weinerliches Wimmern. Sicher spielte ihre Fantasie ihr einen Streich und sie hörte, natürlich jetzt, das jammern eines Kindes. Nach so einem Fund war das ja vorprogrammiert. Dennoch war da auch etwas, was sie versuchte zu locken. Finstere Stimmen riefen nach ihr. Irre und höhnische Laute. Das Scharren von Füssen und das hämmern über Holz. Mariel schauderte. Sie ging einen Schritt und beschloss sich erst mal ein bisschen Mut anzutrinken. Die Whiskyflasche war halb leer, sie nahm sich einen Becher und trank einen großen Schluck. Dabei nickte sie immer wieder um sich selbst Mut zu machen.

„Ok, Mariel, jetzt oder nie!", murmelte sie leise, um Jason nicht zu wecken. Gerade wollte sie wieder in den Flur gehen, als ihr ein Schatten am Fenster auffiel. Es raschelte sogar von den abgefallenen Blättern. Da war doch jemand, dachte Mariel. Sollte sie Jason wecken, oder selber nachsehen? Ihre Angst stieg an und ihr Mut sank. Sie lauschte noch einmal kurz, vielleicht hatte sie sich ja auch getäuscht. Es war still. Nur das leichte Grunzen von dem jungen Mann auf der Couch war zu vernehmen und Schritte. Schritte? Verflixt dachte sie, also doch. Na warte! Sie schnappte sich den Schürhaken vom Kamin und schlich langsam zu dem Fenster. Tatsächlich, da war wirklich jemand. Sie hoffte nur, dass er alleine da war.

Den Schürhaken über den Kopf geballt schlich sie zur Hintertür und robbte sich vorsichtig an die Gestalt heran. Diese schien nichts zu ahnen. Noch immer schaute sie in das Zimmer.

Es war schon eine bullige Erscheinung. Ein großer Mann schätzte sie, mit einem alten Hut und einem grünen Lodenmantel, große alte Gummistiefel scharrten am Boden, um halt zu finden. Mariel fackelte diesmal nicht lange. Sie hob den Haken hoch und brüllte gleich los.

„Was suchen Sie hier? Drehen Sie sich um und keinen Mucks." Na, wenn das Mal gut geht. Um so erstaunter sah sie drein, als ihr Bewusst wurde, wer vor ihr stand. Brewster! Der alte Mann drehte sich ohne Umschweife um, aber mit leicht gesenktem Kopf. Es war ihm sichtlich peinlich. Mariel rang um Fassung.

„Sie? Was machen Sie denn hier und vor allem warum schleichen Sie hier herum?", doch Brewster scharrte mit den Füßen im Dreck und sah sie leicht herausfordernd an. Wollte er etwa mit ihr Spielchen treiben? Na, aber nicht mit mir, meinte sie. Mit dem Haken voran brüllte sie gleich lauter weiter.

„JASON! WACH AUF! WIR HABEN BESUCH", das ging durch Mark und Bein, zu Brewster gewandt sagte sie.

„Wenn ich Sie dann bitten dürfte. Sie können gerne reinkommen." Sie hielt ihm wie zur Warnung den Stab vor, sodass er keine andere Wahl hatte. Er trottete wie ein begossener Pudel vor Mariel her bis zum Wohnzimmer. Jason hatte trotz der lauten Rufe von Mariel nichts mitbekommen. Er lag noch immer auf der Couch und grunzte vor sich hin. Die junge Frau räusperte sich erst einmal, dann zweimal und schließlich trat sie gegen das Möbelstück und wurde lauter.

„Himmel Jason, wach auf! Wir haben Besuch", drängelte sie und rüttelte ihn jetzt auf. Ein bisschen verwirrt sah er sich um. Er rieb sich die Augen und erst jetzt wurde ihm bewusst, dass Mariel nicht alleine da stand. Schnell, zu schnell, wie er fand, denn es drehte sich kurz alles, stand er auf und begrüßte Brewster mit einem überschwänglichen: „Hallo Brewster!", und grinste, doch beim Anblick von Mariel wurde er gleich stumm. Mit verschränkten Armen stand sie da und schaute ihn böse an.

„Vielleicht hättest du die Güte mich anzuhören. Dieser Gast hier …, schnüffelte am Fenster herum. Ich will damit sagen, er schlich hier heimlich herum, wieso auch immer. Und jetzt will ich wissen, warum? Also was suchen Sie hier?", gereizt und leicht wütend wippte Mariel mit den Füßen auf und ab. Brewster sah von Mariel zu Jason und wieder zurück, nachdem er von dem jungen Mann nur ein Schulterzucken bekam.

Mariel sah ihn böse an: „Also, ich warte!", tippte sie weiter. Brewster schien sich wirklich zu winden. Er setzte seinen Hut ab und trat verlegen von einem Bein auf das andere. Dann drehte er sich abrupt um und setzte sich neben Jason.

„Ja, ja schon gut. Ich hab´s ja verstanden. Es tut mir leid. Ich … ich, wollte ..." „Ja? Ja was wollten Sie?", unterbrach ihn Mariel: „Kindchen, Sie sind ja noch schlimmer als ein Feldwebel", konterte Brewster: „Ich sag´s Ihnen ja schon. Bin eben ein alter Mann. Hamse nen bisschen Nachsicht", fühlte er sich angegriffen. Heimlich schielte er auf die Flasche mit dem Whisky. Jason verstand erst nicht.

„Oh, oh ja sicher, tun Sie sich keinen Zwang an." Schwups, war die Flasche in Brewsters Hand. Grinste er etwa? Mariel allerdings schien allmählich die Geduld zu verlieren. Kaum hatte Brewster einen Schluck genommen, wollte die junge Frau auch schon loszetern, aber der alte Mann kam ihr zuvor.

„Also, ich geb ja zu, dass ich hier herumschleiche … ach, was soll´s, kurze Rede, ich dachte Sie würden noch die Wahrheit raus kriegen. Sehen Sie, als Sie im Pfarrhaus nach den Mac Clanisters gesucht haben, dachte ich, na, wusste ich ja nicht das es so weit kommt. Sehen Sie, als ich mit Emelie zusammen war, da gingen schon Gerüchte herum. Von wegen, in dem Waisenhaus stimmt was nicht. Aber das konnte ich Ihnen nicht sagen, dachte nur Sie wüssten etwas mehr, deshalb bin ich hier. Vielleicht würde ich hier ein paar Antworten finden."

Er grinste leicht und nahm sich noch einen Schluck, dabei sah er Mariel und Jason an. Die beiden guckten sich an. Sah er etwa Angst darin oder gar Entsetzen. Moment mal, dachte er, hier stimmt doch etwas nicht. Er legte die Flasche vorsichtig ab.

„Also gut, was ist los?", er sah in die Runde. Jason schwankte leicht hin und her und Mariel versuchte Brewsters Blick irgendwie auszuweichen: „Na kommen Sie schon, was ist hier los?", fragte der alte Mann bestimmt. Mariel druckste leicht herum, wer weiß, vielleicht sollten sie wirklich jemanden etwas erzählen, warum dann nicht einfach Brewster.

„Also gut, kommen Sie, ich zeig Ihnen etwas", meinte sie und bedeutete ihn an ihr zu folgen, auch Jason nickte mit dem Kopf und gab eine einladende Handgeste hinauf. Ganz wohl war Brewster nicht, immerhin, er kannte die beiden ja kaum. Dennoch war er vorsichtig.

Die Treppenstufen quietschten bei jedem Schritt, die Brewster hochging. Sie schienen bei seinem Gewicht auch leicht nachzugeben und an manchen Stellen hatte Mariel Angst, dass sie tatsächlich durchbrechen würden, so sehr knarzten sie.

Je höher sie gingen, desto mehr Gänsehaut bekam die junge Frau und schlang beschützend die Arme um sich. Kurz vor dem

Zimmer ließ sie Jason den Vortritt. Sie konnte da unmöglich noch einmal hinein. Mit dem Kopf deutete sie Brewster an hineinzugehen. Etwas skeptisch war er schon. Die beiden würden ihn doch nicht da hineinstoßen und einsperren, doch er wusste um seine Größe und seine Kraft. Mit einem Bein ging er ins Zimmer, hatte aber Schwierigkeiten sich zu orientieren. Es war einfach zu dunkel.

„Oh, warten Sie, ich halte die Tür auf", meinte Jason und hielt die Tür auf, damit ein bisschen Licht hereinkam. Im Nachhinein meinte er noch.

„Vorsichtig beim Bett, da ist ein Loch." Brewster drehte sich kurz um und sah die beiden an. Diese nickten nur und Mariel sah ängstlich zu Boden. Einen Schritt weiter und der alte Mann betrat das Zimmer. Erst konnte er nicht viel erkennen und wusste schon gar nicht, wozu das Loch da wäre. Seine Augen mussten sich erst mal an die Dunkelheit gewöhnen und so tastete er sich Schritt für Schritt vor. Erst an der Bettkante konnte er die losen Bretter sehen. Die beiden hatten wirklich ganze Arbeit geleistet, obwohl er immer noch nicht wusste, wozu. Er musste sich schon sehr bücken, um etwas zu sehen. Da war etwas Weißes, oder Graues. Ja, Brewster wollte jetzt sehen, was da ist. Noch ein Stück und er konnte es sehen.

Waren das etwa ... nein, das konnte doch nicht sein. Er sah sich kurz um und Jason nickte nur. Ja, da waren eindeutig Knochen. Kleine Knochen! Himmel was sollte das? Bevor Brewster hier hochkam, war Jason noch einmal zurückgegangen und hatte die Knochen wieder in das Tuch gewickelt und zurückgelegt. Er fand, dass es irgendwie richtig wäre.

Der alte Mann ging in die Hocke, um mehr sehen zu können. Er fasste das Tuch kurz an und besah sich die Knochen. Mariel hätte am liebsten gewürgt und Jason war schon in Gedanken an der Whiskyflasche. Nicht dass er so was je brauchte, aber dadurch verhalf es ihm zu einem kleinen Rausch, sodass es ihm fast egal war, was er da vor sich sah. Nach einigen Minuten kam Brewster wieder raus. Er sah eigentlich ganz normal aus, dennoch raste etwas in seinem Gehirn. Stumm stieg er die Treppe herunter und die beiden gingen hinterher. Erst im Wohnzimmer fand der alte Mann seine Stimme wieder.

„Wer weiß noch davon?", fragte er und die beiden schüttelten die Köpfe: „Gut, gut", meinte Brewster. Er nahm einen Schluck Whisky. Er hielt kurz die Hand hoch und wollte aus dem Haus gehen. Jason sah Mariel an und diese ihn. Schon an der Tür angelangt drehte sich Brewster kurz um.

„Ich komme gleich wieder. Ich glaube, ich hab da was!", murmelte er, und ehe die beiden sich versahen, war er schon durch die Tür und stampfte davon. Zurück blieben die beiden, die sich verdutzt ansahen. Niemand wollte aussprechen, was er gerade dachte. Erst nachdem Jason sich hingesetzt hatte und Mariel ihn entgeistert ansah, sprach einer von ihnen.

„Was wen er jetzt die Polizei holt?", schallte die junge Frau. Nach einer stillen Minute des Schweigens kam Jason zu ihr und packte sie sanft an den Schultern.

„Vielleicht ist es ja doch besser so. Irgendwann hätten wir die Polizei sowie einschalten müssen, oder willst du das dieses … dieses, na ja, das Skelett nicht seinen Frieden findet? Ich meine, sicher, jetzt spricht der Notar in mir, aber die Knochen müssen ja beerdigt werden. Meinst du nicht auch?", fragte er sanft. Mariel nickte nur. Er hatte ja recht, es musste ja alles seinen Gang nehmen und mit einer buchstäblichen Leiche, nun ja, zwar nicht im Keller, aber auf dem Dachboden, würde man das Haus schlecht verkaufen können. Ach was soll's, dachte sie und ging erst mal ins Wohnzimmer zurück, doch ihre Gedanken fanden immer wieder einen Weg zu den Knochen. Natürlich sah es im ersten Moment so aus wie eine Babyleiche, es könnte auch etwas anderes sein, hoffte sie. Ihre innere

Stimme wusste aber, dass es sich um einen Säugling handelte. Die Frage war nur, warum tat jemand so etwas und vor allem wer? Auch Jason setzte sich wieder neben sie. Er nahm sie in den Arm und beide dösten vor sich hin.

Kapitel 18

Düstere Nebelschwaden waberten schleichend den Dachboden entlang. Wehender Umhang mit suchenden, irren Augen, die blickend umherschauten. Leise kehlige Töne, entrannen dem Wesen, die sich sanft, aber bestimmt wiederholten. Unruhig wandelte es von der Wiege bis zum Fenster. Leere Augen waren auf der Suche. Wie auf Samtschwingen glitt die Gestalt zum Treppengeländer und hielt kurz inne. Es horchte und schien freudig erregt. Der Treppenflur wandelte sich in düsteres Licht, umwoben mit weißem Nebelschleier. Wie ein Schatten waberte der Nebel hinter der Gestalt her, bis zu dem Wohnzimmer in dem Mariel und Jason lagen. Schwebend trugen die Füße die Gestalt, bis zu der Couch. Einen Moment verweilte sie auf den Gesichtern der beiden. Dann grinste es und entblößte eine finstere Maske, die Totenkopfähnlich ihr Gesicht zeigte. Plötzlich sah Mariel sie unvermindert an. Mit großen, starren Augen, blickte die junge Frau in das Gesicht einer Frau, die fast in ihrem Alter war. Ängstlich hielt sie sich die Hand vor den Mund, um nicht zu schreien. Ihre Nackenhaare standen zum Bersten hoch. Ihre Knie zitterten so sehr, dass sie sogar im Sitzen zu klappern schienen. Dennoch nahm sie all ihren Mut zusammen und fragte die Frau, was sie selber wunderte.

„Was … was, wollen Sie? Wer s … sind Sie?", stotterte sie und schwitzte Blut und Wasser. Das Gesicht kam kurz näher und so schnell, wie es gekommen war, so schnell ging es auch wieder. Es schwebte wie von Sinnen durch die Haustür. Mariels Beine zitterten so sehr, dass sie sich abstützen musste, als sie aufstand. Sie wollte unbedingt wissen, wo das Wesen hin ist. Wahrscheinlich hat es sich genauso aufgelöst, wie damals diese Fratze, die sie oben, in dem Zimmer sah. Jetzt, wo sie so nachdachte, fiel ihr siedend heiß ein, woher sie dieses Gesicht kannte, auch wenn es nur ansatzweise zu erkennen war, aber die Stimme, dieses irre lachen, genau das hatte sie in ihren Träumen so oft gehört. Sollte es einen Zusammenhang geben? Jetzt musste sie es wissen. Noch ein wenig wackelig lief sie hinterher. Die Tür war allerdings verschlossen. Natürlich! Mariel schlug sich kurz vor die Stirn. Es war ja ein Geist. Das Holz ächzte unter der Anstrengung, sie zu öffnen. Noch immer war sie verzogen, erst mit einem Ruck, schwang sie auf. Wo sollte sich so ein Geist verstecken? Sie suchte im ganzen Vorgarten. Jedoch wollte sie nicht in das kleine Wäldchen gehen. Dafür saß ihr die Angst zu tief im Nacken. Im Garten blickte sie verwirrt umher, nicht sicher, ob sie doch noch in den Wald gehen sollte. Eine leichte Brise wehte das Laub wild tanzend durcheinander. Einige Blätter verirrten sich in ihrem Gesicht, die sie pustend wegblies. Sie kniff kurz die Augen zusammen, um den Unrat daraus zu wischen. In dem Moment huschte ein Schatten an ihr vorbei und verweilte an den knorrigen Ästen, des alten Baumes, auf der Anhöhe und der eingefallenen Kuhle. Mit leicht wehendem schwarzen Schleier stand dort eine blasse, dünne Gestalt. Von Weitem sah sie aus wie eine Frau, jedoch, beim näheren Hinsehen, stellte man fest das, dass Wesen halb Mensch, halb Skelett war. Ihre Hände bestanden nur aus Knochen, sowie ihre Füße. Ein Teil des Kopfes schien auch aus Knochen zu bestehen. Hauchdünn war der Körper mit Haut bedeckt und das Skelett schimmerte weiß hervor. Ein Hauch von einem Stück Stoff bekleidete ihre Kontur. Ein weißes Kleid, welches wie Seidenpapier wirkte und sanft im Wind flatterte. Nur ein Schleier bedeckte sie. Tief erschüttert stand die Gestalt dort und hielt sich ein Taschentuch vor die Nase. Es heulte erbärmlich und Mariel musste unwillkürlich an das kleine Schlossgespenst denken, sich aber gleich wieder zur Reason zwingen. Das hier war absolut nicht komisch. Sollte sie sich dem Geschöpf nähern? Was machte es eigentlich da? Mariel guckte noch einmal hin und es war ihr egal ob die Gestalt sie jetzt sah, immerhin suchte sie die junge Frau ja heim. Das Wesen stand jetzt eindeutig da, und schien zu weinen. Es sah so aus, als würde sie den Baum beweinen. Langsam näherte sich Mariel dem Wesen. Ihr stieg eine Gänsehaut den Nacken hoch. Die Blätter raschelten bei jedem Schritt, als sie näher ging. Nur noch wenige Meter standen zwischen ihnen. Das Heulen ließ ein wenig nach, um dann in ein wiegendes Summen überzugehen. Nach weiteren drei Schritten zu dem Wesen blickte es sie plötzlich aus den Augenwinkeln an. Mariel war heiß und kalt und sie schlang ängstlich die Arme um sich. Der Wind hatte leicht aufgedreht und presste den Schleier tiefer in ihr Gesicht. Bei jedem normalen Menschen würde man das Atmen dadurch sehen, jedoch nicht bei diesem Wesen.

„W ... was, tust du denn da?", Mariel hatte all ihren Mut zusammengerissen um das Geschöpf anzusprechen. Dieses schniefte leicht zwischen ihrem Summen. Es wiegte sich hin und her und schien die junge Frau gar nicht wahrzunehmen. Mariel gab nicht auf. Jetzt hatte sie der Ehrgeiz gepackt und sprach es noch einmal an.

„Wer sind Sie und was machen Sie hier?", fragte sie etwas lauter und bestimmter. Gleichzeitig kam ihr der Gedanke, ob Geister eigentlich Menschen angreifen konnten. Schnell wischte sie den Gedanken beiseite.

Das Wesen schaute jetzt auf die Wurzeln der Bäume. Erst als Mariel noch einen Schritt näherkam, zuckten die Mundwinkel des Geistes. Mariel kam noch näher, um zu sehen, worauf das Wesen eigentlich starrte. Ihr Blick ging weiter, und ehe sie sich versah, packte das Wesen Mariel am Arm und zog sie an ihre Seite. Die Stimme die zu ihr sprach klang wie die, die sie in ihren Träumen erlebte und auch dieselbe wie auf dem Dachboden. Das höhnische Lachen ging ihr durch Mark und Bein. Große Augenhöhlen starrten sie an. Ein skelettartiges Gebilde aus Haut und Knochen zwangen sie, in die Versenkung des Baumes, zu sehen.

„Sieh!! Sieh ihn dir an! Ich sagte ja, du kommst nach Hause", und das Lachen begann erneut. Mit nur einer Hand hielt der Geist Mariel fest und drückte sie in die Kuhle. Immer tiefer, bis sie in die Knie ging. Mit der anderen Hand legte das Wesen ihr die Finger über den Kopf und machte kreisende Bewegungen, dabei summte und lachte sie abwechselnd. Mariel wurde es schwindelig und sie fing an, verschwommen zu sehen. Immer tiefer verband sich ihr Geist mit der näherkommenden Erde. Es war, als würde sie damit verbunden. Doch was sie sah, gefiel ihr gar nicht. Der erdige Modergeruch drang in ihre Nase und alles fühlte sich feucht und klamm an. Dunkelheit umfang sie. Mariel hatte das Gefühl, als würde sie fallen. Sie versuchte zu schreien, aber ihre Stimme blieb stumm. Sie war schon einer kleinen Ohnmacht nahe, bis sie merkte, wie sie hart auf einen Boden fiel. Etwas Sandiges und Erdiges legte sich auf ihre Lippen. Ihre Hände tasteten nach etwas, voran sie sich halten konnte, aber sie rutschte immer wieder ab und ihre Finger griffen immer wieder an etwas Spitzes. Ein heiseres Lachen höhnte von irgendwoher, ganz dumpf und verstohlen. Es war weit weg, aber doch so nah, als wenn sie es greifen konnte.

„Ja, sieh ihn dir an! Kannst du ihn sehen? Ist er nicht hübsch?", schwärmte die Stimme und ein kleines fluoreszierendes Licht flackerte auf, um die Sicht auf etwas zu geben das Mariel nie erwartet hätte. Sie schrie jetzt aus vollem Leib und versuchte sich hochzuziehen, um aus dieser Grube heraus zu kommen. Vergebens! Immer wieder rutschte sie zurück direkt auf etwas, was sie mit starren, hohlen Augen anstarrte. Ein Skelett lag direkt unter ihr und das höhnische lachen über ihr. Sie schrie und schrie, während sie das Gesicht anstarrte und lauter kleine

Mehlwürmer aus dem offenen Mund krochen. Panik ergriff Mariel und sie versuchte noch einmal, hochzuklettern. Ihre Hände suchten nach einem Ast, oder eine Wurzel, an der sie sich hochziehen konnte. Plötzlich spürte sie etwas Warmes, etwas Fleischiges. Ihre Hand zuckte schon zurück und nur weit weg hörte sie ihren Namen flüstern. Mariel wollte noch einmal schreien, bis sie merkte, dass es gar nicht die Stimme war, die sie hierher verfolgt hatte. Es war eine Männliche, äußerst besorgte, Stimme. Jason, schoss es ihr in den Kopf. Nur schwer konnte sie sich auf die Stimme konzentrieren, die sie rief.

„Mariel hier, nimm meine Hand! Halt dich fest!", rief er ihr zu. Seine Hände versuchten nach den ihren, zu greifen. Mit wenig Kraft packte sie die Fingerkuppen von Jason und dieser zog sie hoch. Zitternd und außer Atem lag Mariel am Rande dieses Grabes. Sie starrte darauf und der junge Mann sah sie an. Er hatte ja nicht gesehen, was sie dort hinführte. Nur dunkle Schatten, die seine Augen begleiteten.

„Himmel Mariel, was ist passiert? Was hast du denn da gemacht?", noch ehe sie antworten konnte, hielt sie einen Skelettschädel in der Hand. Jason konnte keinen klaren Gedanken fassen. Erst dieses schreien von Mariel, dann diese Grube und nun noch ein weiteres Skelett. Was hatte das alles zu bedeuten? Er wollte ihr aufhelfen als sie ein wildes Gestampfe hörten und ein schnaufender Brewster kam angerannt. Er wollte erst ins Haus gehen, bis er die beiden hier sah. Schnell ging der alte Mann auf sie zu. Beim Anblick von dem Totenschädel zuckten seine Mundwinkel kurz und er starrte es an.

„Na da haben Sie ihn ja gefunden", stellte er nüchtern fest.

Kapitel 19

Die junge Frau saß da mit offenem Mund und auch der junge Mann staunte. Er ließ Mariel los und beide standen jetzt auf. Brewster guckte die beiden an und war im Begriff zu gehen.
„Na kommen Sie schon, ich erkläre es Ihnen. Aber drinnen", bedeutete er an und zeigte gen Himmel. Dieser verfinsterte sich schlagartig und dunkle Wolken stiegen auf. In weiterer Ferne stiegen einzelne Blitze auf und deuteten auf ein Gewitter hin. Ehe Mariel und Jason reagieren konnten, stapfte Brewster schon davon. Die junge Frau wurde noch gestützt von ihrem Freund, hatte aber den Schädel noch in der Hand. Angewidert warf sie ihn wieder in die Grube und eine starke Bö begleitete sie mit einem tiefen Seufzer. Ein dunkler Schatten fuhr aus der Grube direkt an ihr vorbei und lachte höhnisch um sich kurz darauf in Luft aufzulösen. Mariel verstand das Ganze nicht. Allmählich wurde sie leicht sauer. Mit schnellem Schritt folgte sie dem alten Mann. Im Haus stand Brewster schon und wedelte in der einen Hand, mit einem Stück Papier herum, und in der anderen die Flasche Whisky, wovon er hin und wieder einen Schluck nahm. Jason ging an Mariel vorbei und wollte

Brewster schon zur Rede stellen, doch dieser kam ihm zuvor.
„Setzen Sie sich!", befahl er ihnen. Was die beiden auch taten, ohnehin war Mariel zu erschöpft, um Widerworte zu geben. Sie klopfte sich den Rest der Erde ab und Jason zupfte verlegen ein paar Blätter aus ihren Haaren, dabei sahen sie den alten Mann leicht herausfordernd an. Dieser stellte sich jetzt wie ein Professor vor den Kamin. Erst schaute er sich kurz im Zimmer um und dann blickte er die beiden an. Brewster räusperte sich, als wenn er gleich ein Referat halten würde. Ein kurzer Blick auf dem Zettel, den er in der Hand hielt. Er schüttelte kurz den Kopf und kam dann auf Jason und Mariel zu.
„Hier!", wedelte er mit den Zettel vor ihren Nasen. Es war eine alte vergilbte Zeitschrift beziehungsweise, ein Ausschnitt davon mit einem Foto. Darauf waren zwei Menschen zu sehen, in einem Garten, vor einem Haus, dieses Haus! Mariel musste noch einmal genauer hinsehen. Sie hatte die beiden schon einmal gesehen. Überlege, rief sie sich zur Erinnerung.
„Ich hab die beiden schon mal gesehen. Genauso ein ähnliches Foto habe ich bei meiner Mutter gefunden. Wer ist das?", fragte Mariel verwirrt und Brewster grinste jetzt wie ein Honigkuchen und tippte immer wieder mit dem Fuß auf, das es nur so quietschte, wegen seiner Gummistiefel.

„Ja das ist genau die richtige Frage. Und sehen Sie, ich habe, glaube ich, die Antwort", wieder grinste er. Brewster lehnte sich lässig über die Lehne des Sofas. Er nahm sich noch einen Schluck und baute sich dann in seiner Größe vor den beiden auf.

„Also gut, wie Sie wissen, war ich ja mal .... Nun ja, hatte ich mal eine kurze Affäre mit Emelie Styles. Oh je, bis Sie diesen Mann kennengelernt hat. Ich sage euch, ein komischer Mann. Der kam glaube ich aus Wales. Allein schon diese Sprache." Brewster schwelgte in Erinnerung. Die junge Frau rutschte unruhig auf dem Sessel hin und her. Ihr Kopf ging nach unten und sie wuschelte sich den Dreck dabei heraus. Jetzt erst bemerkte sie die leichten Schmerzen und das Ziehen in ihren Schultern, von dem Versuch, sie aus der Grube zu ziehen. Auch ihr Kopf fing allmählich an zu brummen und sie hatte keine Lust sich jetzt auch noch die Liebesgeschichten von Brewster an zu hören. Obwohl, bei dem Gedanken wusste sie nicht ob sie lachen oder im Boden versinken wollte.

„Oh bitte, können wir nicht einfach die Kurzversion hören? Bitte!", unterbrach sie den alten Mann und rieb sich die Stirn. Brewster war zunächst verwirrt, sammelte sich etwas und nickte nur, leicht unstimmig. Er überlegte kurz.

„Oh, ja. Wie gesagt, ich hatte mal was mit Emelie. Na ja, und wie es so kam, war ich auch mal mehrere Nächte bei ihr. Nun, wie dem auch sei ... wir, ... ähm, ... wir, hatten auch viele Gespräche und nur langsam kam sie aus sich heraus. Sie erzählte mir, dass sich in dem Haus hier, eine Art Waisenhaus befand. Nun, die Mac Clanisters suchten sich eigentlich nur bestimmte Leute aus. Soll heißen, solche, die nicht ganz so arm waren. Man munkelte auch, das die beiden ein bisschen Geld von der Kirche bekamen für, sagen wir, Bedürftige. Sie verstehen?", er grinste kurz und sah Mariel an die ihre Augen leicht verdrehte. Schnell fuhr er fort.

„ Gut, gut. Es waren, so weit ich weiß, an die acht Mädchen. Emelie meinte, das Waisenhaus wurde eingerichtet, weil die Dame des Hauses keine Kinder bekommen konnte. Jedenfalls hat es sich eines Tages zugetragen, dass eines der Mädchen plötzlich in anderen Umständen war. Und natürlich blieb der Krach nicht aus. Phillipp Mac Clanister war der Vater. Nun, jedenfalls, die junge Dame war eines Tages verschwunden mit samt ihrem Baby. Das Waisenhaus schloss kurz darauf und Mac Clanister hat sich im Garten aufgehängt. Seine Frau hat das nicht verkraftet und schnitt sich oben im Schlafzimmer die Pulsadern auf. Jetzt wissen Sie, warum niemand diesen Kasten haben will und wer Sie sind." Brewster nahm einen großen Schluck aus der Flasche und reichte sie Mariel die ziemlich blass da saß. Erst wollte sie nicht, doch sie griff danach und kippte sich den Whisky in großen Schlückchen herunter. Sie musste sich kurz schütteln aber bekam dadurch wieder Farbe im Gesicht. Jason saß genauso angespannt und erstaunt da wie die junge Frau.

„Hat … weiß man, was mit der jungen Frau und dem Baby passiert ist? Ich meine, es muss doch irgendetwas gegeben haben das auf ihre Unterkunft her schließt." Brewster verdrehte leicht die Augen und zuckte mit den Schultern.

„Das ist alles was ich weiß, aber dem Anschein nach habt ihr das Kind ja gefunden", er deutete nach oben, wo die restlichen Knochen lagen. Die junge Frau grübelte nach. Sie stand auf und lief wie ein Wolf hin und her. Immer wieder schüttelte sie den Kopf.

„Das ergibt doch keinen Sinn. Ich meine, wenn Sie sagen ich sei wohl das Baby aber, da oben … ich meine, wer soll dann das sein?" Brewster sah Jason an und dieser ihn, dabei zuckten die beiden die Schultern.

„Nun, wie gesagt, Phillipp Mac Clanister hatte eine Affäre mit einem der Mädchen, was wohl deine Mutter war und na ja, anscheinend hatte sie das wohl so getroffen, das sie mit dir abgehauen ist. Wer weiß, vielleicht hatte dieser Kerl ja noch andere Affären und davon stammt das Baby da oben. Wer weiß, vielleicht ist eines der Waisen damit nicht klargekommen und hat es … krrz … na ja, umgebracht." Jason versuchte dabei zu lächeln, aber Mariel war gar nicht dazu zumute.

„So ein Blödsinn! Warum steht dann in der Geburtsurkunde, dass ich von Clara adoptiert wurde? Das ist doch nicht richtig. Hier stimmt, doch was nicht", grummelte, Mariel. Es machte auch keinen Sinn, wie diese Erscheinung ihr auf dem Dachboden begegnete und eindeutig eine männliche Gestalt auf dem Boden streichelte. Es sei denn, dieser Geist hatte sie reingelegt, doch warum? Ein irres Lachen tönte durch den Flur und ein eisiger Wind ließ die Gardinen seicht im Wind wehen. Etwas zupfte an ihren Haaren und eine Gänsehaut überkam sie. Was waren hier für Mächte am Werk und was wollten sie von ihr? Dunkle Schatten waberten die Stufen hoch, die Nebelreiche Wolken mit sich zogen. Flüsternde Stimmen, versuchten Mariel zu locken.

„Komm! Komm zu mir! Ich zeige dir, was du suchst. Komm!", hauchte die Stimme und nackte Fußspuren hinterließen ihre Spuren auf der Treppe. Gerade noch so, dass die junge Frau sie sehen konnte. Mariel war sich unschlüssig, ob sie ihnen folgen sollte. Das letzte Mal hatte ihr eigentlich gereicht und wer wusste schon was sie als Nächstes dort erwartete. Noch mehr Leichen? Sie schüttelte sich und zog sich ihren Pullover enger um. Die beiden Herren hatten es sich derweil auf dem Sofa gemütlich gemacht und teilten sich munter die Flasche Whisky. Mariel fröstelte immer mehr. Eine innere Unruhe hatte sie gepackt und sie sah wieder und wieder zu der Treppe. Es ließ sie einfach nicht los, auch wenn die Angst noch so groß war. Leise murmelte sie vor sich hin.

„Ich geh mal eben für Damen", und steuerte langsam die Treppe an. Jason nickte nur kurz und Brewster grinste irgendwie. Wahrscheinlich hatte es keiner von beiden mitbekommen. Sie waren zu sehr darin vertieft Philosophien über Gerste und Malz aufzustellen, um darin ein richtig gutes Bier zu brauen.

Die junge Frau stieg die erste Stufe leicht hoch und ihre Knie zitterten bei jedem Schritt. Das Geländer, an dem sie sich festhielt, schien eiskalt. So kalt das es sogar bis in ihre Füße drang. Wie Klumpen aus Blei hob sie ihre Schuhe. An der dritten Stufe wurde das Licht immer dunkler und düsterer. Wieder fegte ein eisiger Wind durch den Flur und dieses

Lachen ertönte. Gerade wollte Mariel sich die Hände anhauchen, um sie etwas wärmer zu bekommen, und als sie das Treppengeländer anfasste, bekam sie einen kleinen elektrischen Schlag. Etwas blitzte vor ihrem inneren Auge auf. Es färbte sich rot und in ihrem Mund kam der Geschmack von Eisen und Metall auf. Ein leicht süßlicher Duft, gepaart mit einem Hauch von Kupfer drang ihr in die Nase und sie musste unwillkürlich würgen. Die junge Frau drehte sich kurz um und atmete zur Seite tief ein und aus. In ihrer Tasche fand sie noch ein Pfefferminz, das sie sich schnell in den Mund schob. Dieser befreite schnell die Atemwege und so konnte sie weiter gehen.

Die Stufen fanden kein Ende und Mariel meinte, sie seien endlos. Wenn sie zurückblickte, wie sie das erste Mal hier hochging, kam es ihr nicht so weit vor. Dennoch beschloss sie weiter zu gehen.

Auf dem Weg zum Dachgeschoss wurde es immer eisiger und nur anhand des Geländers konnte sich Mariel orientieren. Wo sollte sie überhaupt der Weg hinführen, dachte sie. Noch zwei, drei Stufen und sie wäre wieder auf der Etage, wo das Zimmer mit der Babyleiche lag. Ihr Gefühl gab ihr Recht anzunehmen, das sie genau dieses wieder aufsuchen sollte. Wie von Geisterhand flackerte in dem kleinen Zimmer ein

Kerzenstumpf. Hatten sie den vorher angelassen, dachte sie und doch wusste sie, dass es nicht so war. Zumal, bei den zugigen Fenstern würde jede Kerze ausgehen. Die Tür knarzte leicht hin und her. Mariels Zähne klapperten vor Kälte und vor Angst. Am liebsten hätte sie runter geschrien und nach Jason gerufen. Aber sie musste und wollte es alleine wissen. Wieso es ausgerechnet ihr passierte. Das musste doch einen Grund haben und das, nicht nur, weil sie die Erbin von Mac Clanister war, oder eben, vielleicht gerade darum. Sie wusste es nicht. Reiß all deinen Mut zusammen ermahnte sie sich und fuhr sich mit der Hand über ihren trockenen Mund. Ihre Hände zitterten so sehr, dass ihr immer wieder der Griff entglitt. Erst beim dritten Mal hatte sie die Tür fest im Griff. Sie atmete noch einmal tief durch und zog das Holz auf. Auf dem kleinen Nachttisch stand eindeutig ein Kerzenstummel und gab gerade so viel Licht frei, das sie meinte, auch hier seien die Schatten vorhanden, die sie einst am Grab vorfand. Sollte sie recht behalten? Sie traute sich kaum ein Fuß vor den anderen zu setzen, noch zu tief saß der Schock von vorher, indem sie, in dem Zimmer plötzlich eingeschlossen war. Trotzdem trat sie ein. Obwohl es draußen taghell war, durchdrang hier eine düstere Finsternis das Zimmer und ließ auch keinen Lichtstrahl durch die morschen Fenster blicken. Mariels Augen mussten sich kurz an die Dunkelheit gewöhnen, bevor sie wieder das Loch im Boden sah. Hinter vorgehaltener Hand musste die junge Frau einen kleinen Schrei unterdrücken. Das Tuch mit den Knochen lag noch auf dem Boden. Jedoch waren diese nicht mehr wie beim letzten Mal. Hatte Jason diese doch einfach so eingewickelt, war das Bündel jetzt wieder, wie beim Anfang fest verschnürt. Ganz so, als wenn es gerade jemand dort hineingelegt hätte. Nur der Boden war noch mit seinen Holzbohlen auseinandergebrochen. Mariel wusste nicht mehr genau, wie lange sie da so gestanden hatte, doch nach einer Weile wurde es ihr wärmer. Fast so, als wenn jemand einen Kamin angezündet hätte. Vielleicht hatte Jason ja unten den Kamin angemacht und die Wärme zog hier herauf. Etwas rauschte leicht in ihren Ohren. Beim Versuch sich die Finger in die Ohrmuschel zu halten um wieder etwas mehr Gehör zu bekommen, fand sie das es sich anhörte wie, wenn jemand ein kleines Wiegenlied summte. Ihre Augen spielten ihr eindeutig einen Streich. Auf dem Bett sah sie plötzlich eine kleine Mulde, als wenn jemand dort sitzen würde. Das Kerzenlicht flackerte kurz und Mariel sah die Erscheinung. Es war dieselbe, hüllenlose Gestalt wie beim Grab. Mit ihren flatternden Umhang saß sie auf dem Bett und wiegte etwas in den Armen hin und her und summte leise. Wen diese Gestalt nicht so furchtbar wäre, würde sie glatt meinen, dass diese Person ihr irgendwie vertraut vorkam. Mariel stand mit dem Rücken zur Wand und sah sich das kleine Schauspiel an. Kein höhnisches Lachen oder Stimmen, die nach ihr riefen. Nur dieses Summen. Mariel hatte zu viel Respekt vor den Toten und stand deshalb wie angewurzelt da und beobachtete. Nahm dieses fremde Wesen sie überhaupt war? Die Knochigen, dürren, um nicht zu sagen die skelettartigen Finger strichen immer wieder über die zerfledderte Leinendecke, als behüte sie einen Schatz. Wäre die Szene nicht so anmutig, würde sie gleichzeitig grotesk wirken. Das Bündel in ihrem Arm fing an sich zu winden und fing an kleine Geräusche zu machen. Es war ohne Zweifel ein Baby. Sollte es etwa dieses Mündel sein, das im Boden lag? Der Geist schien ihr etwas mitteilen zu wollen, aber was? Mariel verstand es nicht. Sie schaute weiter und eine Gänsehaut überlief sie. Das Leinentuch begann sich zu winden und strampelte leicht. Mariels Herz wollte schon ein kleines bisschen aufgehen, als sich ein Fuß leicht aus dem Tuch strampelte. Die junge Frau quiekte auf. Ein bläulich, grüner Fuß mit halben Knochen ragte heraus. Fast ein wenig überzogen mit Moder und ein süßlicher Verwesungsgeruch breitete sich aus. Mariel wollte wegsehen und am liebsten wegrennen, aber ihre Füße waren schwer wie Blei und steckten fest wie in Beton gegossen. Die Frau beugte sich über das Kind und wiegte es hin und her, dabei presste sie das Kissen immer fester auf das Gesichtchen, welches Mariel nicht erkennen konnte. Nur der stetige Kampf mit den Beinchen ließen erahnen, was sich gerade dort abspielte. Himmel, das wollte die junge Frau nicht sehen, aber etwas zwang sie dazu. Der Schleier der Frau hob und senkte sich mit jeder Melodie, die sie summte, dabei flüsterte sie leise.

„Meine kleine Sofie. Bald, bald ist es geschafft und du kannst bei deinem Vater sein. Nur noch ein bisschen", dabei fing sie an zu lächeln. Es war ein schauriger Kampf, den Mariel da sah und sie hätte am liebsten laut geschrien und sich auf die Frau gestürzt. Nur wusste sie, dass es eine Vision war, die ihr ein Geist zu zeigen schien. Die junge Frau verstand nicht, wozu sie diesen Kampf sehen sollte. Der kleine Körper wand sich im Todeskampf. Kleine Hände griffen immer wieder aus dem Tuch hervor, die kleinen Füße stemmten sich bäumend ab und strampelten wie wild. Es wirkte so echt und verletzend und doch so weit weg. Die Zeit schien stehen zu bleiben, bis der kleine Körper endgültig erschlaffte und keinen Widerstand mehr gab. Die Beinchen lagen schlaff an dem Körper herunter, nur die Frau drückte noch immer das Kissen auf den Kopf.

„Genug!", flüsterte Mariel unter Tränen. Dann wurde sie lauter und sie schrie ihre Wut heraus.

„ES IST GENUG! HÖR AUF, HÖR ENDLICH AUF. SIE IST TOT!", schluchzte Mariel und starrte die Frau an. Diese guckte nicht einmal in ihre Richtung, geschweige denn sie wahrzunehmen. Vielleicht tat sie ja auch nur so. Nichtsdestotrotz war die Frau zufrieden mit ihrer Tat. Immer wieder nickte sie und lachte hysterisch. Dabei sah sie immer zur Decke. Mariel dachte sich erst nichts dabei. Bis ihr etwas Seltsames auffiel. Ein dunkler Fleck machte sich an der Holzdecke breit. Es sah aus wie ein Wasserfleck, als wenn eine Badewanne oder Waschbecken überläuft. Nur da oben war nichts dergleichen. Außer dem Dachboden. Vielleicht war es ja von der Wäsche, die man damals da aufgehangen hatte. Mariel wollte sich wieder dieser Todesszene widmen. Nur diese war nicht mehr da. Hatte der Geist ihr alles gezeigt, oder kam noch mehr? Sie wartete. Nichts! Noch ein paar Minuten, dachte sie bei sich und merkte, wie sie ihre Füße wieder bewegen konnte. Die Kerze wurde immer kleiner und flackerte leicht vor den letzten Feuerhauch. Mariel hatte genug gesehen und wand sich nur sträubend der Tür zu. Sie hatte noch immer Tränen in den Augen, als sie auf dem Flur stand. Und es war ihr egal, ob Jason oder Brewster sie so sahen. Kaum war sie aus dem Zimmer raus, knallte diese auch schon ins Schloss. Wieder wehte ein eisiger Wind und leichter Nebel waberte vor ihr. Mariel wollte sich gerade zum Treppengeländer begeben, aber ein höhnisches Lachen hinderten sie daran. Wie ein Blitzschlag durchfuhr etwas ihren Körper. Ihr Hals schmerzte und ihre Handgelenke glühten vor Hitze. Ihr wurde schwummrig und sie hielt sich an der Tür fest. Beruhige dich, versuchte sich Mariel unter Kontrolle zu bringen. Sie schloss kurz die Augen. Als sie diese wieder öffnete, hörte sie vom Dachboden eine Art scharren. Mit Sicherheit waren dort Mäuse. Sie wollte gehen, aber etwas zog ihre Aufmerksamkeit auf sich. Die Dachbodenklappe schlug leicht auf und ab. Mariel wusste, dass die Klappe kaputt war, nicht aber wusste sie von dem Fleck, der sich auch hier ausbreitete. Hatten die beiden, Jason und Mariel, vergessen die Fenster zu schließen und es regnete dort rein? Immerhin hatte es in der Zeit, seit sie hier war, ziemlich oft und heftig geregnet. Es ärgerte sie, das sie gezwungen war dort oben noch einmal hinzugehen. Wenn der Fleck aber hier schon zu sehen war und auch in der Kammer, wurde es wohl Zeit das nicht noch mehr durchsickerte. Schweren Herzens stieg sie die kleine Treppe herauf und unter schwerer Anstrengung stieß sie die Dachluke auf. Eisige Kälte zog durch und ihr stockte kurz der Atem. Es roch muffig und wieder kam ihr dieser ekelige Geschmack in den Mund. Vorsichtig robbte sie sich ihren Weg auf den Dachboden. Dieser war ihr nicht ganz geheuer. Nicht dass er ihr Angst machte, aber sie traute der langen Zeit nicht und den Holzbalken, die diese trugen. Natürlich schwang auch etwas Angst mit.

Auf wackeligen Füßen stand sie auf und klopfte sich den Staub von ihrer Hose. Schnell sah sie sich um, um ja hier wieder raus zu kommen. Sie drehte sich im Kreis und blickte von einem Giebel zum anderen. Ein paar Belüftungsschlitze waren geöffnet. Nur diese konnten nicht genug Wasser durchlassen, das es hier Pfützen gab, selbst wenn es noch so schüttete. Das war ja auch zu blöd, dachte sie. Die Flecken, die unten waren, glichen nicht im geringsten denen von hier oben. Moment! Wo waren sie überhaupt? Wie ein Hund fing Mariel den Boden an, abzusuchen. Enttäuscht gab sie nach zehn Minuten auf. Hier, in diesem Haus konnte man ja verrückt werden. Bevor sie wieder runter gehen wollte, hielt sie kurz inne. Bisher verlief fast nichts ohne Zufall. Sollte sie hier etwa auch zu einem Hinweis geführt werden? Sie lauschte kurz und wunderte sich nicht, das leise wimmern einer Frau zu hören. Diese jammerte und flüsterte leise. Nur ihre Worte ergaben keinen Sinn und Mariel konnte sie auch nicht verstehen. Fußgetrappel schlurfte über die Bodendielen und ein Schatten erschien wie aus dem Nichts. Mariel erkannte schon die wehende Kleidung. Die Gestalt wanderte unruhig auf und ab. Etwas Glitzerndes funkelte in ihren knorrigen Händen, doch durch das ständige Hin und Her konnte Mariel nicht erkennen, was es war. Die Frau in dem Gewand stapfte immer heftiger auf und wurde zunehmend wütender. Ihre Stimme erhob sich und sie schien zu fluchen, was gleichzeitig mit einem Höhnischen und Hysterischen lachen begleitet wurde. Mariel mochte sich irren, aber wie es schien, schimpfte die Dame auf Gälisch. Hier in der Abgeschiedenheit auf dem Lande war es damals noch üblich, in alten Landessprachen zu sprechen. Wahrscheinlich stammte diese Frau noch vom alten Geschlecht. Das Wehklagen wurde lauter. Die Handgesten gestikulierten gen Himmel. Auf einmal ging alles sehr schnell. Die Frau sah Mariel direkt an. Für den Bruchteil einer Sekunde grinste sie und zog ein großes Küchenmesser hinter ihrem Rücken hervor. Wieder grinste die

Frau und lachte aus vollem Hals. Sie zückte das Messer und schnitt sich vor Mariel die Pulsadern auf. Während das Blut der Frau nur so floss, ließ es Mariel dasselbe gefrieren. Nicht genug fiel ihr Blick auf einen Dachbalken. Dieser baumelte im Wind und etwas hing daran. Die junge Frau konnte kaum hinsehen. Doch sie musste. Es war grausam. An einem Seil an der Decke eines quer hängenden Balkens baumelte ein Seil und in dessen Schlinge hing der leblose Körper dieser Frau. Ihre Hände hingen schlaff herab und nur ein leichtes Zucken kam von ihren Beinen. An denen lief eine Flüssigkeit herunter und Mariel wusste, was es war. Auf dem Boden platschte es, gemischt mit dem Blut in die Ritzen der Bodendielen. Es stank penetrant nach Urin und Blut. Mariels Magen drehte sich um und sie musste sich übergeben. Gott Lob hatte sie nicht viel gegessen, aber es reichte ihr endgültig. Sie holte sich schnell etwas frische Luft am Fenster. Tief durchatmen, und wieder aus, dachte sie. Das tat gut. Bei dem Gedanken daran wer und was das getan hat, das sie sich so schlecht fühlte, kämpfte sich ihre Wut wieder hoch. Sie stemmte die Fäuste in die Hüften und blickte zu dem Balken, an dem noch immer diese Frau hang.

„WAS WILLST DU VON MIR? WER BIST DU?", rief sie ihr

entgegen und als Antwort kam nur das höhnische Lachen. Mariel musste aufgeben. Hier bekam sie keine Antworten mehr. Jemand oder etwas wollte ihr was sagen, aber sie wusste nicht wer und warum ausgerechnet sie. Den Tränen nahe drehte sich Mariel wieder um und ging zur Treppe.

„Ach zur Hö … na ja, wer weiß, vielleicht bin ich ja schon da", sagte sie leise zu sich selbst. Ihr Fuß stand schon auf der Treppe, als sie noch mal zurückblickte. Die Frau war verschwunden und auch ihre Blut/Urinlache. Doch etwas flatterte seicht im Wind am Boden. Es war vielleicht nicht wichtig, aber man konnte ja nie wissen. Ach was soll´s, dachte Mariel, schlimmer kann es nicht werden. Sie schlurfte also wieder darauf zu und ihre Finger nestelten zwischen den Holzbohlenritzen ein Stück Papier hervor. Es war ein kleiner Zeitungsausschnitt. Wenn sie sich nicht sicher wäre, würde sie glatt darauf tippen, es hätte etwas mit Brewster zu tun. Am Lukenfenster hielt sie das Papier hoch. Es war ein Ausschnitt über einen Hausbrand, bei denen zwei Menschen umkamen. Die Sprache war davon, dass man davon ausginge, dass es sich um einen gezielten Anschlag handelte. Eine Frau, die hier Namendlich nicht genannt wurde, und als eindeutig geistesgestört galt, hat das Haus samt ihrer Einwohner angezündet, nachdem diese von der Irren zuvor erschlagen und geknebelt wurden. Diese Frau wurde nie gefasst. Man munkelt, sie habe sich das Leben genommen. Mariel stockte kurz der Atem. Sollte dies der Hinweis darauf sein, das dieses Wesen … diese Tote, die hier gesuchte sein sollte? Das konnte nicht sein. Und wenn, was hatte das mit ihr zu tun? Sie lehnte noch am Fenster und grübelte nach. Dabei ließ sie das Papier immer zwischen ihre Finger gleiten. Erst jetzt bemerkte sie die Stille hier drinnen. Es war wie … ja, wie immer. Der Spuk hatte seine Pflichtigkeit getan, wenn sie auch nicht wusste, wozu. Diesmal stieg sie die Treppe gelassener herunter und auch ihre Beine zitterten nicht mehr. Als sie unten auf der Etage war, bei der Kammer mit dem toten Baby, blieb sie kurz vor der Tür stehen und sah einen Moment durch einen Spalt hindurch. Ihr Herz krampfte sich zusammen und sie schloss die Hände zu einer Faust, dann flüsterte sie leise, aber bestimmt.

„Ich werde dem Geheimnis auf die Spur kommen und dafür sorgen, dass du deinen Frieden findest. Das schwör ich dir", dann schloss sie die Tür und machte das sie nach unten kam. Dort wartete schon leises Stimmengewirr auf sie. Da war doch eindeutig eine Frauenstimme dazwischen. Das hatte noch gefehlt. Vielleicht eine neugierige Nachbarin oder jemand der

Gerüchte gehört hatte. So etwas kannte man ja schon und in einem kleinen Ort, wie diesen, nahmen diese zu wie ein Lauffeuer.

Schnell strich sich Mariel durch das Gesicht und kniff sich leicht in die Wangen, um einigermaßen Farbe im Gesicht zu bekommen. Sie wuselte sich ihre Haare mit den Fingern zurecht und stieg die Stufen herab. Jason stand mit dem Rücken im Wohnzimmer und gestikulierte weit und breit ausladend, mit Händen und Füßen, wobei Brewster seltsamerweise, sichtlich angespannt da stand. Ja sogar fast eingeschüchtert. Immer wieder blickte er beschämt zur Seite und nickte kaum merklich. Das war ein Ding, so hatte sie den alten Mann noch nie gesehen. Sicher, er war schon irgendwie merkwürdig und wortkarg, aber das hier … Nun ja, mal sehen, welchen Drachen sie da vor sich hatten, dachte Mariel und war zum ersten Mal leicht amüsiert. Sie beschloss hohen Hauptes hineinzutreten und der Dame, die sich da aufspielte mal die Meinung zu geigen. Mit einem Lächeln trat sie ein und Jason und Brewster glitten fast gleichzeitig zur Seite.

Kapitel 20

„Hallo, ich bin Mariel Wilkott, ähm um eher zu sagen, Mac Clanister", allmählich fing es an Spaß zu machen, ihren Status auszuleben. Vor allem beim Anblick ihrer ….

„MUTTER?", fragte sie völlig perplex und immer wieder.

„Mutter? Mom! Mom, was, … wie, … ich ... ", Mariel brachte keinen Ton mehr heraus. Sie musste sich erst mal setzen und durchatmen, dabei fiel ihr das Nachdenken schwer. Noch vor zwei Tagen hatte sie mit dem Krankenhaus telefoniert und man versicherte ihr, dass es ihrer Mutter noch genauso ging wie am Anfang. War das hier nur ein Traum? Sie sah ihre Mutter an und immer wieder zu Jason und Brewster. Der alte Mann sah es jedoch vor, peinlich berührt, ständig zur Seite zu gucken und Jason war entweder völlig betrunken oder irre. Er grinste von einem Ohr zum anderen und sah von Carla zu Mariel. Erst bei ihrem Anblick räusperte er sich und tat so, als sei er furchtbar beschäftigt und stocherte daher erst mal im Kamin herum, dass es nur so rußte. Mariel schüttelte nur den Kopf.

„Kind, ich weiß, du bist jetzt ziemlich durcheinander, aber bitte, bitte hör mich an!", flehte Clara. Jetzt erst sah die junge

Frau ihre Mutter an. Sie war noch so blass und zerbrechlich und um ihren Arm trug sie noch einen Verband wegen der Anschlüsse für die Kanülen. Clara fing plötzlich leicht an zu schwanken und musste sich setzen. Sofort war Mariel an ihrer Seite und begleitete sie zum Sofa hin.

„Mom entschuldige, komm setz dich hier hin. Brewster, hätten Sie vielleicht einen Schluck davon über?", deutete die junge Frau auf die Flasche und der alte Mann gab sie ihr schnell.

„Hier nimm einen Schluck, ich weiß es schmeckt nicht besonders gut, aber glaub mir, das weckt die Geister." Sie schauderte leicht bei diesem Satz, aber sie wandte sich schnell wieder ihrer Mutter zu.

„Himmel, sag, was machst du hier und vor allem wie kommst du hierher?", Mariel war völlig aus dem Häuschen. Natürlich freute sie sich, dass ihre Mutter da war und vor allem gesund, na ja, dem Anschein nach. Ein Räuspern hinter ihr ließ sie zusammenzucken. Eine leicht stämmige Frau stand da und hielt ein Glas Wasser und Tabletten in der Hand.

„Verzeihen Sie. Ich bin Schwester Valerie. Ich habe Ihre Mutter hierher begleitet. Sie hat sich nicht davon abbringen lassen und Doktor Simons hat sie nur unter Protest und der Auflage, dass ich Sie begleite, gehen lassen. Ihre Mutter kann ganz schön fuchsig werden. Wenn Sie verstehen was ich meine", zwinkerte sie und ging zu Clara um ihr die Tabletten zu geben.

„Danke Valerie. Bitte lassen Sie uns eine Weile allein, ja? Seien Sie so gut. Ich bleibe auch ganz sicher hier sitzen oder lege mich hier hin", bat Clara und Valerie nickte streng, doch sie nahm sich die Auszeit und begleitete Brewster mit raus. Clara sah zu Jason und dieser zu Mariel.

„Oh, das … das, geht schon in Ordnung. Jason ist ein guter Freund. Er weiß alles … ach, ist ja auch egal, das erkläre ich dir später. Ich will erst mal wissen, was du hier machst?", flehte Mariel. Clara tätschelte ihrer Tochter die Wange und lehnte sich leicht zurück.

„Mom, bitte. Ich war krank vor Sorge. Die … die, haben mir gesagt, dass es nicht viel Hoffnung gibt, vor allem nicht, wenn man schon länger im Koma liegt. Und dann dieser Brief und das hier. Ich versteh das alles nicht. Was ist passiert?", den Tränen nahe, hielt Mariel die Hände ihrer Mutter fest. Nun ja, fester als ihrer Mutter lieb war. Sie hielt schnell dagegen und sah sie an. Ihre Stimme klang ein wenig schwach, aber diese fing sich wieder. Sie sah in die Augen ihrer Tochter und hatte kurz bedenken, doch beim Anblick des Hauses wurde ihr wieder ganz anders. Reiß dich zusammen, ermahnte sie sich, du musst ihr jetzt alles sagen. Clara nickte bestimmt und bedeutete Jason an, sich neben sie zu setzen.

„Ach ich weiß gar nicht wie und wo ich anfangen soll. Nun, erst mal, ja es geht mir gut. Die Ärzte meinten, es sei wohl eher so eine Kopfsache, von Wegen zu viel in mich rein gefressen und dann hab ich halt schlappgemacht. Natürlich habe ich auch zu viel gearbeitet und das rächt sich dann. Aber wie gesagt, es geht mir gut. Ich werde wohl kürzertreten müssen. Aber jetzt zu dir. Es tut mir so leid, dass ich dich die ganze Zeit angelogen habe, aber es fiel mir echt nicht leicht. Ich meine, so was kann man ja nicht so einfach raus hauen zu sagen; ach übrigens du bist adoptiert, wann gibt's Kaffee?", meinte Clara und von Jasons Seite kam ein kichern, bis er von Mariel einen scharfen Blick erntete: „Entschuldige, ich … das, mit dem Kaf … ich, bin schon ruhig", er schmunzelte noch einmal kurz und sah dann peinlich zur Seite. Die junge Frau war indes leicht aufgewühlt.

„Mom, ich weiß, dass so was nicht leicht ist, aber meinst du nicht, ich hätte einen Anspruch darauf gehabt, zu wissen, wer ich bin. Ich meine, es wäre doch dann meine Entscheidung gewesen, wie ich damit umgehen würde." Tränen standen ihr in den Augen und auch Clara kämpfte damit, aber sie bekam sich schnell im Griff. Sie fasste ihre Tochter fester am Arm.

„Ich weiß, dass es nicht leicht für dich war, aber glaub mir, es war alles nur zu deinem Schutz. Ja ich weiß, das sagen sie alle, aber glaub mir, es ist wirklich so. Wenn ich dir jetzt alles erzähle, wirst du mich vielleicht verstehen." Clara blickte sie eindringlich an und Mariel sah, das es ihrer Mutter ernst damit war. Sie sah aber noch etwas in ihren Augen. Angst!

Auf dem Dachboden knarzten die Dielen und ein leichter Hauch von Nebel, schlich sich die Treppenstufen herunter. Eine Art Heulen war zu vernehmen. Ein höhnisches Lachen erfüllte den Raum und eine schwarze Gestalt wandelte hoch oben, an der Decke umher. Nur ganz dünn sah man die Silhouette. Ein leichter Modergeruch stieg ihnen in die Nase. Wieder summte die Gestalt ein Wiegenlied, welches Mariel schon oben in der Kammer vernommen hatte. Sie traute sich nicht ihre Mutter anzusehen, ohne dass diese annahm, das ihre Tochter sie nicht alle hatte. Clara war im Gegenteil davon überzeugt. Sie schaute auch zur Decke und ihre Stirnfalten zogen sich zornig zusammen.

„Oh nein Gabrielle!", schallte sie heraus. Mariel sah sie ungläubig an.

„Du ... du, kannst sie auch sehen?", erschrocken hielt sie sich an ihrer Mutter fest.

„Ja, das kann ich allerdings. Und ich fürchte, sie hat nichts Gutes im Sinn. Hast du sie schon öfter gesehen?", fragte Clara. Mariel nickte kaum merklich. Hatte sie doch Angst das sie, sie dennoch für Irre hielt, wenn sie wüsste, was ihr noch alles wiederfahren ist. Jetzt konnte auch Jason seinen Mund nicht halten und prustete gleich heraus.

„Sehen? Ja, Mariel ist, seit wir hier sind ne ganze Menge begegnet, abgesehen von der Leiche auf dem Dachboden und der im Rasen vor dem Haus. Booh, wenn ich nicht wüsste, wo wir hier sind, würde ich sagen die Frau in Schwarz, treibt ihr Unwesen und uns um den Verstand. Vielleicht sind wir ja auch nur einer Irren aufgesessen, die hier wie Mike Myer alle abschlachtet." Der junge Mann zog seinen Pullover enger um sich und nahm noch einen Schluck Whisky, ehe er in das bleiche Gesicht von Clara blickte und diese leicht zitterte.

„Ich … ich, wollte dir keine Angst machen. Entschuldige, es ist nur, das wir nun mal im hintersten England sitzen und da wimmelst ja bekanntlich nur so von Spukgeschichten." Als er in das Gesicht der älteren Frau sah, hakte er noch mal nach.

„Es sind doch nur Geschichten?", meinte er noch. Clara ließ sich nach hinten sinken und Mariel sah sich schnell nach

Schwester Valerie um. Diese stand noch immer mit Brewster draußen und hörte sich seine Geschichten an, dabei gestikulierte er weit mit den Armen und deutete auf die Wälder und den Boden. Anscheinend hatten sie ein Thema zur Natur gefunden.

„Leichen?", fragte Clara und Mariel und Jason nickten beide heftig. Hoffentlich war das jetzt nicht zu viel für die alte Frau.

„Na ja, vielleicht hat das ja keine Bedeutung", versuchte Mariel abzulenken, doch Clara hielt ihren Griff wieder fester und sah sie an.

„Was für Leichen? Wer weiß noch davon?", wollte sie jetzt wissen. Mariels Gesicht wurde leicht schmerzverzerrt, ehe sie die Hand etwas lockern konnte.

„Du brauchst dir keine Sorgen machen. Es wird sich bestimmt noch aufklären. Es ist nur ...", versuchte Mariel abzulenken.

„WELCHE LEICHEN?", stieß Clara laut aus.

„Oben auf dem Dachboden, da haben wir eine Kinderleiche entdeckt, unter den Dielen einer kleinen Kammer und draußen unter dem knochigen Baum, haben wir ein Skelett gefunden. Muss wohl ein Mann gewesen sein, nach der Statur zu urteilen. Aber was ...", „Das ist es also", meinte Clara jetzt ruhiger und starrte gen Decke. Dort hörte sie jetzt ein lachen und ein leises

Flüstern.

„Siehst du, sie kommt zu mir. Sie bleibt bei mir." Das Lachen wurde lauter und eine Fratze stürzte sich hinab, direkt auf Clara zu. Ihr Körper bäumte sich auf und ihre Augen verdrehten sich. Wie bei einen Krampfanfall schüttelte sich die Frau und Mariel wusste erst nicht, was sie tun sollte. In dem Augenblick packte Clara nach ihr und hielt sie fast schon übermenschlich fest mit beiden Armen. Die junge Frau hatte keine Chance sich aus dem Griff zu befreien und Clara zwang sie, sie anzusehen. Auch Jason versuchte Mariel aus den Klammern zu befreien und wurde wie in einem Bann an ihren Blick gefesselt. Eine krächzende Stimme drang in ihre Gedanken und wie in Trance schwanden sie weit ab.

„Sieh genau hin!", befahl die Stimme und Nebelschwaden zogen auf. Mariel bekam kaum Luft, bis sich der Nebel lichtete und sie mitten in diesem Raum stand. Das war eindeutig dieses Haus, aber es war bewohnt. Überall standen Möbel und lauter Stimmen. Der Garten war in einem einwandfreien Zustand. Alles blühte und war akkurat an seinem Platz. Mariel verstand nicht, was sie hier suchte. Es war eindeutig eine Reise in die Vergangenheit, aber nicht die ihre, meinte sie. Sie sah vor dem Haus ein Paar, dass sich zu unterhalten schien, doch beim genaueren Hinsehen wurde Mariel klar, das sie sich stritten. Sie hatte Angst weiter zu gehen, dachte sie doch, gesehen zu werden. Dennoch trieb eine eigenständige Macht sie voran, so das sie den Streit mitbekam.

„Warum nur Phillipp, warum hast du das getan?", fragte die Frau, die neben dem Mann stand, und versuchte sich in Erklärungen.

„Oh Agnes bitte, ich … ich, war nicht Herr meiner Sinne. Glaub mir doch diese … diese, Hexe hat mir etwas in den Drink getan und dann … ach, ich weiß es nicht mehr. Bitte! Liebste, so glaub mir doch." Der Mann schien völlig verzweifelt. Es war ein hochgewachsener, schlanker Mann mit leicht rötlichen Haaren. Sein Anzug zierte von gutem Haus. Eine weinrote Jackett Jacke mit leichtem Schoss, dazu eine schwarze Hose mit schwarzen Slippern. Er hatte einen Ansatz von Koteletten und um seinen Hals trug er ein weißes Seidentuch. Die Frau neben ihn bestach mit ihrem gelb/beigefarbenen Kleid mit Brokatabsätzen, dazu schwarze Spitzschuhe. Sie hatte weiße Spitzenhandschuhe an und betupfte ihre Augen mit einem weißen, bestickten Tuch. Sie schluchzte bitterlich und wandte sich demonstrativ ab. Dann wollte sie loslaufen und blieb kurz stehen.

"Verzeih mir, aber ich kann dir nicht mehr vertrauen. Du hast mein Leben zerstört." Ihre Stimme wurde dünn und ohne sich noch einmal umzusehen, rannte sie los. Ihr Mann, Phillipp, blieb hoffnungslos zurück. Plötzlich änderte sich das Bild vor den Augen von Mariel und ihr Geist schien in andere Gefilde zu schweben. Sie erkannte das große Schlafzimmer oben in der Etage des Hauses. Ein lautes Schluchzen war zu vernehmen. Die Frau, Agnes, saß auf ihrem Bett und weinte bitterlich. Ihr Körper bebte und zitterte. Mariel schaute sich das Drama ein paar Minuten an und verstand nicht, was sie hier sollte, bis sich Agnes aufrichtete. Sie tupfte ihre Tränen ab und setzte sich vor den Schminkspiegel. Dort kämmte sie ihr Haar und zog sich um. Sie schlüpfte in ein weißes, seidenes Nachthemd, welches ihr bis zum Boden reichte, dabei hängte sie sich eine weiße Stola um, mit kleinen blumigen Verzierungen. Danach schritt sie zum Fenster und sah einige Minuten still hinaus. Sie lauschte den Klängen der Vögel und dem des Windes. Das Fenster war weit aufgerissen. Anschließend setzte sie sich wieder auf das Bett und zog es glatt. Es sah aus, als wenn sie sich hinlegen wollte. Es war helllichter Tag, doch Mariel verstand ein bisschen, das sie nach einem Streit müde war. Bevor sie sich hinlegte, hielt sie kurz inne und faltete die

Hände zum Beten. Im Stillen bat sie um Vergebung. Dann legte sie sich auf das Bett und kramte kurz in der Schublade ihres Nachtschränkchens. Ein spitzer Gegenstand kam zum Vorschein. Sie atmete tief ein und aus. Kurz darauf vernahm Mariel ein schmerzverzehrtes Gesicht und ein Schwall von rotem Blut ergoss sich auf dem Bettlaken. Sie hatte sich die Pulsadern aufgeschnitten. Mariel wollte schreien, aber ihre Stimme versagte. Nur stumm liefen ihr die Tränen über das Gesicht. Ihr wurde schwindelig und übel. Warum, warum nur, hatte Agnes das getan? Die Szene wechselte schlagartig als Phillipp im Zimmer stand und bleich war wie ein Geist. Er schrie und schrie, bis er erschöpft zusammenbrach. Es war, als wenn Stunden vergingen, ehe er wieder zu sich kam. Er hatte einen leeren Blick, fast schon wahnsinnig. In wilder Wut rannte er die Treppen hoch, zum Dachgeschoss. Mariel erkannte eindeutig die Kammer, an der die Babyleiche gefunden wurde, doch dies hier war jetzt eingerichtet. Ein Plaid lag auf dem Bett und große Sonnenblumen zierten ihren Tisch. Das Zimmer war leer. Phillipp suchte in voller Wut nach etwas, was er nicht fand. Nur sein Schnauben ließen darauf schließen, in welchem Wahn er sich befand. Von oben konnte er ein Geräusch vernehmen, was ihn sofort auf den Dachboden ablenken ließ.

Er stampfte ungebremst die kleine Treppe herauf, zu der Dachluke die schon offenstand. Anscheinend befand sich hier jemand. Der junge Mann brauchte nicht lange suchen, bis er fand, was er suchte. Eine andere junge Frau in einem blauen Leinenkleid hängte gerade ein paar Babysachen auf die Wäscheleine und summte ein Lied. Ein Lied das Mariel schon ein paar Mal hörte. Es war das Wiegenlied dieser Frau mit dem toten Baby. Nur, wo war das Baby jetzt? Phillipp stand wutentbrannt im Raum. Er suchte nach etwas und fand es in einer Kiste neben einem Pfeiler. Die Frau bemerkte ihn, erst als die Schritte auf sie zu kamen.

„Oh Phillipp mein Schatz, ich habe so lange auf dich gewartet. Hast du unseren kleinen Schatz gesehen? Ist sie nicht einfach goldig." Sie lächelte und kam vertrauensvoll auf ihn zu. Sie umarmte ihn und küsste ihn auf die Wange, ganz so als sei nie etwas geschehen. Phillipp jedoch blickte eiskalt zu ihr. Sein Körper wurde steif bei der Umarmung und noch mehr Wut stieg in ihm hoch. Er stieß sie weg und hielt ihre Handgelenke fest.

„Du … du, hast mein Leben zerstört. Du hast meine geliebte Agnes in den Tod getrieben. Was soll an dir noch liebenswert sein, das du es noch wagst, mich anzusprechen. Mein Kind!

Das ich nicht lache, es ist das Kind deiner Ausgeburt. Deiner Hölle. Du hast es mir beraubt und mich verflucht", zischte er sie an.

„Aber Phillipp, Liebster, ich habe das doch alles nur für uns getan. Wir gehören doch zusammen. Siehst du denn nicht das Schicksal, was uns verbindet, die Frucht die dabei entstanden ist? Sie ist das Vermächtnis unserer Liebe", säuselte sie und sah ihn verträumt an. Anscheinend lebte sie in einer Welt, die ihr verborgen blieb und nur der Wunsch sie aufrecht hielt.

„Deine Brut ...", sagte er verächtlich, „deine Brut ist nicht das Zeugnis unserer Liebe. Es ist die Brut einer Irren." Seine Augen funkelten vor Schmerz, doch die Frau sah es nicht. Auch nicht dass der Griff immer fester wurde. Er zwang sie förmlich in eine Ecke des Dachbodens. Dort sah er hinauf und fand, was er suchte. Einen Haken! Mit einer Hand werkelte er an einem Seil herum und mit der anderen hielt er noch immer die Frau fest. Er sah sie fest an und befahl ihr sich nicht von der Stelle zu bewegen. Zum Erstaunen von Mariel, tat sie das, was Phillipp ihr sagte. Dieser schwang ein Seil um den Haken, der an der Decke hing und nahm dann einen kleinen Schemel, den er darunter setzte. Das Seil wurde zu einer Schlinge geformt und etwas Glänzendes blitzte hinter seinem Rücken auf.

„Komm her!", befahl er ihr und die Frau tat, was er sagte. Mariel war völlig konfus. Was sollte das alles und siedend heiß fiel ihr wieder das Bild ein, welches sie sah, bevor ihre Mutter in das Haus kam. Nein, dachte sie, nein das konnte doch jetzt nicht sein, dachte sie und ihr wurde schlagartig übel. Im selben Augenblick hörte sie ein Scharren über den Boden ein leises Flüstern und das Geschehene war perfekt. Phillipp kniete am Boden und hielt diesen glänzenden Gegenstand in der Hand, während über ihm die Frau an einem Seil über dem Boden baumelte. Noch windete sie sich im Todeskampf, doch als Phillipp aufstand, zückte er das glänzende Etwas, was sich als Messer entpuppte und hielt auf sie zu. Mariel wollte gar nicht hinsehen. Sie ahnte, was jetzt kam, und wollte es nicht sehen, aber die Fratze, zwang sie dazu. Der junge Mann sah die Frau im Todeskampf an und gab ihr, lachend den Rest. Mit gezielten Schnitten schlitzte er ihr die Pulsadern auf und ließ sie ihrem Schicksal über. Phillipp hatte seine Rache bekommen. Mit leerem Ausdruck stieg er die Treppe herab direkt hinunter in das Wohnzimmer. Dort befand sich gerade ein Baby mit ein paar Mädchen, die mit ihr spielten. Als Phillipp eintrat, schwiegen sie still.

„Lasst mich allein mit ihr", befahl er den Mädchen und diese taten, was er wollte. Es waren nicht mehr viele, die hier wohnten. Es waren nur noch vier. Davon war eine Clara Wilkott. Als Phillipp eintrat, sah sie diesen irren Blick in seinen Augen und hatte kein gutes Gefühl, doch sie musste tun, was er sagte, er war schließlich der Herr im Haus. Nachdem alle Mädchen weggingen, nahm sich der junge Mann des kleinen Babys an. Er sah sie an und flüsterte leise.

„Es tut mir leid. Ich weiß du kannst nichts dafür, aber glaub mir, es ist besser so." Ein wenig Wehmut und Mitleid war in seiner Stimme zu vernehmen, doch diese verflog und er nahm das Baby auf den Arm und ging damit hinaus in den Garten. Die Sonne schien leicht und es wehte eine kühle Briese. Der Duft von Lavendel und Rosen verströmte ihren Atem, gemischt mit leichten Kiefernduft und brennendem Kaminholz. Phillipp stapfte bestimmt auf den kleinen Bach zu, der im Garten her floss. Das Bündel Mensch in seinem Arm schien zu schlummern. Im Haus selbst wurde er argwöhnisch beobachtet. Just in dem Moment gab er dem Bündel einen Kuss auf die Stirn und warf es in den Bach. Das Baby fing an zu schreien und strampelte im Todeskampf um sein Leben, doch Phillipp nickte nur und meinte.

„Es tut mir leid, aber glaub mir, es ist besser so", damit sah er kurz zu und drehte sich dann um. Er betrachtete den alten knorrigen Baum. Dann zog er ein Seil aus der Tasche, schwang es um einen Ast und kletterte hinauf. Er schnürte eine Schlinge um seinen Hals und sah gen Himmel, dabei murmelte er.
„Verzeih mir!", und sein Körper schwebte im Todeskampf über dem Boden.
Clara Wilkott sah dies vom Haus aus und war voller Panik. Wen sollte sie retten? Das Baby trieb noch im Todeskampf im Bach und Phillipp im Todeskampf am Baum. Sie wusste, nur einen konnte sie retten, wenn überhaupt. Schnell sprintete sie voran. Sie versuchte erst den Mann herunter zu ziehen, doch Phillipp hatte das Seil so fest gesurrt, dass es bombenfest hielt. Sie sah zu dem Kind und meinte das es nicht viel Hoffnung gab. Dennoch versuchte sie es und sprang in den Bach. Sie hielt das Bündel in den Händen und hob es an Land. Dort verübte sie sogleich Wiederbelebungsmaßnahmen. Immer wieder versuchte sie es. Drei, viermal, doch nichts gab eine Reaktion. Vor lauter Verzweiflung schlug sie kurz auf die Brust des Babys und es schlug. Das Herz schlug! Mariel wollte schreien und gleichzeitig aufatmen. Wieso zeigte man ihr diese Szenen? Sie versuchte gegen die Kraft anzukämpfen und

versuchte sich von Clara zu lösen. Es war eine Anstrengung, die sie völlig schwächte. Auch Clara und Jason fielen schwach zusammen auf das Sofa. Jeder brauchte für sich ein paar Minuten der Besinnung. Warum zeigte dieser Geist oder was auch immer das war, ihnen jetzt diese Visionen? Mariel verstand das nicht richtig, auch wenn die Dinge einen Zusammenhang gaben. Diese Frau zeigte ihr die Wahrheit über ihre eigene Kindheit, aber jetzt im Nachhinein musste sie erkennen das sie wohl oder übel die Tochter einer Irren war. Ob ihr das besser gefiel, als zu wissen, dass sie adoptiert war, wusste sie nicht. Es war verwirrend. Der Schatten schwebte jetzt unmittelbar über ihnen. Es schien, als sei dieser extrem unruhig. Auch Mariel war aufgebracht. Ihr Gehirn fieberte. Wenn sie das Kind war, das Clara aus dem Wasser gerettet hatte, welches Kind war dann das, dass dort oben als Skelett in den Dielen lag? Die Frau lachte wieder höhnisch und der Nebel durchzog den ganzen Raum. Jason versuchte noch Blickkontakt zu Brewster zu gewinnen, aber die Tür saß fest in ihren Angeln. Abgeschottet, sodass Brewster und Schwester Valerie nichts mitbekamen.

„Was willst du von uns?", schrie Mariel jetzt in den Raum und jagte dem Schatten, mit den Augen hinterher. Dieser schwebte von einer Ecke in die andere, doch er schien irgendwie beruhigt. Nur ganz langsam kamen die Konturen der Frau zum Vorschein, nun, das, was man an Verwesung sehen konnte.

„Ich? Ich habe gefunden, was ich suchte. Ich wollte dir nur die Wahrheit zeigen", säuselte die Frau und strich sich durch ihre noch letzten Haarsträhnen. Clara hatte sich etwas von dem Schock erholt und sah, wie die Tote auf Mariel zu schwebte.

„Ich glaube, du hast da etwas vergessen, Gabrielle!", zischte Clara und zeigte nach oben. Die Gestalt wusste nicht, was sie wollte und auch Mariel und Jason sahen sich an.

„Ich fürchte, du hast dein Kind vergessen. Dort solltest du auch hingehen. Es wartet bestimmt auf dich", machte Clara weiter. Gabrielle huschte von einer Ecke zur anderen. Sie lachte höhnisch und blitzte Clara dabei an.

„Mein Kind? Mein Kind steht doch vor dir. Ich weiß nicht, was du willst. Du, du ...?", sie sah Clara an und wusste erst nicht genau, wenn sie vor sich hatte. Nach kurzem Hin und Her schweben fiel es ihr scheinbar wieder ein.

„Ohh, ja. Du bist die kleine Clara, die hier immer alle Nanny nannten. Ja du warst einer der ältesten Waisenkinder von Phil ...", sie schwieg wieder. Jason sah sie an und zuckte die Schultern. Auch Mariel wusste nicht genau, was sie sagen sollte. Nur Clara sah den Geist eindringlich an.

„Gabrielle, versuch dich zu erinnern! Du hast noch ein Kind gehabt. Die kleine Sofie. Weist du nicht mehr? Dein erstes Kind, du … du, hast es ...", „Du hast es ermordet!", rief Mariel dazwischen. Sie war jetzt aufgebracht und erntete von ihrer Mutter einen bösen Blick. Gabrielle blieb auf der Stelle und fing an zu summen. Wieder dieses Wiegenlied, dabei nahm sie ihre Hände und wiegte sie, als wenn sie ein Bündel in der Hand hielt, hin und her. Clara hielt den Atem an und sah ihre Tochter an. Hatte es etwa Wirkung bei ihr gezeigt? Sie wollte schon leicht ihre Haltung aufgeben und sich etwas entspannen, als Gabrielle plötzlich anfing zu heulen. Ihr Gewand flatterte jetzt wild umher und ihre knochigen Krallen kratzten an der Decke.

„Neiiiiiin, du bist eine Lügnerin. Sie ist meine einzige Tochter. Sie ist die Frucht meines Leibes und das von Phillipp, meinem Mann. Oh Phil, Liebster, wo bist du nur?", säuselte sie zuckersüß und schwebte immer wieder zum Kamin und zum Fenster. Dabei summte sie wieder, um sich zu beruhigen. Die junge Frau konnte sich nicht beherrschen, was auch ihre Mutter Clara sah. Sie versuchte sie am Arm zu packen, um sie etwas zurückzuhalten, doch Mariel war so in Rage, dass sie selbst Clara weg stieß. Sie stampfte nach vorne und sah Gabrielle herausfordernd an.

„Du hast deine Tochter umgebracht und deinen Liebhaber in den Tod getrieben. Er hat sich da draußen im Garten aufgehängt und deine Tochter hast du grausam erstickt, als sie in deinen Armen lag. Aber noch nicht genug hast du auch noch seine Frau Agnes in den Tod getrieben, weil du ein Kind von ihm erwartet hast. Sie hat sich die Pulsadern aufgeschnitten. Reicht dir das noch nicht? Was willst du noch?", flehte sie. Gabrielle wurde immer unruhiger. Sie ging sich mit ihren kralligen Fingern durch das Gesicht. Sie kratzte sich ihre ohnehin schon, fehlende Haut ab. Der Schleier in ihrem Gesicht lichtete sich und gab zwei schwarze Augenhöhlen frei. Dennoch schienen diese eine Linse zu haben, mit denen sie sehen konnte. Gabrielle guckte Mariel böse an. Ihre Zähne blitzen blank aus ihren Mundhöhlen hervor.

„Was erlaubst du dir? Phil ist mein Mann, er wollte sich von Agnes trennen. Und weißt du wieso? Na wegen dem Kind. Wegen dir!", fauchte sie. Gabrielle wütete auf und ab und das Zimmer wurde immer dunkler. Nur weiße Nebelschwaden durchzogen es und in dem Gesicht der Geisterfrau, waberten helle erzürnte wurmartige Gebilde, die sich schlängelten. Noch während Gabrielle vor sich hin tobte, nahm Mariel ihre Chance wahr. Sie zog Jason schnell mit sich und rannte die Treppe herauf. Erst oben, außer Atem, kam der junge Mann dazu ihr eine Frage zu stellen.

„Himmel Mariel was … was, soll denn das? Du lässt deine Mutter da unten allein und flüchtest ausgerechnet hierhin." Er deutete übertrieben in das Zimmer, in dem sie standen. Es war die kleine Dachkammer mit der Babyleiche.

Die junge Frau blickte Jason an. Dann ging sie auf ihn zu, küsste ihn intensiv und sagte dann außer Atem.

„Vertrau mir! Ich weiß, was ich tue", dabei küsste sie ihn noch einmal, so das er gegen die Wand prallte. Ihr Körper presste sich kurz an ihn und ihm schwanden fast die Sinne. Ihre Sinnlichkeit raubte ihm den Atem und hätte er mehr Zeit gehabt würde er ihr nicht Wiederstehen können. Aber auch Mariel war sich ihrer Gefühle bewusst. Ihr Körper bebte und förderte ihre Lust durch die Situation, die hier so angespannt war und dennoch knisterte es bei ihr. Wild und hungrig vor Verlangen tastete ihre Zunge sich in seine Mundhöhle hervor. Sie zitterte leicht vor Erregung und wusste doch das ihnen keine Zeit blieb. Außer Atem hielt sie dennoch inne.

„Wir … wir, müssen etwas erledigen. Es … es, tut mir leid", keuchte sie und auch Jason versuchte heiser zu antworten.

„Ja, ich … ich, verstehe", dabei suchten seine Hände noch immer ihre Hüften, die er kurz aber fest an sich presste. Er nahm sie noch einmal fest in die Arme und seine Hände glitten gierig ihren Körper herab. Mariel wollte mehr, aber sie konnte ihre Mutter nicht alleine lassen. Sie stieß sich sanft, aber bestimmt von ihm ab.

„Wir werden die Zeit finden, wenn das hier vorbei ist", hauchte sie und löste sich sanft von ihm. Jason nickte nur und versuchte sich zu sammeln. Mariel hingegen war ihrem Ziel schon näher. Ihre Hände griffen nach dem Bündel Tod. Sie schauderte leicht bei dem Gedanken, ein Haufen toter Knochen in den Händen zu haben, aber sie wusste, was sie tat. Sie sah Jason an und dieser nickte. Schnell rannten sie die Treppe wieder herunter. Gerade noch rechtzeitig, wie die junge Frau meinte. Denn Gabrielle schwebte gefährlich nahe mit ihren Krallen über den Kopf von Clara und bedrohte diese mit dem ewigen Tod. Mariel stieß die Tür auf und hielt das eingewickelte Etwas hoch.

„HIER! Das ist dein Kind! Erinnerst du dich? Du hast es umgebracht. Sieh her!", befahl die junge Frau dem Geist. Ein bisschen Bange war ihr schon, wusste sie ja nicht wie Gabrielle darauf reagieren würde, aber das war es ihr wert und welche

Chance hatte sie sonst? Der Geist sah sie erst funkelnd an. Gabrielle verstand nicht, was sie da in den Händen hielt bis Mariel die Tücher entfernte und die Knochen freigab, die einst dieses Baby war.

„Was willst du mir damit sagen? Was …?" Der Geist stürzte empört zu ihr herunter und Mariel musste sich kurz ducken, um dem aus dem Weg zu gehen, aber sie blieb standhaft.

„Das sind die Überreste deines Kindes, das du getötet hast. Ihre Knochen lagen oben unter den Dielen. Du hast es mir selber gezeigt, wie du Sie erstickt hast. Versuch dich zu erinnern. Du hast es mir selber gezeigt. Du hast oben in deinem Zimmer gesessen und dein Kind auf dem Schoss gehabt, dabei hast du gesummt, dieses Wiegenlied und … und, dabei dieses kleine Kissen auf das Gesichtchen gedrückt bis es aufgehört hat zu atmen", bei den letzten Worten versagte ihr leicht die Stimme. Sie musste aber gefasst bleiben. Das Gesicht des Geistes kam immer näher und ihr stieg ein fauliger und modriger Geruch in die Nase, dass ihr beinahe Übel wurde.

„Was erdreist du dir? Du dummes Ding. Ja ich hatte noch eine Tochter, aber sie ist am Kindbettfieber gestorben. Ich weiß nicht, was du meinst", empörte sich Gabrielle. Plötzlich wurde die Tür aufgestoßen und Brewster stampfte erbost herein. Er funkelte den Geist böse an.

„Sofie! Sie meint dein und mein Kind. Du hast mein Kind auf dem Gewissen und Phillipp tat gut daran, dich in den Tod zu jagen. Du hast genug in dieser Welt gesühnt. Geh in deine Gruft zurück und lass die Lebenden ihre Welt. Vor allem deine Tochter, Mariel!", raunte er ohne die beiden Frauen anzusehen. Clara und Mariel jedoch staunten nicht schlecht. Was wusste dieser alte Mann? Und warum hat er nicht gleich schon etwas gesagt, als Jason und Mariel ihm am Friedhof fragten? Gabrielles Lachen zog sich gefährlich durch das ganze Haus. Die Gardinen fingen an zu wehen und einzelne Kerzen gingen aus. Auf dem Kaminsims fiel eine Vase herunter und oben krachten eindeutig ein paar Möbel herunter. Der ganze Raum wurde so dunkel wie bei einer Theatervorstellung, die anfing und man am Anfang das Licht ausmachte, um den Film zu starten. Doch hier startete nichts. Im Gegenteil, ein eisiger Wind durchzog den Raum und ließen allen ihren Atem sehen. Brewster stand da wie ein Fels in der Brandung, während den anderen der Wind um die Ohren pfiff und sie alle Mühe hatten sich festzuhalten. Jason stieß die beiden Frauen zu der Tür, damit sie raus laufen konnten, aber Gabrielle war schneller, oder zumindest ihr Geist. Die Tür knallte mit einem Rums ins

Schloss und saß bombenfest, dabei wurde es immer kälter. Clara musste sich krampfhaft an Mariel festhalten. War sie doch zu schwach. Wo war nur Schwester Valerie? Konnte diese nicht helfen, dachte Mariel und versuchte durch ein Fenster zu linsen. Gabrielle gab ihr keinerlei Chance. Die Fensterläden klappten urplötzlich zu, die Truhe in der Mitte des Raumes schwebte über dem Boden und auch Stühle flogen in die Luft. Dabei drang ein heiseres und höhnisches Lachen umher.

„Du hast es verdient. Sofie war ein Kind der reinen Fleischeslust. Sie war keine Mac Clanister, deshalb musste sie sterben. Du! Du warst doch nur ein armer Bauerssohn, was sollte ich schon mit dir anfangen? Phillipp hat mich geliebt. Nicht meine ach, so feine Schwester Agnes. Er hat mich angehimmelt ...", schwärmte Gabrielle.

„Sie hatte nur Mitleid mit dir. Phillipp hat dich gehasst und das weist du. Er wollte dich keine Sekunde hier im Hause haben, deshalb hat er dich da oben eingesperrt. Und nicht nur deshalb. Du bist an allem Unglück schuld, was in der Familie vorkam. Du hast selbst deine eigenen Eltern umgebracht, aber deine Schwester konnte es nicht über das Herz bringen dich in eine Anstalt zu stecken und nahm dich hier auf. Du weist doch gar nicht was Liebe bedeutet", donnerte Brewster und für einen

Augenblick war es still. Zu still wie Mariel bemerkte. Die Sekunden der Ruhe nutzte Brewster gleich aus. Er packte Mariel am Arm und schob sie mit Clara und Jason zur Tür. Die beiden Männer stemmten die Tür auf und ließen die Frauen durchgehen. Brewster packte die junge Frau noch schnell am Arm und sah sie fest an.

„Kindchen, was auch immer passiert, geht weiter. Entfernt euch von diesem Haus. Ihr werdet antworten finden in der Gruft vom Pfarrer. Findet es! Und nun lauft!", befahl ihnen der alte Mann. Nur Millimeter breit verfehlte die Tür haarscharf die Finger von Mariel, ehe die Tür zuklappte. Die junge Frau war nun völlig verwirrt. Was hatte Brewster damit gemeint?

Kapitel 21

Schnell rannten die Drei nach draußen ohne auch nur einen Blick zurückzuwerfen. Schwester Valerie war indes, in das Auto von Jason gestiegen und erlaubte sich ein Nickerchen. Sie bekam von all dem nichts mit.

Für Mariel ergab das alles keinen Sinn und doch war sie darauf bedacht die Kirche und dessen Friedhof so schnell wie möglich auf zu suchen. Auch Jason schloss sich der jungen Frau an, und selbst wenn Clara schweren Einspruch erhielt mitzukommen, hielt sie niemand zurück. Die Drei rannten schnell zu Jasons Auto und stiegen ein um mit Vollgas loszupreschen. Erst in einer engen Kurve wachte Valerie auf und wollte sich recken aber sie wurde unsanft zur Seite geschleudert. Direkt in die Arme von Clara. Diese grinste nur leicht.

„Na, na. Ich muss doch bitten. So ernst müssen Sie Ihre Aufgabe als Krankenschwester auch nicht nehmen." Die Schwester suchte nach Anhalten, wohin sie fahren und warum sie fuhren. Bevor sie jedoch fragen konnte, fiel ihr Clara ins Wort.

„Sie brauchen sich keine Sorgen machen. Wir müssen nur

schnell etwas erledigen. Und keine Bange, es wird nicht zu anstrengend für mich", beruhigte sie, sie schnell und tätschelte sie am Arm. Jason fuhr wie ein Besessener.

„Himmel Jason, wir haben es nicht ganz so eilig. Meinst du nicht auch?", fragte sie ihn sanft und hielt seinen Arm kurz fest. Dieser nickte und fuhr etwas langsamer. Nach einigen Sekunden des Schweigens brach Jason die Stille.

„Was hat er damit gemeint, Antworten zu finden in der Gruft des Pfarrers? Weist du, was er damit meint?", fragte Jason, doch Mariel konnte nur den Kopf schütteln. Sie war eher damit beschäftigt, zu wissen, wie es dem alten Brewster jetzt erging und was Gabrielle mit ihm vorhatte.

Nicht weit und sie fuhren auf den Schotterplatz des Friedhofs. Sie mussten nicht lange suchen, um das Grab des Pfarrers zu finden.

„Ach das ist doch Unsinn", gab Mariel von sich.

„Wir sollten zu seiner Gruft fahren und suchen, was auch immer. Aber hier ist nur das Grab von dem neuen, ähm, alten Pfarrer." Sie kniete neben dem Grab, auf denen noch die alten Kränze lagen, nur waren diese schon ziemlich alt und vertrocknet. Jemand hatte wohl seine Arbeit leicht vernachlässigt. Clara hingegen wanderte leicht auf und ab. Erst etwas Abseits wurde sie fündig.

„Hey, hier! Hier liegt noch so ein Pfarrer mit demselben Namen. Vielleicht hat dieser alte Kauz sie ja verwechselt", sagte Clara leicht sarkastisch. Sie drückte wie zur Selbstbestätigung den Knauf zur Gruft und siehe da, diese tat sich auf. Clara wies schon mit den Händen darauf und wollte gerade etwas sagen, als auch Mariel und Jason dies sahen. Und beide sprachen gleichzeitig aus.

„Das ist es!", und gingen auf die Gruft zu. Der Eingang wucherte vor Efeu. Die Namen waren kaum noch zu erkennen. Die Gruft ging ein paar Stufen hinunter. Die Steine der Treppe waren schon ziemlich abgenutzt. Einzelne Steine bröckelten ab und man musste aufpassen, wohin man trat. Nicht weit unten befand sich der Raum mit den Toten. Hier war es nur einer. Der große Sarg befand sich direkt in der Mitte der Gruft. Zwei kleine Dauerbrennkerzen gaben ein bisschen Licht ab. Das Grab war aus Stein gemeißelt, mit schlichten Ornamenten verziert, die der Kirche dienten, darauf der Name des Geistlichen. Auch hier zog der Efeu seine Runden und rankte sich seinen Weg, bis zu der Inschrift des Grabes. Mariel sah sich um.

„Oh Himmel, Brewster ist wohl völlig bekloppt. Was um alles

in der Welt soll man denn hier finden und vor allem, WO?",
meinte sie wütend und kickte einen Stein weg, der ihr im Weg
lag. Clara sah sich suchend um. Es gab natürlich nicht viel zu
sehen. Ein Grab, Steine, fertig und gut. Jason schnüffelte wie
ein Hund umher. Er tastete alle Steine an den Wänden ab.

„Was um alles in der Welt tust du da?", fragte Mariel
entgeistert.

„Das hab ich mal, in so Filmen gesehen, da waren dann
Geheimfächer in der Mauer drin. Wer weiß?", meinte er nur
und suchte weiter. Anfangs fand die junge Frau, die Idee ja
völlig bescheuert, aber bevor sie hier nur rumsteht, fing auch
sie an, zu suchen. In der kleinen Gruft wuselten jetzt drei
Menschen auf der Suche nach geheimen Papieren. Nach einer
Weile wurde es Clara zu anstrengend und sie setzte sich auf
eine kleine Anhöhe, einer Stufe zum Grab hin.

„Macht ihr nur weiter. Ich verschnaufe nur kurz", sagte sie und
lehnte sich an. Valerie stand derweil draußen, sozusagen
Schmiere, obwohl sie auch nichts dagegen hatte. Sie konnte
nicht in so eine Gruft gehen. Dafür hatte sie zu viel Respekt
vor den Toten.

„Soll ich Valerie holen?", fragte ihre Tochter besorgt, doch
Clara winkte ab. Sie setzte sich auf die Steintreppe, musste

aber kurz wieder hochschrecken, da ihr ein spitzer Stein direkt in den Po stach. Mit den Händen wischte sie schnell die Kiesel und Staub weg. Doch bevor sie sich setzen konnte, fiel ihr etwas anderes ins Auge. Da unter der Ritze lugte ein Stück Papier hervor.

„Hier, schnell kommt mal her!", rief Clara und Mariel hatte schon Angst, sie würde einen Schwächeanfall haben, da sie sich vor das Grab kniete und sich so krümmte.

„Oh Jason, schnell, meine Mutter", flehte sie und Jason kam gleich angerannt. Er griff Clara unter die Arme und zog sie hoch. Diese jedoch empörte sich gleich.

„Was ist den in dich gefahren? Was soll den das?", fragte sie erbost. Jason sah Mariel an und diese suchte nach Worten.

„ Ich dachte du ...", „Ach was, ich wollte euch das hier nur zeigen. Danach suchen wir doch, denke ich", konterte Clara und zog an dem Papier. Zum Vorschein kamen zwei Zettel. Die Drei versammelten sich um das Papier, wie bei einer Beschwörung. Jason überflog den Artikel, da dieser auf Gälisch verfasst wurde. Er war anscheinend schon ein paar Jahre alt. Er las und las, zwischendurch entfuhr ihm ein: „ Nein so was", und „ Ach herrje", das machte Mariel ganz konfus. Sie zappelte von einem Bein auf das andere und scharrte wie ein

Pferd mit den Hufen. Sie hatte einfach keine Geduld.

„Also? Was ist jetzt, was steht denn da?", quengelte sie. Auch Clara wurde jetzt hibbelig. Immer wieder versuchte sie über Jasons Schulter zu gucken, ohne dabei ihren Ellenbogen in die Rippen zu hauen.

„Ok, ok, lassen wir uns das gute Stück lieber draußen angucken. Hier drinnen wird es ziemlich eng und die Sicht ist auch nicht prickelnd." Jason ging voran und die Drei setzten sich auf die Bank vor der Gruft.

„Also gut, hier steht, soweit mich mein Gälisch nicht im Stich gelassen hat, das eine Familie, jetzt passt auf ...", Jason erhob den Finger, als würde jeden Moment ein Blitz einfahren. Er verharrte kurz und schon meldete sich Mariel zu Wort.

„Nun hör schon mit dem Theater auf, Shakespeare. Was steht da?", fragte sie grantig. Der junge Mann grinste.

„Ja, ja schon gut. Also gut, ich versuche es mal im Groben zu übersetzen. Die Familie Mac Clanister bestand aus Phillipp, Agnes und Gabrielle. Soweit, so gut. Aber, Gabrielle, wohnte bevor sie Agnes und Phillipp aufgenommen hatten, noch bei ihren Eltern. Das allein ist ja noch nicht ungewöhnlich, aber die gute Gabrielle legte seltsames Verhalten an den Tag. Sie sei irgendwie komisch, versuchte immer ihre Eltern zu bevormunden und gab ihnen sogar Befehle. Aber ihre Eltern machten da nicht mit. Sie befanden es als gut, das sie zu ihrer Schwester gehen sollte. Diese hatte nichts dagegen. Doch kurz vor dem Auszug von Agnes ereignete sich im Hause der Eltern ein Unglück. Das Haus fing aus unerklärlichen Gründen, an zu brennen. Zu allem Unglück befanden sich dort auch noch die Eltern von Agnes und Gabrielle. Sie verbrannten elendig. Nun, Gabrielle ging zu ihrer Schwester, dort verliebte sie sich Hals über Kopf in Philipp und es war ihr zur Aufgabe gemacht, ihn zu erobern. Unten im Anhang steht noch, dass man später herausgefunden hat, dass Gabrielle selbst das Feuer gelegt hat, nachdem sie ihre eigenen Eltern eingesperrt und geknebelt hatte. Sie selber stand noch Minuten draußen und hörte den quallvollen Todesschreien zu. Sie bemerkte nicht einmal, dass sie von Phillipp nicht gerade Willkommen war, aber aus Liebe zu Agnes tat er, was sie wollte. Gabrielle stellte jedoch weiter Phillipp nach und sie schien wie in einem Wahn. Überall ließ sie verlauten sie sei die richtige Frau von ihm und sei sogar schon schwanger. Was auch richtig war, aber das Kind war von unserem Brewster. Das hatte sie nicht akzeptiert und na ja, du weißt ja, was passierte." Jason hielt kurz inne und Mariel nickte. Es schauderte sie leicht bei dem Gedanken an das Baby.

„Jedenfalls, nachdem Sie das Bündel nun ja, entsorgt hat. Entschuldige! Beschlossen Agnes und Phillipp, Gabrielle unter Beobachtung zu stellen. Doch ihr Wahn wurde so schlimm, das Sie keine andere Möglichkeiten sahen, als Sie in dem Zimmer einzusperren. Agnes wollte auf keinen Fall Ihre eigene Schwester in eine Anstalt sperren lassen. Hin und wieder, wenn Sie Ihre lichten Momente hatte, durfte sie im Garten arbeiten. Wie auch an einem Tag. Sie schien völlig klar und machte Ihre Arbeit das Agnes beschloss, sie für eine Stunde allein zu lassen, was natürlich ein Fehler war. Kaum war ihre Schwester weg, zeigte Gabrielle ihr wahres Wesen. Sie schlich sich zu Phillipp, der sich gerade etwas hingelegt hatte. Sie ging in sein Zimmer und goss ihm ein Betäubungsmittel in den Drink. Gabrielle musste nicht lange warten. Er trank es und sie fiel über ihn, her. Was soll ich sagen, du bist demnach die Frucht dieser, ähm. Liasion. Nun, den Rest kennst du ja. Agnes konnte es nicht übers Herz bringen, sie und das Baby raus zu schmeißen, aber verzeihen konnte sie auch nicht. Naja, sie nahm sich das Leben und dann Phillipp und wäre Clara nicht gewesen wärst du jetzt nicht da." Jason hielt das Papier in der Hand und alle schwiegen kurz. Ein leichter Wind wehte und schien ihre Gedanken zerstreuen zu wollen, doch Mariel musste einfach grübeln.

„Moment mal! Wie ... ich, meine woher wusste Brewster das alles? Und warum hat er uns das nicht gleich gesagt?"

Sie raufte sich kurz die Haare und setzte sich wieder auf die Bank. Der junge Mann hielt wieder das Blatt hoch. Ein bisschen fing er an zu grinsen, bevor er sprach.

„Nun, das Ganze hier ist auf Gälisch geschrieben. Und nicht mehr viele beherrschen diese Sprache. Das dachte sich wohl auch der hiesige Pfarrer. Er war schon leicht senil und konnte sich nicht mehr viel merken, deshalb schrieb er einiges auf. Hier sind auch noch andere, nun, Beichten. Diese hier hatte er wohl von Gabrielle selbst." Er zeigte ihr das Blatt, auf dem eindeutig die Unterschrift von Gabrielle Mac Clanister stand, auch das dieses Dokument nicht vor ihrem Tode geöffnet werden darf. Leider, wie es schien, hatte der Gute alles vergessen. Zur Vermutung stand nur, dass er eventuell alles Brewster erzählt hat, oder aber der alte Mann gelauscht hatte. Was, wie Mariel vermutete, wohl eindeutiger erschien.

„Du meine Güte, ich bin die Tochter einer Mörderin und Irren!", entfuhr es der jungen Frau und sie musste sich erst mal setzen und tief durchatmen. Clara kam gleich zu ihr.

„ Oh Kindchen, das heißt doch nichts. Ich meine, nur weil

deine ... Mutter, eine schlechte Kindheit hatte oder Sie geworden ist, wie Sie ist, heißt das doch noch lange nicht, das es dir genauso passiert." Sie tätschelte ihre Tochter und nahm sie kurz in den Arm. Hier auf dem Friedhof war es so friedlich und still, bis auf ein paar vorwitzige Spatzen und ein paar Hummeln in den Beeten.

„Warum?", fragte jetzt Mariel und sah ihre Mutter an: „Warum hast du nie etwas gesagt?", Clara saß sichtlich benommen neben ihr. Die Arme hingen jetzt schlaff an ihren Körper herunter und ihre Augen blickten ausdruckslos.

„Ach was soll ich dir sagen. Ich könnte jetzt mit diesem, Beschützter alla Mama anfangen, aber ich denke wir wissen, dass es so nicht ist. Ich weiß, ich gebe dir Ratschläge, was du in deiner Situation tun sollst, aber ganz ehrlich, ich hatte selber Angst davor, dass du eventuell so wirst wie, na ja, wie Gabrielle. Aber mit den Jahren habe ich versucht all das zu vergessen, deshalb auch die Umzüge. Und wie du gesehen hast, es gab ja nie Anlass zur Sorge. Glaub mir, ich hatte nie an dir gezweifelt und für mich, warst du immer meine Tochter." Sie blickte Mariel an und dieser standen die Tränen in den Augen.

„Was, wenn ich eines Tages doch noch austicke?", lachte sie gequält, doch Clara nahm ihr Gesicht in die Hände.

„Das wird nie passieren. Glaub mir!" Beide wischten sich die Tränen aus den Augen und lagen sich noch Sekunden in den Armen.

„Ähm, ich unterbreche eure Zweisamkeit ja nur ungern, aber riecht ihr das nicht auch? Es riecht irgendwie angebrannt", bemerkte Jason und schnupperte wie ein Hund in der Gegend herum. Mariel und Clara lachten nur.

„Oh Jason, wir sind auf einem Friedhof, da gehen doch ständig Kerzen aus und das riecht man eben", schmunzelte Mariel.

Der junge Mann nickte, steckte seine Nase aber dennoch in die Luft und grübelte, dabei schaute er sich suchend um.

„Nee, nee, da ist ... da ist, irgendwas anderes. Ich ... oh, oh. Seht doch!", deutete Jason an und zeigte in Richtung, aus der sie gekommen waren. Dort über einer Lichtung, über den Wäldern stieg Rauch auf. Es musste also brennen. Clara warf nur kurz einen Blick hinaus und winkte ab.

„Ach, ich denke hier verbrennen ein paar Bauern ihre Stoppelernte", meinte sie, was ja nicht abwegig war. Manche Bauern ernteten ihr Feld mit Mais oder Korn ab und lassen dann die restlichen Stoppeln abbrennen. In manchen Gegenden war es sogar verboten, aber sie dachte, hier nahm man es nicht so ernst.

„Ähm, ich denke nicht das es, ein paar Bauern sind. Sieh doch nur, wie der Rauch hochsteigt. Wenn es ein Feld wäre, würde sich der Rauch flächenhaft verteilen. Da brennt ein Haus. Nicht irgendein Haus. Himmel, es ist mein Haus", rief Mariel aus. Die anderen sahen jetzt auch hin und Panik stieg in ihnen auf. Jason griff sich schnell seine Autoschlüssel und rannte schon zum Auto, während die anderen noch wie angewurzelt stehen blieben.

„Na, worauf wartet ihr denn noch?", rief der junge Mann und ließ den Motor an. Alle stiegen schnell ein. Erst als sie in der Nähe des Hauses waren, sahen sie die Flammen, die über dem Dach herausschlugen. Jason sprang schon raus und Mariel folgte ihm. Clara blieb mit Valerie ein wenig zurück. Mariels Mutter konnte nicht so schnell laufen und rief noch schnell die Feuerwehr. Jetzt konnten sie nur abwarten. Es dauerte nicht lange, ehe die Feuerwehr hier aufschlug. Der Brand war schnell beseitigt und als einer der Männer aus dem Haus kam, schüttelte er den Kopf.

„Da hatten Sie aber enormes Glück, nun, wie man das so nimmt. Es ist erstaunlich, aber bei dem Rauch und dem Feuer, ist es ein Wunder, das nur ein Zimmer gebrannt hat. Wenn Sie es gut lüften, dürfte es nach zwei Tagen wieder komplett bewohnbar sein, bis auf das Zimmer da oben", er deutete zur Dachluke. Das war das Zimmer mit der Babyleiche.

„Verzeihen Sie, aber … aber, haben Sie da oben irgendjemanden gesehen?", fragte Mariel vorsichtig und der Feuerwehrmann wurde gleich leichenblass. Er hielt die junge Frau kurz fest.

„Um Himmelswillen, Sie meinen da ist noch jemand drin? David! Geh noch einmal rein und vergewissere dich das alle draußen sind", befahl er einem anderen und dieser rannte gleich los, bevor Mariel antworten konnte. Nach einer halben Stunde kamen die Männer wieder. Völlig außer Atem und mit einem lächeln. Sie klatschten der jungen Frau leicht auf die Schulter.

„Nichts für ungut, aber Sie haben sicher recht, das wir noch einmal nachgesehen haben. Trotzdem alles Gute. Alles Weitere müssten Sie dann mit der Versicherung regeln. Schönen Tag noch!", er tippte sich kurz an dem Helm und alle packten ihre Sachen ein. Mariel sah Jason hilflos an.

„Verzeihen Sie noch mal, aber sind Sie sicher das da niemand war? Ich meine, ein Freund war hier und wir können ihn jetzt nirgends sehen", versuchte Mariel es noch mal beim Chef der Feuerwehr. Dieser guckte sich noch mal um und sah seine

Crew an, doch diese waren schon zum Aufbruch bereit.

„Ich versichere Ihnen, dass da niemand war. Sicher ist Ihr Freund schon vorher gegangen und wartet jetzt irgendwo auf Sie. Glauben Sie mir, da war wirklich nichts zu sehen", damit war auch er verschwunden. Zurück blieben, vier verdutze Menschen. Mariel wandte sich an Jason.

„Aber ich versteh das nicht. Brewster war doch noch drin, als wir gegangen sind", meinte sie.

„Ach Kindchen, sicher ist er vorher schon raus. Ich meine, er hatte doch genug Zeit und wer weiß, er hatte vielleicht keine Lust mehr. Er hat dieser Gabrielle wahrscheinlich die Meinung gegeigt und ist dann weg." Clara war zuversichtlich, was sie da sagte. Sie nickte ihrer Tochter zu. Erst nachdem sich der ganze Rauch verzogen hatte und alle Fenster und Türen offenblieben, konnten die Vier wieder in das Haus gehen. Natürlich durften sie die obere Etage nicht betreten, wegen Einsturzgefahr. Und eigentlich sollte, auf Anraten der Feuerwehr, das ganze Haus nicht benutzt werden, aber Mariel bestand darauf.

Kapitel 22

Der beißende Rauchgeruch stieg ihnen schon im Flur in die Nase. Kalter Rauch und verbranntes Holz. Alles war klamm vom Spritzwasser und im Flur rieselten noch Rußpartikel, aber im Wohnzimmer war nicht viel zu sehen. Nur hauchdünner Staub und feine Wassertropfen. Eigentlich war doch hier unten Brewster mit Gabrielle das letzte Mal und warum hat dann ausgerechnet, oben das Zimmer gebrannt? Mariel musste es genau wissen. Sie stellte sich an den Treppenabsatz und sah nach oben. Plötzlich legte sich eine Hand auf ihre Schulter und sie zuckte mit einem leichten Schrei zusammen.

„Entschuldige, ich wollte dich nicht erschrecken. Du willst doch nicht etwa da hoch? Der Mann von der Feuerwehr hat doch gesagt, du sollst da nicht hin. Vor allem, was erwartest du, was die Männer nicht gefunden hätten?", fragte Jason, doch er zuckte die Achseln und murmelte so was wie: „Ach was soll ´s!", und griff nach ihrer Hand um sie die Treppe hochzuziehen.

Die Stufen waren glitschig und nass und Mariel musste sich an Jason und dem Geländer festhalten. Dieses war auch ziemlich rutschig und rußig. Je näher sie der oberen Etage kamen, desto stickiger wurde die Luft. Es roch nach kaltem Rauch und die Wände waren schwarz gefärbt. Mariel nahm sich ein Taschentuch vor den Mund und stand jetzt vor der Tür, der kleinen Kammer. Diese war völlig ausgebrannt. Nur ein leerer Raum mit Asche und aufgebrochenem Fenster lugte vor ihnen und gab die gähnende Leere zur Schau. Mariel stutzte leicht.

„Was glaubst du, wie ist das Feuer entstanden?", fragte sie ihn und stupste einen Balken mit dem Fuß an. Dieser zerfiel gleich zu Asche. Ihr Blick wandte sich jedoch immer wieder den Dielen zu. Der junge Mann sah ihren Blick und konnte ihre Gedanken erraten. Er war mit einem Satz im Zimmer und tat, was Mariel sich nicht traute. Er riss an den Dielen im Boden herum und suchte die Kuhle mit der Babyleiche. Da war nichts! Natürlich konnte man jetzt sagen, es ist alles verbrannt. Das stimmte wohl. Dennoch müsste es irgendeinen Rest geben. Vor allem, wenn man bedachte, das dort einst Knochen lagen und diese verbrannten nicht so schnell und selbst wenn, würde dort irgendetwas zu sehen sein. Auch Mariel staunte nicht schlecht und kam gleich zu Jason.

„Aber wie ...?", fragte sie erstaunt und griff jetzt auch mit den Händen in den Boden. Beide sahen sich an und gleichzeitig beschlich sie nur ein Gedanke: „BREWSTER!", riefen sie aus. Jason und Mariel liefen schnell hinunter. Hier unten wartete schon Clara mit Valerie.

„Und? Wie sieht es da oben aus?", fragte ihre Mutter aufgeregt. Mariel schüttelte nur den Kopf und schaute sich suchend um.

„Sag mal, suchst du irgendwas?", stocherte sie deshalb noch mal nach. Jason nahm ihr gleich die Antwort weg.

„Hat irgendjemand Brewster gesehen? Oder hat er irgendetwas zu Ihnen gesagt?", fragte er und schaute Valerie intensiv an. Diese schüttelte nur den Kopf.

„Aber nein, wir haben uns nur über alte Rezepte unterhalten und über Gartenarbeit. Ich meine immerhin weiß er ne Menge davon. Auch wenn er Friedhofsgärtner ist, aber deshalb heißt das ja noch lange nicht ...", „Ja, ja, schon gut. Wir brauchen nun wirklich nicht alle Details", raunzte er sie an und schaute dann noch mal kurz entschuldigend zu ihr. Dabei murmelte sie nur.

„Ja, kein Problem, ich bin das gewohnt", und suchte sich etwas voran sie sich lehnen konnte.

„Aber ich dachte, Brewster wäre hier drin? Er war doch mit dieser ....Dieser, Erscheinung hier", stammelte Clara.

„Ja, das ist richtig. Nur ist er jetzt weg und die Knochen da oben auch. Als wären sie nie da gewesen", meinte Mariel schnell. Dabei sah sie Jason an und beide wussten, was zu tun war.

„Wir müssen noch mal zum Friedhof", sagte sie und der junge Mann nickte. Sie sah ihre Mutter an und diese nickte.

„Geh ruhig. Ich bleibe mit Valerie hier und versuche schon mal ein bisschen Ordnung zu machen. Keine Angst, ich geh es langsam an." Sie tätschelte ihre Tochter, kurz bevor die beiden schon weg waren. Mariel hatte eine Ahnung, was der alte Mann auf dem Friedhof wollte. Kaum waren sie vor Ort, suchten sie das gesamte Grundstück ab. Ohne Erfolg. Der alte Mann war nicht hier. Auch nicht in seinem Schuppen oder in seinem Haus, das Jason in der Zeit aufgesucht hatte. Als er wieder kam, stand Mariel mitten auf dem Friedhof und starrte die Erde an.

„Mariel, hast du ihn gesehen?", fragte er gleich, doch die junge Frau schaute nur auf die Steine. Ein kleines Kreuz zierte ein frisch aufgesetztes Grab. Jason schaute darauf. In dem Kreuz waren kleine Buchstaben eingebrannt und Mariel hielt einen Zettel in der Hand. Sie zeigte ihm Jason.

„Er ist von Brewster. Er hat hier die kleine Sofie beerdigt. Und hier, er hat uns eine Nachricht hinterlassen. Die klemmte unter dem Kreuz fest." Sie hielt ihm den Brief hin. Dort stand.

Hey Kindchen, verzeih mir, aber ich konnte nicht anders. Als Gabrielle auf mich zuging, wusste ich, was ich zu tun hatte, also lockte ich Sie nach oben und konfrontierte Sie noch einmal mit ihrem Kind. Unserem Kind. Sie wiegte sich im Takt ihres Wiegenliedes und fing an, bitterlich zu weinen. Sie hatte sich zurück versetzt in ihre Zeit und zündete eine Kerze an. Dabei stieß Sie diese um und sah mich an. Gabrielle meinte, Sie sei jetzt bei Ihrem Kind und es hätte alles seine Richtigkeit. Ich konnte nur noch sehen, wie das Zimmer Feuer fing. Doch Sie stieß mich heraus, ehe die Türe sich schloss. Dabei lächelte Sie mich an und meinte nur; danke, und sorge gut für Sofie, Sie hat ein würdiges Grab verdient. Damit schloss sich die Tür und ich konnte nichts tun, als zuzusehen. Erst nachdem sich das Feuer ausgebreitet hatte, konnte ich die Tür öffnen und das Bündel nehmen. Wie ihr seht, habe ich es ehrwürdig hier beigelegt.

Kindchen, wenn du dich dazu entschieden hast, hier zu bleiben möchte ich dich nur um eins bitten. Kümmere dich ab und an um das Grab und versuch nicht, mich zu finden, es wäre zwecklos. Ich nehme mir eine Auszeit und wer weiß, wohin es mich verschlägt. So, nun hoffe ich das du und Deinesgleichen ihren Frieden gefunden habt. B

Jason las den Brief und sah ziemlich betrübt aus.

„Heißt das, es ist jetzt vorbei?", fragte er fast beiläufig. Mariel schaute gen Himmel und meinte nur: „Noch nicht ganz", antwortete sie. Jason verstand nicht ganz.

„Mein Vater!", flüsterte sie leise. Jetzt wusste er es. Es war ihm zwar ein Gräuel, aber er wusste, sie mussten die Überreste von Phillipp Mac Clanister auch auf dem Friedhof beisetzen, neben seiner Frau Agnes. Das hieß, sie mussten wohl oder Übel die Knochen ausgraben. Stück für Stück. Jason nahm die junge Frau in den Arm und beide gingen wieder zum Auto. Es war wohl so bestimmt, dachte Mariel.

Sie fuhren also wieder zu dem Haus. Clara hatte schon angefangen das gröbste zu putzen. Auch Valerie packte mit an, jedoch sah es ziemlich hilflos aus. Als die beiden wieder rein kamen, strahlte Clara.

„Oh ich bin ja so froh, das es euch gut geht. Habt ihr was gefunden? Habt ihr Brewster gefunden?", fragte sie aufgeregt. Mariel setzte sich auf die Kante des Sofas und erzählte ihr von Sofie und von Brewsters Brief. Auch das sie die Überreste von Phillipp auf den Friedhof legen mussten. Das allerdings stieß nicht sehr auf Begeisterung.

„Oh Mom, bitte, du weißt, dass ich das tun muss. Ich meine … immerhin, er … er war mein Vater", sagte sie traurig und Clara nickte nur: „Wenn es dir so viel bedeutet, dann soll es wohl so sein", meinte sie und drückte ihre Tochter kurz, ehe sie sich wieder dem Hausputz zuwandte. Auch Mariel packte mit an und folgte Jason nach oben, der mit einem Eimer und Schrubber bepackt war.

„Ich versuche mal ein bisschen Ordnung in das Chaos da oben zu bringen", und fächelte mit dem Schrubber hin und her. Valerie hingegen hatte eigentlich gar keine Lust mehr auf dieses Geputze. Sie grummelte vor sich hin und meinte dann.

„Wie wäre es, wenn ich eben in den nächsten Supermarkt fahre und uns erst mal was Ordentliches zu Essen hole. Ich denke, dass hier wird wohl noch ne Weile dauern", und sah sich um. Mariel hatte in all dem Durcheinander nicht bemerkt, welchen Hunger sie wirklich hatte und wann sie überhaupt das letzte Mal gegessen hatte.

„Oh ja das wäre toll. In dem Markt gibt es eine tolle Pizzeria. Am besten nehmen Sie Jasons Auto. Das geht doch in Ordnung?", fragte sie ihn und dieser nickte nur den Kopf. Sie beschlossen, für jeden, Nudeln und einen Salat zu holen, dabei noch andere Utensilien für den Haushalt. Clara sah die beiden an und dann wieder zu Valerie. Ehe diese aufbrechen konnte, hielt sie Clara noch kurz auf.

„Oh Kindchen, ich weiß ich habe dir versprochen zu helfen, aber ich bräuchte da auch ganz dringend etwas aus dem Store. Wäre es für euch in Ordnung, wenn ich Valerie begleite?", fragte sie ihre Tochter.

„Oh Mom, du brauchst mich doch nicht zu fragen. Natürlich kannst du mitgehen. Du solltest von uns allen sowieso nicht so viel tun. Geh nur und lasst euch Zeit. Ich fürchte, wir müssen hier ohnehin noch ne Weile bleiben. Der Typ von der Versicherung wollte sich noch melden", meinte sie. Mariel wollte schon weiter gehen und blieb noch einmal stehen, dabei ging sie zu ihrer Mutter und hielt sie kurz am Arm fest.

„Hör zu Mom, glaubst du nicht, es wäre besser, ihr beide würdet euch ein Hotelzimmer nehmen und dort bleiben. Ich meine, das hier dauert bestimmt noch zwei, drei Tage." Sie blickte ihre Mutter voller Sorge an.

„Aber Mariel, ich bitte dich. Mir geht es gut. Wirklich und wenn nicht, dann glaub mir, wirst du es als Erste erfahren. Wir schaffen das schon, keine Angst!", schnell küsste sie ihre Tochter auf die Wange und hakte Valerie ein, dabei grinste sie und sagte übermütig.

„Auf geht's zum Schoppen!", dabei lachte sie und zog die Krankenschwester mit sich. Jetzt war es irgendwie sonderbar still in dem Haus, bis auf das Klappern von Jasons Eimer. Denn hatte sie ja fast vergessen. Schnell eilte sie die Treppe hoch. Mitten auf den Stufen hielt sie inne. Die junge Frau lauschte. Nichts! Da war nichts, was sie zu hören vermochte, auch kein Schatten, den sie an der Wand erwartete, oder auch nur einen Lufthauch. Doch! Moment da war doch was. Sie horchte noch einmal und atmete erleichtert durch. Clara hatte vergessen die Tür zu, zu machen und der Wind wehte leicht durch den Flur. Fast hätte sie die Erwartung gehabt, das ihre leibliche Mutter, Gabrielle Mac Clanister, doch noch erschien. Aber sie wusste, wenn sie wirklich da oben in ihrem Zimmer verbrannt war, nun ja, im geistigen Sinne, da man ja wusste, dass sie erhängt wurde, so konnte sie kaum hier unten erscheinen. Zumal ihr Ziel wohl erreicht war. Mariel glaubte einfach das sie nur ihren Frieden suchte, um ihr Kind würdevoll bestatten zu lassen. Sie hielt noch einen kleinen Augenblick inne, um dann weiter nach oben zu gehen. Das Schrubben von Jasons Arbeit war deutlich zu hören. Mariel lächelte bei dem Gedanken. Anstatt ihm gleich zu helfen, zog es die junge Frau in das große Schlafzimmer der Mac Clanisters. Auch wenn sich hier ein

Grauen abgespielt hat, wollte sie dennoch wissen, wie ihr Vater hier gewohnt hat.

Die Möbel standen noch alle an ihrem Platz, obwohl die Stoffe schon längst zerschlissen waren und durch den Brand Rußpartikeln gebildet hatten und wie leichter schwarzer, Schnee eine Bettdecke bildete. Der Schminkspiegel hatte einen großen Sprung und der Stuhl davor lehnte nur mit einem Bein davor. Der einst schöne Betthimmel war auf einer Seite eingefallen und flatterte zerrissen im Wind. Vorsichtig setzte sich Mariel auf die Kante des Bettes. Sie sank leicht ein und der Staub wirbelte auf. Neben dem Bett stand eine kleine Kommode. Sie war schon ziemlich ramponiert. An einer Ecke haben sich wohl schon Mäuse ausgetobt und der Zwischenboden war durchgebrochen. Ein kleiner Kamm lag noch darauf, an dem die Zacken abgebrochen waren. Die Schublade hatte auch schon bessere Zeiten gesehen. Der Knauf fehlte und sie hing schief in den Schienen. Eine Lampe lag zerbrochen daneben. Ein leichter Lichtschein strahlte durch das Fenster direkt auf die Kommode. Mariel wurde kurz geblendet, und als sie wieder hinsah, wurde ihre Aufmerksamkeit auf ein Fetzen Papier gelenkt. Es lugte nur mit der Spitze heraus. Doch Mariel fingerte an dem Zettel und ergriff ihn. Der Zettel war schon ziemlich verblichen und nur wenn sie ihn ins Licht hielt, konnte sie ihn noch entziffern.

„ Meine geliebte Tochter, ich weiß, du wirst vielleicht niemals diesen Brief lesen, aber ich habe ihn an Gedenken an dich geschrieben. Ich weiß, es sieht so aus, als wenn ich dich nicht wollte, doch das ist nicht wahr. Wenn ich diese Tat begangen habe, so sollte es nur dem dienen, dich zu schützen. Verzeih mir, aber glaube mir, ich habe dich genauso geliebt wie meine Agnes. So leb dann wohl. Phil"

Mariel standen die Tränen in den Augen. Zu wissen, dass ihr eigener Vater bereit war, diesen Schritt zu gehen, um sie selbst zu schützen. Dennoch wurde sie gerettet und doch steht ihr Vermächtnis, einer Irren noch aus. Hatte sie dennoch Angst so zu werden wie ihre Mutter. Wie Clara sagte, müsste sie ihre Gedanken beiseiteschieben. Niemand konnte garantieren, so zu werden, wie auch nur annähernd ein Elternteil. Das Schicksal würde es eines Tages herausfinden, dachte sie. Immerhin war ihr Vater ein gut situierter Mann gewesen. Auch wenn sie etwas irritiert war, über die Motive, die ihn dazu leiteten, dies zu tun, was er mit ihr getan hat, ohne zu wissen, dass sie doch überlebte.

Mariel war leicht am Boden zerstört, dennoch musste sie Mut

fassen, allein um ihrer Mutter willen. Die junge Frau beschloss erst mal, den Brief für sich zu behalten. Das Licht strahlte jetzt sanft durch das Fenster genau auf die Mitte des Bettes. Während sie so den Sonnenstrahlen nachging, überkam auch sie eine Müdigkeit. Auch hier hatte sie schon länger keinen richtigen Schlaf gehabt. Bildlich konnte sie sich einst das Zimmer vorstellen. Wie prachtvoll es doch ausgesehen haben muss, mit all seinen Vorhängen, aus schwerem Brokat an dem Bett und die seidenen Kissen. Nur einen kurzen Augenblick, dachte sie und legte sich für einen Moment hin. Schnell dämmerte sie ein. Eingeschlossen in einen seichten Schlaf. Sie summte vor sich hin, ohne es wahr zunehmen. Was jedoch nicht unbemerkt blieb. Jason hatte in einer kurzen Pause das Summen gehört und ihm standen schon die Nackenhaare hoch, dachte er doch, dass es wieder von Gabrielle kam. Mit dem Schrubber bewaffnet schlich er zu dem Zimmer, um erstaunt festzustellen, dass es Mariel war. Sie lag da im sanften Schein der Sonne und summte im Halbschlaf. Er wollte sie nicht wecken, doch konnte er seinen Blick nicht von ihr abwenden. Wie das Licht so auf ihren Körper schien, schimmerte es, als wenn tausend Engel über sie hüteten. Wie leichter Feenstaub glitzerten die Rußpartikel. Der Schrubber fiel ihm fast aus der

Hand und ein leichtes Rumpeln ließ Mariel hochschrecken. Ihr Pullover rutschte ihr von der Schulter und gab eine frei.

„Ich … ich, wollte dich nicht stören", stammelte er leicht irritiert. Die junge Frau schüttelte leicht schlaftrunken den Kopf.

„Oh, nein, nein, kein Problem. Ich glaube, ich habe nur zu wenig Schlaf gekriegt, in letzter Zeit. Komm her, sieh dir das an", meinte sie strahlend und hielt ihm den Brief hin. Er nahm ihn und las.

„Oh, das ist bestimmt etwas Gutes für dich. Ich meine, immerhin eine kleine Erinnerung an ihn. Also hat er genau gewusst, was er tat. Aber findest du das nicht auch schrecklich?", er war leicht verwirrt. Die junge Frau schaute kurz aus dem Fenster und schüttelte den Kopf.

„Nein, ich denke, jeder hat sein Schicksal in seiner Hand. Ich werde tun, was ich für richtig halte. Ich denke nicht, dass ich so werde wie meine Mutter", sagte sie und rekelte sich leicht. Jason wollte schon aufstehen und verfing sich in den Fransen des Bettlakens. Er fiel fast auf Mariel, die ihn etwas abfing. Sein Gesicht war jetzt nur Zentimeter von ihrem entfernt. Er sog ihren Duft nach Lavendel und Patchouli ein. Sie ließ ihn nicht einmal los. Seine Lippen liebkosten jetzt die ihren und suchten sanft nach ihrer Mundhöhle, bis er ihre Zunge erfasste. Leidenschaftlich spielte seine mit der ihren. Er hörte ihren Atem, der jetzt etwas schneller ging. Die Leidenschaft überkam beide. Seine Küsse wurden immer heftiger und fordernder, während ihre Hände sich unter sein T-Shirt gruben. Jasons Atem ging schneller und seine Stimme heiser. Er hauchte ihr ins Ohr und Mariels Körper wand sich unter ihm. Sie riss sich ihren Pullover über den Kopf, während sie sich auf ihn setzte. Dabei zog sie ihm das Shirt aus. Er liebkoste ihre Rundungen. Die junge Frau stöhnte kurz auf und grub ihren Kopf in den seinen. Er nestelte an ihrer Hose, die sie sich schnell abstreifte. Auch er entledigte sich seiner Kleidung. Ihre Körper schienen verschlungen zu sein. Sie zitterte vor Erregung und spürte seine Männlichkeit, die sich eng an sie drückte. Jasons Atem ging immer heftiger. Mariel lag jetzt vor ihm, bereit, ihn in sich zu empfangen. Mit wilden Küssen fragte er heiser.

„Bist du dir sicher, dass du es willst", und sie hauchte ihm nur ein: „ Ja!", ins Ohr, dabei zog sie ihn zu sich herunter und umschlang ihre Beine eng um seine Hüfte, so das er keine Chance hatte sich herauszuwinden. Sie grub ihre Finger in seinen Rücken, dass er leicht aufschrie. Ihre Hände glitten immer weiter hinunter bis zu seinem Gesäß. Dort packte sie ihn hart und fest und presste ihn noch stärker an sich. Vor lauter Lust drang er in sie ein. Beide ergaben sich im Rausche der Exstase, bis sie erschöpft in die Arme sanken. Hier blieben sie ein paar Minuten liegen und Mariel kuschelte sich mit dem Rücken an ihn, während seine Hände sie festhielten. Die beiden hatten fast die Zeit vergessen und auch das Clara und Valerie noch einkaufen waren. Es war ihr egal. Sie rekelte sich und streckte sich kurz, worauf Jason sie festhielt.

„Oh bitte, Mariel!", stöhnte er leicht auf und die junge Frau musste grinsen. Spürte sie doch sogleich wieder einen harten Gegenstand an ihren Lenden. Jason küsste sie sanft auf den Hals, so das sie wieder eine Gänsehaut bekam und sich zu ihm drehen wollte, doch Jason hielt sie davon ab. Er streichelte ihre Brüste und glitt mit seinen Händen weiter hinab zu ihrer Lustgrotte. Mariel streckte sich ihm entgegen. Er berührte sie mit den Händen und drang mit ihnen in sie ein, während seine Männlichkeit sich ihr auf der Rückseite näherte und sie nahm. Mariel schrie vor Lust auf. Sie stöhnte, bis der Akt vorbei war. Ein Lachen war zu hören und die junge Frau verstand nicht, was daran so lustig war. Gerade wollte sie sich zu ihm umdrehen, bis sie merkte, dass er leicht vor sich hin schnarchte. Panisch blickte sie zur Tür. Waren Clara und

Valerie etwa schon zurück und hatten sie bei ihrem Liebesspiel gesehen? Die junge Frau lauschte. Nichts! Wahrscheinlich bildete sie sich das nur ein, doch im selben Augenblick erklang wieder dieses Lachen. Dieses Lachen kannte sie doch. Mariel schüttelte kurz den Kopf, das konnte doch nicht wahr sein. Sie dachte eigentlich, dass es diesmal vorbei war. Sie musste sich getäuscht haben. Wieder ein lachen begleitet mit Gabrielles Stimme.

„Ja, jetzt ist es getan. Jetzt, jetzt erst gehörst du mir. Dein Schicksal, wird meines Fortführen. Ich danke dir, mein geliebtes Kind", ein leichter Umriss einer Frau mit flatterndem Umhang schwebte über ihrem Kopf und verschwand in langsamer Dämmerung. Jetzt wusste Mariel, dass es vorbei war. Jedoch verstand sie nicht, was Gabrielle damit meinte. Sie konnte nur raten, dass es damit zu tun hatte, das sie ihre Tochter Sofie in heilige Erde gebracht hatten. Ganz eng schmiegte sie sich an ihren Jason und war glücklich. Erst nach einer Stunde erwachte sie durch das Klappern einer Tür und Stimmengewirr. Tüten raschelten und ein pikanter Duft stieg ihr in die Nase. Mariel schnupperte und sogleich machte sich ihr Magen bemerkbar. Sie hatte vergessen, welchen riesigen Hunger sie hatte. Etwas unsanft knuffte sie Jason in die Seite und gab ihm gleichzeitig einen Kuss. Schon wollte sich etwas in ihm regen, aber Mariel gab ihm einen Klaps auf den Po und raffte sich aus dem Bett.

„Oh bitte nicht, Mariel, komm zu mir zurück. Sieh doch nur, er wäre auch wieder bereit", dabei lüftete er die Bettdecke, um ihr seine nackten Lenden zu zeigen, in eindeutiger Pose. Mariel kroch kurz zu ihm zurück. Küsste ihn leidenschaftlich und er reckte seine Männlichkeit an sie. Schnell jedoch löste sie sich von ihm und grinste.

„Na, na, na, du bist ja ganz schön unersättlich. Aber sag das auch einmal meiner Mutter und Valerie. Die Warten schon unten und ich glaube nicht, dass einer von beiden dich nackt sehen möchte. Oder, vielleicht doch?", sie lachte und zog ihm die Decke weg. Erst wollte er es nicht glauben und lag entblößt auf der Decke.

„Mariel? Jason? Seid ihr noch da oben? Macht Schluss und kommt runter, das Essen wird kalt", rief Clara zu ihr hoch. So schnell Jason konnte, zog er sich die Decke über und schwang die Beine aus dem Bett. Mariel war derweil schon in ihre Sachen geschlüpft und hauchte ihm einen Kuss zu.

„Lass dir Zeit, ich habe einen Mordshunger", grinste sie, und ehe ein Kissen sie streifen konnte, flitzte sie durch die Tür. Ein

Poltern war noch zu hören, und ein Leises fluchen, bei dem Versuch in seine Hose zu kommen, rutschte Jason aus und landete auf den Dielen. Mit einem breiten Grinsen schlenderte Mariel die Treppe herunter.

„Oh ich habe einen riesigen Hunger. Hmm, wie das duftet. Was gibt es den?", fragte sie übermütig. Sie bemerkte nicht das schelmische Grinsen, das von Clara kam. Und als wenig später Jason herunterkam, grinste auch Valerie und beide tuschelten zusammen. Der junge Mann stürzte sich gleich auf das Essen, dabei lächelte er Mariel kokett an. Die beiden merkten nicht, wie sie wiederum angelächelt wurden. Bis Mariel erneut zu dem Salat griff und sah das Clara und Valerie sich amüsiert ansahen. Mit einem Salatblatt im Mund nuschelte sie.

„Ist was?", fragte sie und hielt inne. Jetzt erst bemerkte sie die Blicke der beiden, die an ihr und Jason haftete. Mariel sah sich an und zu Jason, dann fing auch sie an, zu lachen. Sie strich dem jungen Mann schwarzen Ruß aus das Gesicht und deutete auf seine Hose, die noch immer offen stand. Leicht errötet schloss er sie schnell und zupfte zugleich an Mariels Pullover, der eindeutig auf Links gedreht war. Auch sie hatte Ruß im Gesicht. Jetzt mussten alle lachen und ließen es sich bei einer guten Flasche Rotwein und Nudeln gut gehen. Sie ließen den

Abend am heißen Kamin ausklingen. Während Jason und Mariel nach oben, in das große Schlafzimmer für die Nacht gingen, blieben Clara und Valerie hier unten und machten die Nacht zum Tag, indem sie sich lauter Krankenhausgeschichten erzählten.

Kapitel 23

Nach und nach wurde das Haus wieder hergestellt. Die vielen Zimmer oben wurden zu kleinen Wohnoasen ausgebaut, die als Pensionszimmer gelten sollten, das große Schlafzimmer blieb für Jason und Mariel und auch unten blieb fast alles, wie es war. Es wurde eben nur renoviert. Auch der Garten wurde komplett umgekrempelt und wuchs zu einer großen, schönen Rosenoase. Der alte Baum jedoch blieb. Mariel wollte ihn eigentlich erst wegmachen, aber nachdem sie Phillipps Skelett beigesetzt hatten, fing er plötzlich an zu sprießen und gab die schönsten weiß, rosa Kirschblüten ab. Alles in allem, hatte Mariel beschlossen, das Haus zu behalten und hier eine Pension aufzumachen. Auch Clara und Valerie waren mit von der Partie. Sie wohnten gleich nebenan in dem alten Schuppen, den sie sich zu einem kleinen Haus umgebaut hatten. Mariel fühlte sich seit Langem nicht mehr so wohl und zu aller Überraschung nahm sie eines Tages Jasons Antrag an, den er ihr am Fuße des alten Baumes gemacht hatte. Nur wenige Wochen, nachdem Mariel Gabrielles Stimme zum letzten Mal gehört hatte, wusste sie auch das sie schwanger war. Und nur wenige Monate nach der Hochzeit gebar Mariel eine Tochter. Das Leben von Mariel und Jason war nun perfekt. Die Pension lief gut, ihr Kind wuchs behütet auf und alle waren zufrieden. Die Kleine Ruby Jo entwickelte sich prächtig. So auch an diesem schönen sonnigen August morgen. Die Kleine lief quietschend durch das Haus und versuchte sich vor ihrer Mutter und dem Haarewaschen zu drücken. Sie stolperte die Treppe hoch bis zu einer Dachkammer.

„Ruby Jo, ich weiß, wo du bist! Ich komme jetzt dich zu holen", rief Mariel ihr nach und ging auch die Treppe hoch. Plötzlich überkam sie ein mulmiges Gefühl. Etwas engte ihr die Brust ein und sie konnte kaum atmen. Die junge Frau klammerte sich am Geländer fest. Panik ergriff sie. Auf einmal hörte sie wieder eine Stimme.

„Endlich bist du zu Hause. Du siehst, ich habe gewonnen", raunte die Stimme. Es lief ihr eiskalt den Rücken herunter. Ein Trampeln von oben ließ sie aufhorchen. Es kam eindeutig aus dem Dachzimmer, wo einst Gabrielle wohnte. Oh lieber Himmel, nur das nicht, dachte sie flehendlich und rannte so schnell nach oben, wie sie konnte. Das Zimmer hatten Jason und sie seit diesem Brand unter Verschluss gehalten. Es wurde zwar renoviert, aber sie beschlossen, dieses Zimmer niemals wieder zu öffnen. So blieb es kalt und leer und verschlossen. Bis heute! Als Mariel oben ankam, stand sie wie gewohnt vor einer verschlossenen Tür. Hatte sie sich das nur eingebildet, das Ruby Jo hier oben war? Sie lauschte. Erst hörte sie nichts, doch nach und nach hörte sie ein Flüstern. Es war eine kindliche Stimme. Ihre Tochter! Diese schien sich mit irgendjemandem zu unterhalten. Mariel versuchte zu horchen und es kam tatsächlich aus dem Dachzimmer. Die junge Frau werkelte an der Tür, aber diese tat sich nicht auf. Sie war so verschlossen wie eh und je. Wie aber war Ruby Jo hier hereingekommen? Sie wusste, nicht ob sie klopfen sollte, oder nach einem Eingang suchen. Sie beschloss Letzteres. Überall klopfte sie leise und rüttelte. Unter einer Schräge, die mit Brettern vernagelt war, entdeckte sie ein loses Stück Holz. Mariel konnte es an die Seite schieben und sich quetschend durchzwängen. Tatsächlich, ihre Tochter Ruby Jo stand mitten im Zimmer und redete mit der Wand. Die junge Mutter hatte schon Angst, ihrer eigenen Tochter näherzukommen. Trotzdem streckte sie den Arm aus, um sie leicht an der Schulter zu berühren. Ein eisiger Stich durchbohrte ihre Finger und sie zuckte zurück wie, als wenn sie sich verbrannt hätte. Ihre Tochter war mit dem Rücken zu ihr gewandt und dennoch wusste sie, dass ihre Mutter da war. Gerade als Mariel sie noch einmal versuchen wollte, um zu drehen, sagte Ruby Jo mit dunkler Stimme.

„Nicht! Tu das nicht! Geh wieder weg und lass mich hier sein", hauchte sie. Die Hände der jungen Frau zuckten kurz zurück.

„Was hat das zu bedeuten? Ruby, sag mir, was hier vorgeht?", flehte sie: „ Mit wem redest du?", fragte sie noch einmal. Doch Ruby schien nicht das geringste Interesse daran zu haben mit ihr zu sprechen.

„Misch dich nicht in Dinge ein, die du nicht verstehst", zischte Ruby Jo, dann drehte sie sich plötzlich um und sah Mariel tief an.

„Sieh doch nur, Mummy, Großmutter Gabrielle ist wieder da", dabei sprang eine grausige Fratze wie aus dem Nichts auf sie zu und nur ein gellender Schrei durchbrach die Nacht. War der Geist wieder aufgetaucht? Hatte er etwa Besitz von Ruby Jo ergriffen? Nach Wochen, munkelte man im Dorf, das eine Person, die in einem großen Anwesen lebte, ihren Verstand verloren hatte und sie wurde von da an nicht mehr gesehen.

ENDE

Petra Eggert, geboren in Detmold, wohnt mit ihrer Familie im kleinen, beschaulichen Lippstadt, in Nordrhein Westfalen. Dies ist ihr achter Roman und weitere werden folgen.